「それじゃ、焼いていこうかな～」
調理人はユキ。炭火を熾し、
串をグルグル回しながら、
強火の遠火でじっくりと焼いていく。
メアリとミーティアは、
揃って焼き台
少しずつ焼け
じっと見つめ
そんな二人
シンクロす
揺れてい
「二人
じっ
るのには
かな
？」
「匂いだけでもシアワセなの！」
メアリ
ミーティア
祝タスク・ボアー、ゲット！

ハルカ
SIMOFURI
部屋の中にいたのは、巨大なピッカウだった。
ずんぐりむっくりした体形はそのままに、
普通の牛よりも二回りは大きく、かなりの重量感。
名前は〝暴君ピッカウ〟らしいが……やや微妙？
部屋の奥からこちらを睨み付ける眼光と
身体の大きさは、その名前に恥じぬ迫力なのだが、
見た目はどこか愛嬌があって憎めない感じ。
ナオ
異世界転移、地雷付き。8

お肉のダンジョン？
暴君ピッカウ
トーヤ
「霜降りだぜ、霜降り！」
「美味しいお肉がいっぱいなの！」
「あ……確かに豪華ではあったな、見方によっては」
ただし、頭の角は三本に増えていて、片手剣ほどの大きさになっているので、かなり凶悪。あの角で突進されると、トーヤのブレストプレートですら耐えきれるかどうか。だがトーヤは、そんなことは関係ないとばかりに嬉しそうな声を上げた。

DO～
NANO?
ユキ
ナツキ
「ナオとはどうなってるの!?
元の世界にいたときから
焦れったいと思ってたの！」
Side Story1
焦れったい二人

カホ
サエコ
ヨシノ
Side Story2
翡翠の翼　其ノ四

異世界転移、地雷付き。
8
いせかいてんい、じらいつき。
いつきみずほ
Illustration 猫猫猫

口絵・本文イラスト：猫猫猫
装丁：ＡＦＴＥＲＧＬＯＷ

CONTENTS

ISEKAITENI
JIRAITUKI8

「異世界転移、地雷付き。」周辺マップ

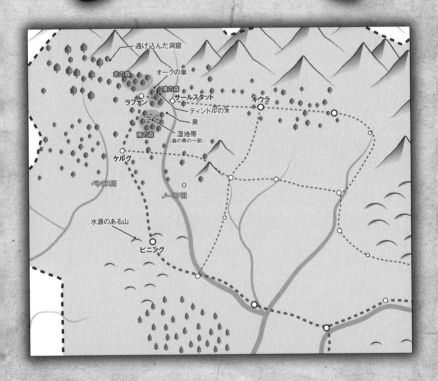

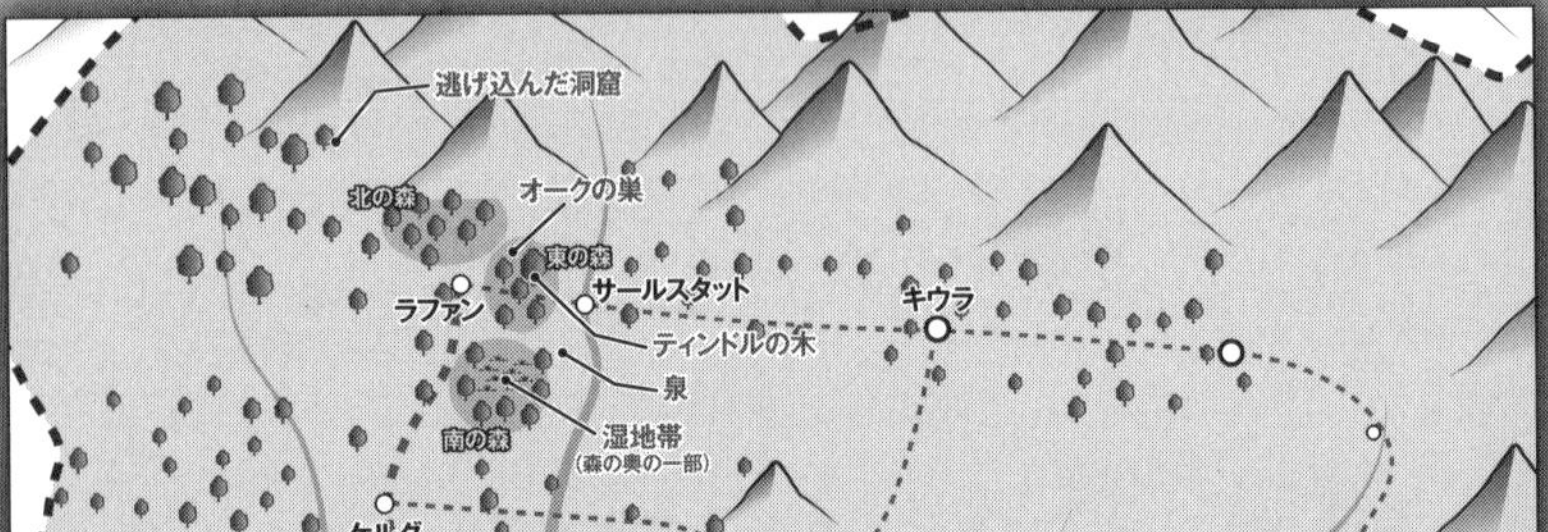

プロローグ

「にゃ♪　にゃ♪　にゃん♪」

馬車の揺《ゆ》れに合わせるようにリズムを取りながら、ミーティアの尻尾《しっぽ》が楽しげに揺れる。

御者台《ぎょしゃだい》に座《すわ》る俺《おれ》の隣《となり》で、あっちを見たり、こっちを見たり、時には身を乗り出したり。

好奇心旺盛《こうきしんおうせい》なのは良いのだが、見ている方としては少々不安で、俺はミーティアを抱《かか》え上げ、膝《ひざ》の間に座らせて、その腰《こし》に片手を回す。

「ご機嫌《きげん》だな？　ミーティア」

「もちろんなの！　町の外に出るのって、ミー、初めてなの！」

「そうか。幸い、今日は天気も良いしな……」

その言葉通りご機嫌な笑顔《えがお》のミーティアに、俺は安堵《あんど》と苦さの混じる息を吐《は》き、空を見上げた。


サトミー聖女教団がケルグの町で引き起こした騒乱《そうらん》は、無事に終息した。

しかし、残された爪痕《つめあと》は大きく、保護者を失ったメアリとミーティアもその一つ。

二人には孤児院《こじいん》に入るという選択肢《せんたくし》もあったのだが、メアリたちはそれを望まず、町を離《はな》れることになるとしても、俺たちと共に来ることを選んだ。

その結果、ケルグの町を後にした俺たちは、こうして二人を乗せた馬車を駆《か》り、久し振《ぶ》りの愛《いと》しい我が家へと向かって――は、いなかった。

一応の礼儀《れいぎ》だろうと、ケルグを離れる前に冒険者《ぼうけんしゃ》ギルドへ挨拶《あいさつ》に行った俺たち。

ディオラさんも予想していた通り、そこでは『ケルグの町に残らないか。お前たちならこの町でも活躍《かつやく》できる』と支部長に引き留められたのだが、当然のように俺たちはそれを固辞。

ある程度は事情を知っているだろう支部長も、叶《かな》うとは思っていなかったのだろう。

比較的《ひかくてき》あっさりと引き、その代わりとばかりに要請《ようせい》されたのが、『領都であるピニングに赴《おもむ》き、領主のネーナス子爵《ししゃく》に会うこと』だった。

何故《なぜ》そんな話になるのかといえば――凄《すご》く簡単に言うなら、俺たちが活躍したから。

サトミー聖女教団のアジトに突入《とつにゅう》した時の主力も俺たちだし、サトミーを捕《と》らえたのも俺たち。

更《さら》に言うなら、ネーナス子爵家の宝剣《ほうけん》を取り戻《もど》したりもしているわけで……ネーナス子爵としては『一度顔を合わせておきたい』となり、名目上は俺たちを派遣《はけん》している形となっている冒険者ギルドには、『ピニングまで会いに来させるように』とのお達しが下ったらしい。

もちろん、俺たちは自由な冒険者。『そんなの関係ねぇ！』と蹴《け》ることも不可能ではないが、この土地で暮らしていく以上、冒険者ギルドと領主の両方を敵に回すのはただの馬鹿《ばか》。冒険者ギルドから『格安で馬車を貸し出す』と言われたこともあり、素直《すなお》に要請を受け入れたのだった。

「ミーティア、気分が悪いとか、用を足したいとかはないか？」

「とっても楽しいの！」

おそらくは初めて乗る馬車、酔《よ》ったりしてないかと尋《たず》ねてみるが、返ってきたのは元気な声。

しかし、その声に反応してか、姉のメアリが荷台から顔を覗《のぞ》かせた。

「ミー、ナオさんに迷惑《めいわく》を掛《か》けちゃダメよ？」

実のところ、俺たちが馬車での移動を選んだのは、彼女《かのじょ》の存在が大きかった。

獣人《じゅうじん》の回復力故《ゆえ》か、たくさん食べたメアリたちは数日で普通《ふつう》に動けるようになったのだが、やはり大怪我《けが》をしたばかりであり、特にメアリは足の指を失っている。

ハルカたちの魔法《まほう》で再生の兆《きざ》しは見えているが、さすがに長距離《きょり》を歩かせるのは控《ひか》えたのだ。

「大丈夫《だいじょうぶ》なの！　ミーは良い子にしてるの！」

姉の懸念《けねん》に対し、手をブンブン振りながら無実を主張するミーティアだが——。

「本当に……？　燥《はしゃ》ぎすぎてない？」

疑わしげに妹を見る姉の目は、その腰に回された俺の手に向いている。

「はは、特に問題ないぞ。メアリは大丈夫か？　何かあれば、すぐに言ってくれ」

「ありがとうございます。でも、大丈夫です。新しい服まで頂いてしまって……凄く快適です」

「ミーも！　綺麗《きれい》な服を着られて嬉《うれ》しいの！」

「良いんでしょうか？　私、古着じゃない服を着るのなんて、初めてなんですが……」

ミーティアの方は服をパタパタさせて素直に嬉しそうだが、メアリの方は嬉しさの中にも少し遠《えん》慮《りょ》を混ぜた笑みで、自分の服を触《さわ》っている。

「心配しなくて良いよ！　あたしたちが作った物だから、大してお金は掛かってないしね」

そんな彼女の横から、ぴょこっと顔を出したのは、服作りに一番力を入れていたユキ。

そして更に、ハルカも顔を出してメアリとミーティアに声を掛ける。

「一緒《いっしょ》に行動する以上、ちゃんとした服を着させてないと、逆に私たちが困るからね。だから二人は、何かあれば遠慮せずに言うこと。いい？」

「何もないの！　——あ、でも、ちょっとお腹《なか》、空《す》いたの」

「も、もぅ！　ミーったら！」

早速《さっそく》主張するミーティアにメアリが頰《ほほ》を膨《ふく》らませるが、ハルカは小さく笑う。

「ふふっ、構わないわよ。その方が私たちも助かるし、我慢《がまん》してほしいときには言うから。もう少ししたら、休憩《きゅうけい》も兼《か》ねた昼食にしましょ。ナオ、良い場所があったら、馬車を止めて」

「了解《りょうかい》」


そんな会話をして程《ほど》なく、街道《かいどう》から少し外れて馬車を止めた俺たちは、昼食の準備を始めた。

シートを敷《し》いて、マジックバッグにストックしてある料理を並べ、馬にも水と飼い葉をやり。

ここで料理をするわけではないので、手分けをすれば数分ほどで準備完了。

「それじゃ、食べましょうか」

「はい。ミー！　戻ってきなさい！」

「はーい。わかったの！」

少し離れた所でしゃがんで何かを観察していたミーティアが、メアリに呼ばれて戻ってくる。

そして俺の隣にぽてっと座るので、俺は持っていた濡《ぬ》れタオルでその手を拭《ふ》いてやる。

本当は『浄化《ピュリフィケイト》』の魔法を使う方が綺麗になるんだろうが……何となく、濡れタオルで拭く方がスッキリするんだよなぁ。一種の固定観念だろうか？

「ありがとうなの！　食べて良いの？」

「あぁ、好きなのを食べろ」

「やった、なの！　――ん～！　今日もお肉たっぷりで、嬉しいの！」

ミーティアが誰《だれ》よりも早く手を伸《の》ばしたのは、肉をたくさん挟《はさ》んだサンドイッチ。

それはトーヤ向けに作った物なので、ミーティアの顔と同じぐらいに大きいのだが、彼女はそれを、とても嬉しそうにもりもりと食べた。

「あっ、ミー！　皆《みな》さんもまだ――」

少し咎《とが》めるような声を上げたメアリを制するように、ハルカが優《やさ》しく笑ってその頭を撫《な》でる。

「良いから、メアリも食べなさい？　どれでも好きなのを」

「えっと……はい、ありがとうございます」

メアリはそう応《こた》え、ミーティアよりは遠慮がちに、しかし確実に妹と同じサンドイッチを掴《つか》み取ると、これまた同じようにもりもりと食べて笑顔になった。

「俺は……あれは少し重いから、もう少し軽いのを……」

「ナオくん、これとか美味《おい》しいですよ？」

どれを食べようかと迷う俺にナツキが差し出してくれたのは、メアリたちが食べている物と比べると、パンの大きさと肉の量が半分ほどのサンドイッチ。俺はそれを素直に受け取り、口に運ぶ。

「お、ありがと。――うん、美味《うま》いな」

その言葉に微笑《ほほえ》むナツキが食べているのも同じ――というか、メアリたちと同じサンドイッチを食べているのはトーヤだけ、ユキとハルカも俺と同じ物である。

激しく運動した後ならまだしも、普段食べるにはちょっと大きすぎるもんなぁ、あれは。

「ねぇ、メアリ。二人はやっぱり、猫《ねこ》系の獣人なんだよね？」

「はい、父からはそう聞いてます。あんまり意識することもないですけど……」

あまり深い意味はないだろうユキの質問にメアリも軽く答えるが、それを聞いたトーヤは、特に何も口にしないものの、少しだけ不思議そうな表情を浮《う》かべた。

「へー、そうなんだ。縞々《しましま》の尻尾、可愛《かわい》いね？」

「あ、ありがとうございます。お気に入りなんです……」

ユキに褒《ほ》められ、メアリは少し恥《は》ずかしそうに自分の尻尾を撫でる。

俺はそれに目を細めつつも、先ほどのトーヤの表情が気になり、彼《かれ》に小声で尋ねた。

「（トーヤ、何か気になることでもあったか？）」

「（いや、大したことじゃねぇんだが、オレの【鑑定《かんてい》】だと『虎《とら》系』って表示されてるんだよ）」

「（……ホントに？）」

「（あぁ。間違《まちが》いない）」

試《ため》しに俺も【看破】を使ってみるが、俺の【看破】で判《わか》るのは、『獣人』ということだけで、『何系』であるかは表示されない。トーヤを見れば『獣人（狼《おおかみ》系）』と表示されるのだが、これは俺が既《すで》にトーヤから聞いて知っているからだろう。

ちなみに、本人でも何系の獣人か判断できないことも、普通にあることらしい。

例えば犬と狼、猫と虎。獣人の特徴《とくちょう》としてはあまり差がなく、更に混血も進んでいるため、隔世《かくせい》遺伝なども普通にある。判りやすい特徴のある系統なら別なのだろうが、親から祖先のルーツを教えてもらって、初めて判明することも多いようだ。

「(ま、似たようなものだし、あえて指摘《してき》するまでもないよな)」

「(だな。父親も判ってなかったのかもしれないしな)」

トーヤは当初、俺が『犬?』と訊《き》くと、ムキになって『狼だ!』と主張していたが……メアリの父親のことを考えると、普通の獣人はあまり気にしていないのかもしれない。

そんなことにこだわるよりも、普段の生活の方が余程重要な問題だろうしなぁ。

「……そういえば、メアリたちがピニングに入るときは税金がいるのか?」

初めてラファンを訪《おとず》れたとき、俺たちも取られた入市税。

今は冒険者として登録したので必要なくなったのだが、メアリたちは冒険者ではないし、仕事もしないのに冒険者として登録することはできないわけで。

「心配しなくても、保護者――つまり、私たちと一緒なら不要。成人に見えるようなら、税金を取られることもあるみたいだけど、今のメアリたちなら問題ないわね――普通は」

年齢《ねんれい》が証明できなければ、未成年かどうかは、門番が主観で判断することになる。

そのため、中には難癖《なんくせ》をつけて小遣《こづか》いをせしめようとする者もいるらしい。

大抵《たいてい》は銀貨の数枚でも握《にぎ》らせれば融通《ゆうずう》が利《き》き、入市税よりは安く上がるのだが……。

「ま、仮に難癖を付けられても、税金ぐらい払《はら》えば良いでしょ。今なら安いものだし」

「そうだな。大銀貨二枚程度、言い争うほどの額でもないいな」

ラファンが一人大銀貨一枚だったので、同じ領主の治めるピニングもおそらくは同じ。

その程度をケチって門番と争うほど、俺たちは青臭《あおくさ》い正義感なんて持ち合わせていない。

賄賂《わいろ》を渡《わた》すなら多少は抵抗《ていこう》もあるが、取られる必要がないものでも一応、税金だからな。

「あの、良いんですか？」

だが、今の俺たちには些少《さしょう》でも、メアリたちには少なくない金額なのだろう。

少し不安げに尋ねるメアリに、ハルカは軽く肩《かた》を竦《すく》める。

「良いわよ。保護するって決めたんだから、必要な費用は負担するわ」

「ありがとうございます」

「ハルカお姉ちゃん、ありがとうなの！」

「その代わり、家のお手伝いはちゃんとしてもらうけどね？」

お礼を言うメアリとミーティアに、ハルカは冗談《じょうだん》っぽく付け加えて微笑むのだった。

第一話　領都『ピニング』

圧倒的《あっとう》に、とは言えないが、ラファンはもちろん、ケルグよりも大きい町。

それがネーナス子爵《ししゃく》の治める〝領都ピニング〟である。

俺《おれ》たちからすれば、『少し大きい町』という程度だが、初めて他の町に来たメアリたちには十分に目新しかったようで、目を輝《かがや》かせて落ち着かなげな様子——でありながら、メアリはミーティアの手をしっかりと握《にぎ》っているあたり、しっかりお姉ちゃんしている。

ちなみにメアリたちの税金は、特に請求《せいきゅう》されることはなかった。

領兵のサジウスと接した感じでは、兵士たちの規律は取れている様子。

あまり心配はしていなかったが、門番が俺たちのギルドカードを見て、『ランク五か』と呟《つぶや》いていたので、もしかするとそれの効果もあったのかもしれない。

そして、ランク五に驚《おどろ》いたのは、門番だけではなかったようで——。

「えっと、皆《みな》さんって、ランク五の冒険者《ぼうけんしゃ》なんですか？」

門を通り抜《ぬ》けてすぐ、そう尋《たず》ねたメアリに、ハルカが小首を傾《かし》げて頷《うなず》く。

「そうよ？　言ってなかった？」

「聞いてないです！　凄《すご》いです！」

「すごいの‼」

メアリとミーティアからキラキラした瞳《ひとみ》で見上げられ、顔を見合わせる俺たち。

『低くはないが、そこまで？』と思ったのだが、メアリ曰《いわ》く『ケルグではランク四でも威張《いば》っている』らしい。少なくとも、一般人《いっぱんじん》から『凄い』と思われる程度のランクではあるようだ。

「真面目《まじめ》で堅実《けんじつ》にやってたら、十分になれるランクだと思うんだけど」

「ハルカさん、堅実な人は、あまり冒険者になりません」

「……そうね」

ピッと指を立てて、根本的なことを指摘《してき》するメアリに、思わず俺たちは納得《なっとく》する。

もちろん、冒険者ギルドには堅実な人も属しているのだが、それらの人たちは土木作業などがメインの、所謂《いわゆる》日雇《ひやと》い労働者。ランク一未満で一般的に冒険者とは呼ばれない。

メアリたちの父親が属していたのも、おそらくはここ。ランクが上がるような依頼《いらい》を請《う》けることはギャンブル要素も多く、命の危険もあるので、堅実な人は安全な街中で稼《かせ》ぐのだ。

その上、この世界の冒険者ギルドでランクアップするためには、戦闘力《せんとうりょく》だけではなくある程度の品行方正さも必要とされるため、それなりに尊敬を受ける部分はあるのかもしれない。

「でも、俺たちの場合、あんまりギルドの依頼は請けてないんだけどな」

「そうなんですか？　でもそれでランク五になってるってことは……さすがです！」

更《さら》に尊敬の視線を向けられ、微妙《びみょう》に居心地《いごこち》が悪くなる。

縁故《えんこ》というか、コネというか、ディオラさんのおかげというか……。

まぁ、あれでもディオラさんは副支部長なワケで、多少優遇《ゆうぐう》してもらった部分があったにしろ、それなりの実力は認めてくれているのだとは思う。

「だからこそ、私たちを引き取るような余裕《よゆう》が……」

「ま、まぁ、それはそれとして。まずは……冒険者ギルドに行って、馬車の返却《へんきゃく》か？」

納得した様子のメアリから視線を逸《そ》らしてハルカに目を向けると、彼女《かのじょ》も心得たと数度頷く。

「そうね。それから宿を取って、ネーナス子爵にアポを取らないとね」


冒険者ギルドに馬車を返却した俺たちは、ついでに受付のお姉さんに安全性が高く、食事の評判が良い宿を紹介《しょうかい》してもらい、そこに宿を取った。

料金は朝夕食付き四人部屋利用で一人あたり一泊《ぱく》大銀貨七枚。

ラファンの〝微睡《まどろ》みの熊《くま》〟が大銀貨三枚に満たないことを考えると、少々お高い。

だが、田舎《いなか》と都会の違《ちが》いもあるので単純比較《ひかく》はできないし、少し高級な宿だけあってコンシェルジュサービスとまでは言わずとも、お金さえ払《はら》えば色々と頼《たの》み事ができたりする。

――そう、例えば貴族へのアポ取りとか。

別に自分たちでやっても良いのだが、俺たちには慣れない作業。

幸い、ケルグで色々頑張《がんば》った俺たちの財布《さいふ》には十分な余裕があるし、多少お金が掛《か》かっても専門家に任せる方が確実と、子爵への連絡《れんらく》は宿の人に任せることに決定。

俺たちは昼食を摂《と》るため、揃《そろ》って街へと繰《く》り出した。

「何を食べる？　折角だし、特産品でもあれば、それを食べてみたいところだが……」

「あるのかなぁ、この領地に特産品って」

俺の言葉に、ユキが暗に『期待できない』と解《わか》る口調で漏《も》らすと、ハルカが小さく笑う。

「あるじゃない。私たちも地味に貢献《こうけん》している高級家具が」

「確かにあれも特産品。食べられないけどね！　——メアリ、何か知ってる？」

「すみません。私はケルグから出たことがなかったので……」

「エールが美味《おい》しいって、聞いたことあるの！」

メアリの返答はある意味当然だったが、逆にミーティアは予想外なことを口にした。

「「「えっ⁉」」」

「ミ、ミー、なんでそんなこと、知ってるの？」

「近所のおばちゃんが話してたの」

驚いて尋ねたメアリに、ミーティアは平然と答える。

う～む、〝おばさんネットワーク〟というやつか。子供って、大人の会話を聞いていないようで、その実、地味に聞いていて、しっかり覚えていたりするから侮《あなど》れない。

「ミーティア、よく知ってたわね」

「えへへ、どうってことないの」

ハルカに褒《ほ》められ、照れたような笑《え》みを浮《う》かべて、もじもじとするミーティア。

一緒《いっしょ》にくねくねと揺《ゆ》れる尻尾《しっぽ》が可愛《かわい》い。

「とはいえ、オレたち、エールは飲まないからなぁ。トミーの土産《みやげ》にはなるかもしれねぇけど」

「あと、ディオラさんに買って帰るのも良いかもしれませんね。最近、お世話になってますし」

「「「あぁ……」」」

ナツキの言葉に、俺たちの声が揃う。

俺たちが持ち込む諸々《もろもろ》の処理もディオラさんの仕事ではあるのだろうが、喜んで処理してもらえるか、嫌々《いやいや》処理されるかでは、色々と融通《ゆうずう》の利《き》き具合も変わってくるだろう。

「またディンドルを採りに行くのは確定としても、付け届けも必要かもな」

「ま、お土産に関しては、ご飯食べてからで良いじゃん――って、ことで。トーヤ、ゴー！」

「またかよっ！　――まぁ、やるわけだが。くんくん……あっちかな？」

繁華街《はんかがい》の方を指さすユキにツッコミを入れつつも、素直《すなお》に鼻を鳴らしたトーヤに導かれ、俺たちは一つの食堂に足を踏《ふ》み入れたのだが――。


「メアリ、ミーティア、ご飯はどうだった？」

「美味しかったです。けど……」

「お姉ちゃんたちのご飯の方が美味しいの！」

店を出た後で二人に問うてみれば、メアリは少し言葉を濁《にご》したが、ミーティアは素直だった。

「うっ、ミー……。しょ、正直に言えば、私も同じ感想です」

「ありがとう、二人とも。そう悪くはなかったけど、確かに少し割高には感じたわね」

俺たちが注文した料理は大銀貨一枚から二枚の範囲《はんい》で、庶民《しょみん》の昼食としては高価格帯。

それでいて、味と量をアエラさんのお店と比較すると、明らかに劣《おと》っており……。

「あえて食べに来ようとは思えない、ってところか」

「だなぁ。けど、これぐらい出さないと、たぶん厳しいぞ？　オレの鼻も万能《ばんのう》じゃねぇし？」

「いくらトーヤでも、ないものは探せないかぁ」

「少し、舌が肥えてしまいましたね。……自分たちで作ってるわけですけど」

ハルカたちの【調理】スキルは伊達《だて》ではない。

更に料理に関する知識と、俺たちの舌に合う味付け。

インスピール・ソースを代表とする、普通《ふつう》の店ではコスト面で使わないような良い材料。

彼女たちが作ってくれる料理は正直、元の世界で親が作ってくれていた物よりも美味しい。

手に入る食材に制限があるのでバリエーションが少ないのが残念だが、こうやってたまに外で食事をすると、それが贅沢《ぜいたく》な悩《なや》みだと実感する。

「朝夕は宿の食事を食べるとして、手持ちのストックが切れるまでは、昼はそれを食べるか？」

「そうしましょ。大した金額じゃないけど、やっぱりもったいなく感じるし」

「だね。じゃ、あとは……お土産のエールを買って、宿に帰る？」

「折角ですし、私は本も見ておきたいです」

そう言ったナツキに、トーヤが少し驚いたような目を向ける。

「ん？　先日一〇〇冊は買っただろ？　まだ買うのか？」

「はい。ダンジョンに関する本がもう少しあれば、と。あった方が良いと思いませんか？」

ケルグで使った図書費は金貨五〇〇枚。最初はハルカだってちょっと驚いた金額であり、トーヤの疑問はもっともだったが、それに対するナツキの返答もまた納得のいくものだった。

「……あぁ、あそこか。知識は仕入れておくべきだろうな」

先日、宝剣《ほうけん》を探すために入った廃坑《はいこう》は、ダンジョンであることがほぼ確定している。

今後もあそこに入るのであれば、安全のために知識を蓄《たくわ》えておくことは必須《ひっす》だろう。

「それに……（メアリちゃんたちの勉強に使える絵本でもあれば、と思いまして）」

メアリたちに気を遣《つか》ってか、小さく囁《ささや》いたナツキの言葉に、俺たちは『なるほど』と頷いた。

俺たちの読解力は神様パワーの賜物《たまもの》。メアリたちに正しく教えられるかは、少々不安である。

もちろん、その道のプロであるイシュカさんあたりにも話を訊《き》いてみるつもりだが、適当な教本があるならば、入手しておいて損はないだろう。

「じゃ、最初に本屋さん。エールはその次に買いに行く？　本屋さんで訊けば、エールを買える場所も教えてくれると思うし、効率が良いよね？」

ユキのその提案は特に否定する理由もなく、俺たちはまず本屋へ。

通行人に尋ねつつ辿《たど》り着いたその本屋があったのは、大通りから脇道《わきみち》に一本入った場所。

一等地でこそないが十分に良い立地で、領都ということもあってか、これまで訪《おとず》れたどの本屋よりも大きかったが、その構造はこれまでの本屋と同じ。

手に取れる場所にあるのはワゴンセールの本だけで、大半の本はカウンターの後ろにあるパターンであり、個人的にはちょっと物足りない。

とはいえ、治安や本の値段を考えれば仕方ないことと諦《あきら》め、俺はいつも通りワゴンセールを物色に、ハルカはカウンターの向こうにいる店員――お婆《ばあ》さんに対して声を掛けた。

「こんにちは。ダンジョンや魔物《まもの》に関する本を探しているんだけど……あるかしら？」

「ダンジョンだね。ちょいと待ちな」

本命はハルカとナツキ、そして鑑定《かんてい》持ちのトーヤに任せ、俺は二匹《ひき》目の泥鰌《どじょう》――は無理かもしれないが、美味しく食べられる雑魚《ざこ》ぐらいはいるかもしれないと、ワゴンを浚《さら》う。

比較的傷《いた》んでいない物を選んで中を見ていくが……微妙だなぁ。

ワゴンセール行きには訳がある。ケルグで教えてもらった通り、ワゴンの中にある物で装丁《そうてい》が綺《き》麗《れい》なのは、貴族の自伝的小説や日記など、これ以上はもう必要ない物ばかり。

俺の右隣《みぎどなり》で同様にワゴンを漁《あさ》るユキも渋《しぶ》い顔であり、その表情からして期待できないが……。

「(ユキ、なんか良い物はあるか？)」

一応小声で尋ねてみると、返ってきたのは少し予想外な答えだった。

「(まともな本には碌《ろく》なのがないね。ただ、ボロボロなのには多少価値がある……かも？)」

手渡《てわた》された本――いや、紙束を見てみると……これは、錬金術《れんきんじゅつ》に関する文書、か？

なるほど、狙《ねら》うべきは本の形を為《な》していない物か。

前回、時空魔法の魔道書を安く買えたのは、価値があると判《わか》っていても、田舎のあの店では売れないと店員が判断したからなのだろうが、ここは曲がりなりにも領都である。

その方向性を期待するのは難しいわけで……。俺もユキに倣《なら》ってボロボロの本をチェックしていくと、確かにちょっと意味のありそうな物もある。

ただ、そういう物に限って重要な部分が欠落しているので、要注意である。

「あ、ナオお兄ちゃん、こっちのは綺麗な絵が描《か》いてあるの」

そう指摘したのは、俺の左隣で背伸《せの》びをしてワゴンを覗《のぞ》き込んでいたミーティア。

手伝ってくれるつもりなのか、熱心に本を見ているのだが、その背後でハラハラと見守るメアリの心情を思うと……うん。俺は小さく苦笑《くしょう》を漏らし、ミーティアが指さした本を手に取る。

「これは……旅行記か。あんまり必要はないが……ミーティアが欲《ほ》しいなら買うが？」

「要《い》らないの。ミー、字は読めないの……」

すぐにそう答えたミーティアだったが、その言葉はどこか残念そうで――。

「それなら……」

俺がカウンターに目を向けると、こちらを見ていたハルカと目が合い、彼女が小さく頷く。

「メアリ、ミーティア、ちょっとこっちに来て」

「あ、はい。ミー、行くよ？」

メアリがどこかホッとしたように、ミーティアの手を引いてカウンターへと向かうが、そこに積んであるのは、ワゴンよりも余程《よほど》高価な本。ハルカはそれを指さし、メアリたちに告げる。

「この中から好きな本を、一冊ずつ選んで良いわよ」

「え、でも、私たち――」

「心配しなくても、文字は教えてあげる。今後を考えると、読めた方が良いだろうしね」

「やったの！」

ハルカの言葉に戸惑《とまど》いを浮かべるメアリに対し、ミーティアは素直に喜ぶが、身長的にカウンターの上に顔が出ず、ぴょんぴょん。そんなミーティアをナツキが抱《かか》え上げた。

「ナツキお姉ちゃん、ありがとうなの！」

「いえいえ。さ、好きなのを選んでください」

後ろを見上げてお礼を言うミーティアにナツキは微笑《ほほえ》み、本をカウンターの上に広げる。

「うん！　わぁ、綺麗な絵が多いの！」

子供向けの本を出してもらっていたのだろう。ミーティアは色の付いた絵がたくさん入った本を楽しげに捲《めく》り、メアリもハルカに再度促《うなが》され、恐《おそ》る恐る本を見始めた。

俺はそんな二人にほっこりしつつ、ワゴンの中で気になった物をいくつか手に取ってカウンターに歩み寄り、トーヤたちに声を掛けた。

「なんか良い本はあったか？」

「二冊だけだな。『魔物考察』と『ダンジョンとは』だけ。他は手持ちと重複してるみたいだな」

「ナツキに確認《かくにん》してもらったんだけど……ユキとナオも一応見てみて」

「了解《りょうかい》～。……うん、記憶《きおく》にはないね」

前回、ケルグで本を買いに行ったのは、俺とナツキ、そしてユキ。

買ってきた本はハルカたちも見ているが、より記憶に残っているのは俺たち三人の方だろう。

「この二冊は、俺も見た覚えがないな。他は……文字の勉強用か」

「えぇ、店員さんのお薦《すす》めを数冊ね。ナオとユキも……また買うのね」

「ワゴンセールに惹《ひ》かれちゃうのは仕方ないんだよっ。女の子だもん！」

「性別が関係あるかは知らないが、まぁ、つい、な……？」

演技なのか、それとも本気なのか、小さく嘆息《たんそく》したハルカに俺は苦笑する。

ここのワゴンも一冊金貨二枚。

冷静に考えると、気軽に買える価格ではないのだが、この世界の本は正に一期一会《いちごいちえ》。

下手をすると本当に一冊しか存在していなかったりするから、侮れない。

「ま、良いけどね。――お婆さん、全部でいくら？　多少安くしてくれたら、助かるんだけど？」

俺たちが話している間に、ミーティアたちの本選びも終わったようだ。

ミーティアの本は絵が主体の――まぁ、絵本と分類しても問題がないような本。

対してメアリが選んだのは、ちょっとお姉さんぶりたかったのか、少し字の多い本だった。

「そうじゃな。子供向けの本はあんまり売れんし……金貨五〇枚でどうじゃ？」

売れないと言う割に、お婆さんが提示した額は案外高かったが、ハルカは妥当《だとう》と判断したのだろう。カウンターの上に金貨を積みながら、「ところで」と尋ねる。

「この町はエールが特産なのよね？　お土産に買って帰りたいんだけど」

「土産ってことは樽《たる》でかい？　飲むだけならその辺の酒場で飲めるが、樽で買うのは商人じゃないと難しいかもねぇ……。特に美味《うま》いエールとなると」

「そうなの？　酒屋とかに行っても？」

「酒屋があるって話は聞いたことがないねぇ」

あまりお酒に興味がないから知らなかったが、酒屋は一般的ではないらしい。

基本的にお酒を飲むのは酒場。家で飲むことが少ないので庶民向けの酒屋は存在せず、お酒を買いたければ酒場で分けてもらうか、大きな商店で買うか。

「ただ、良い物は数がない。樽で買うのは難しいだろうさ。可能性があるのは蔵元《くらもと》じゃが……おぬしらはたくさん買《こ》うてくれたし、紹介してやろうか？　樽で買えるかは判らんが」

「良いの？　是非《ぜひ》お願いしたいわね」

「構わんさ。紹介するだけじゃからな。わしのお薦めはガーディム酒造じゃ。場所は――」


「にゅふふふ～♪　ミーの本なの！」

ミーティアが本を抱《だ》きしめ、跳《は》ねるような足取りで俺たちの前を進む。

他の本はすべてマジックバッグに入れたのだが、ミーティアだけは『自分で持つの！』と強く主張。その結果が、目の前の光景である。

「ミー、あまり燥《はしや》いでたら、転《こ》けちゃうよ？」

「大丈夫《だいじようぶ》なの！　ミーは転けたりしないの！」

心配そうなメアリに何故《なぜ》か自信満々なミーティアだが、自信があっても転けるのが子供だ。

フォローできる場所に移動するべきか、と思ったら、トーヤが足を速めてその位置についた。

「もうっ、ミーったら……。すみません、色々買ってもらって……」

メアリが困り顔で謝《あやま》ると、微笑んだハルカがその頭にポンと手を置く。

「ミーティア、私たちはもうあなたたちの保護者なの。すみませんは必要ないわ」

「そうそう。メアリも我が儘《まま》とか、言って良いからね？　そのくらいで見捨てたりはしないから」

「でも、甘《あま》やかすつもりはありませんので、ダメなものはダメとはっきり言います。嫌《きら》いというわけじゃないので、そこは理解してください」

「十分に甘やかされてると思いますけど……ありがとうございます」

メアリは少し泣きそうにも見える顔で俯《うつむ》きつつ、今度はお礼を口にした。

そんな彼女を見て、俺たちは顔を見合わせて安堵《あんど》混じりに小さく微笑む。

実際、俺たちも保護者としては初心者であり、メアリたちはその境遇《きょうぐう》もシビアだ。

お互《たが》い探《さぐ》り探りで接しているのが正直なところであり、ここしばらく問題なく過ごせているのは、ミーティアの前向きさと、メアリの礼儀《れいぎ》正しさに依《よ》るところが大きいと思っている。

だが、メアリもまだ子供。今回のことを切っ掛けに、少しでも気楽に接してくれるようになれば良いなぁ、とそんなことを思いつつ、俺たちはガーディム酒造へと向かったのだが――。

「すみません。在庫にあまり余裕がなく、お分けすることは……」

応対してくれた店員の男性から告げられたのは、残念ながらそんな言葉だった。

「そう……。ラファンから来たことだし、お土産に持って帰りたかったんだけど」

だが、ハルカが悲しげに少し俯くと、店員は落ちつかなげに視線を彷徨《さまよ》わせる。

「そんな遠くから？　えぇっと……折角来て頂いたことですし、味見でもされますか？」

さすがは美形エルフの憂《うれ》い顔、効果は抜群《ばつぐん》だ！

しかし、俺たちの目的はトミーたちへのお土産。別にエールが飲みたいわけではないのだが、折角の厚意を断るのも申し訳なく、メアリたち以外は一杯《ぱい》ずつ飲んでみたところ――。

「……あら。思った以上に飲みやすくて美味しいわ」

「だな。これなら十分に飲める――っと、すまん。ラファンで飲んだエールは、酸味と臭《にお》いがちょっとキツくて、あまり美味く感じなかったんだ」

俺も思わずそんな感想を漏らすが、それが少々失礼な物言いになっていることに気付き、慌《あわ》てて言葉を追加。しかし、店員は気を悪くした様子もなく、むしろどこか誇《ほこ》らしげに胸を張った。

「それは保存方法が悪かったのでしょう。ここまで美味しいエールはなかなか飲めませんよ？」

なるほど。元の世界でもビール工場へ見学に行くと、美味いビールを飲めるという話は聞いたことがあるが……こんな感じだったのかもなぁ。今となっては経験することもできないが。

「むー、トーヤお兄ちゃんたち、ちょっと羨《うらや》ましいの……」

「ハハハ、ミーティアたちは、大人になったらな？」

ミーティアにじっと見られ、少し居心地悪そうにエールを飲み干すトーヤ。

そして、ユキとナツキも同様にコップを空けて笑顔を見せる。

「あたし、エールは苦手だったけど、これなら飲みたいかも……？」

「えぇ。これを飲むために、ピニングに来ても良いぐらいですね」

「そこまで褒めて頂けると、嬉《うれ》しいですね。――ちょ、ちょっと待っていてくれますか？」

ハルカだけではなく、美少女二人にも褒められたことが嬉しかったのだろう。

店員は慌てたように奥《おく》へと駆《か》け込むと、しばらくして笑顔で戻《もど》ってきた。

「蔵主が小樽で三つまでなら売っても良いと。それでよろしければ……」

「良いの？　それじゃ、いただくわ」

提示された値段は、樽の値段込みで大銀貨五枚。

小樽の大きさは一〇リットルほどなので、単純にラファンでのエールの値段を考えると、そこまで安くはないのだが、味はまったく違うし、おそらくあれには水も混ぜられている。

これならば十分にリーズナブルだろうと、俺たちは限界の三樽まで購入《こうにゆう》。『またピニングに来られた際には、是非！』と言う店員に見送られて蔵元を後にする。

その後は少し街をぶらつき、適当な時間に宿に戻ったところ、さすがは有料サービス、きちんとネーナス子爵とのアポイントメントを取り、招待状を預かってくれていた。

それによると、設定された会談は四日後。

その日の午前中に領主の館を訪れ、門で招待状を見せると中に通してもらえるらしい。

「四日後か……結構先だな？」

「ん～、早い方じゃない？　現状を考えれば」

少し不満そうなトーヤは『呼び出したくせに』とでも言いたげだが、ユキに諭《さと》されるように言われ、少し考えてすぐに理解したように頷いた。

「……あぁ、ケルグのことがあったな。後始末で忙《いそが》しそうだよな」

「きちんと仕事をして頂けているようで、逆に安心ですね、ここに住む身としては」

俺たちはさっさとケルグを離《はな》れたが、領兵のサジウスはまだまだ後始末に奔走《ほんそう》していた様子。

現地にいないとはいえ、ネーナス子爵が暇《ひま》にしているようでは領主としての良識を疑うところだが、事前に領兵を派遣《はけん》しているあたり、決して無能ではないのだろう。

もっとも騒乱《そうらん》自体は起きているので、残念ながら特別有能なわけでもないようだが。

「早めに時間を取ってくれた方でしょうね。——でも、少し時間が空くわね」

「ぼーっと過ごすには、三日間はちょっと長いな」

「観光って町でもないしねぇ……何というか、普通だよね」

「ちょっと人が多いだけだったの」

今日一日歩いて飽《あ》きたのだろう。町に着いた当初は目を輝かせていたミーティアも、ユキの言葉に腕《うで》を組んで深く頷き、メアリも「ははは……」と小さく笑う。

俺たちにしたって、異世界の町はこれで四つ目。もう普通の街並みは見飽きている。

「本は買いましたし、武器や防具もガンツさんに頼む方が安心——となると、あとはギルドの資料室ぐらいでしょうか？　あまり代わり映《ば》えはしない気がしますが」

「結構、本を買ったからなぁ。——そうなると、依頼か？　冒険者らしく」

「だな。けど外はまだまだ暑いし、オレとしてはあんま請けたくねぇな」

「暑くない仕事があれば良いんだけどねー」

「さすがに無理でしょ。都合良くダンジョンでもあれば別だけど」

俺たちがそんなことを話しているると、ミーティアが不思議そうにこちらを見ているのに気付く。

「ミーティア、どうかしたか？」

そう尋ねた俺にミーティアから返ってきたのは、とても根本的で純粋《じゅんすい》な質問だった。

「お兄ちゃんたちは、暑いとお仕事しないの？」

「え？」

「お父さんは真夏でも、毎日お仕事に行っていたの」

「「「…………」」」

暑いから仕事をしない。

まるで『雨が降ったら休み』みたいな、南国の島である。

普通の職業ならあり得ないことに改めて気付き、俺たちは揃って沈黙《ちんもく》する。

そんな俺たちの様子を見て、メアリが慌てたようにミーティアの手を引っ張った。

「す、すみません。ミー、変なこと言わないの。冒険者と普通のお仕事は違うんだから」

メアリのフォローに乗っかるように、ハルカがミーティアの純粋な疑問に答える。

「そ、そうね。あのね、ミーティア。冒険者って命懸《いのちが》けの仕事も多くて、一回仕事をすると精神的にも、肉体的にも、とても消耗《しょうもう》するの」

「うん」

「だから、しっかり休んで、万全の状態で次の仕事を請けることが安全に繋《つな》がるの」

「そうなの？　でも、毎日仕事してる人もいるの」

小首を傾げるミーティアにハルカは深く頷き、言葉を続ける。

「休めるだけのお金を稼げない人はね。つまり余裕がないから、そういう冒険者は危ないの」

「オ、オレたちは高ランクの冒険者だからな。齷齪《あくせく》働かなくても、暮らしていけるんだ」

「そっか！　お姉ちゃんたちは高ランクだから、よゆーを持ってお仕事できるの！」

ハルカとトーヤの説明に、『納得！』とばかりに笑顔で頷くミーティア。

間違ってはいない。

間違ってはいないのだが、微妙に子供を丸め込んだような気分になるのは、何故だろう？

ちょっと教育に悪いような気も……いや、間違っていないのだから問題はないのか？

「……取りあえず、ギルドに行って依頼を見てみるか」

「そうですね。請けるかどうかは、効率なども考えてから決めれば良いでしょう」

全員何かしら思うところがあったのだろう。

さすがにこの状況《じょうきょう》で、『暑いからギルドに行かない』とは誰《だれ》も口にせず――明けて翌日。

俺たちはそれなりに装備を調《ととの》えて、二度目の冒険者ギルドへと向かった。

とはいえ、メアリたちもいるのに、早朝の依頼争奪戦《そうだつせん》に参加するつもりは更々なく、宿の朝食をゆっくり食べての重役出勤。人気《ひとけ》の少なくなったギルドに入り、『一応、確認を』と資料室に向かったナツキを見送って、俺たちは依頼が貼《は》ってある掲示板《けいじばん》に足を向けた。

ケルグと比べても大きな掲示板には、貼られている依頼の数も多いのだが……。

「大半は雑用の依頼ね」

「しかも、報酬《ほうしゆう》が微妙だよ？」

「良さそうな物はすぐに請けられるんだろうな」

草刈《くさか》りや探し物、荷物運びのような力仕事、他には飲食店の給仕《きゆうじ》など。どちらかといえば、日雇い労働者向けの依頼が多く残り、魔物退治のような冒険者っぽい依頼はほとんどない。

「うん。びみょー、なの！」

「ミー、あなたは読めてないでしょ？」

俺たちの真似《まね》をしてか、腕組みをして難しい顔で掲示板を睨《にら》むミーティアに、メアリが呆《あき》れ顔を向けるが、ミーティアは首を振《ふ》って掲示板を指さす。

「数字なら判るの！　あんまり大きい数字は書いてないの」

「数字だけじゃない。私もあまり読めないけど……あ、私でもできそうなお仕事もありますね」

メアリの現在の読解力は、少しの単語と数字ぐらい。それで判断したのだろうが……。

「できるかもしれないが、暮らしていける報酬額じゃないぞ？」

「そうなんですか？　この草刈りなら、一日分の食費ぐらいには――」

「なるかもしれないけど、冒険者は宿代もいるから。すっごい酷《ひど》い宿なら、ギリギリ？」

ユキに言下に否定され、メアリがハッとしたように口元に手をやる。

メアリたちは今まで自分の家で暮らしていたので、あまりその意識がなかったのだろう。

「今泊《と》まっている宿だと、全然足りません。……冒険者って、大変なんですね」

「新人のうちはね。意識的に努力しないと、その日暮らしになっちゃうから……。あたしたちの場合、このへんの仕事を請けるぐらいなら、訓練してる方がまだ有意義かな？」

「皆さんは、そうやって高ランクの冒険者になったんですね」

「やっぱり、ユキお姉ちゃんたちは凄いの！」

「うん、まぁ、そうかな……？」

姉妹《しまい》二人に尊敬の眼《め》を向けられ、ユキだけではなく俺たち全員の目が僅《わず》かに泳ぐ。

実際には、神様から与《あた》えられた戦闘スキルが大きな役割を果たしているので、少しの後ろめたさがあるのだが……努力したのも本当か。俺なんて、何度骨を折られたことか！

俺が一番、痛い思いをしているという自信は――いや、先日トーヤが塗《ぬ》り替《か》えたか？

ブレストプレート、溶岩猪《ラーヴァ・ボアー》の攻撃《こうげき》でボコボコになってたもんなぁ……。

そんな俺の視線を感じてか、トーヤが不思議そうに俺を見る。

「ん？　ナオ、どうかしたか？」

「いや、なんでもない。――あ、ナツキ、どうだった？」

首を振った俺は、トーヤの向こうに資料室から出てきたナツキの姿を見つけ、声を掛けた。

「やはり、大した本はありませんね。周辺の地理に関する本は多少役立つかもしれませんが……数分で目を通せる程度でした。魔物に関しては特に新しい情報はなしです」

ナツキが『でした』と言っている以上、既《すで》に読んできたのだろう。

一応、後で俺たちも目を通すとしても、その程度の本に三日の空き時間は過剰《かじょう》なわけで……。

「——ここは受付のお姉さんに相談してみねぇ？　ダメ元で、適当なものがないか」

同じ結論に達したであろうトーヤがそんな提案をするが、ハルカたちは難しい顔で首を捻《ひね》る。

「それはどうかしら？　ディオラさんぐらい仲良くなってれば別だけど……」

「無理じゃない？　あたしたち、ここでは新参者と言うのも烏滸《おこ》がましいよ？」

ディオラさんとは持ちつ持たれつ、ある程度の融通を利かしてもらうこともある。

だが、ここのギルドに来たのは二度目で、依頼すら請けたことがない。

俺たちのランクが多少高くとも、特別な依頼を斡旋《あっせん》してもらうようなことは難しいだろう。

「だからダメ元だって。訊いてみて適当なのがなければ、町の外で訓練でもすれば良いんじゃね？　しっかり稼いでんだから、無理にここで仕事をする必要もねぇだろ？」

「……ま、そうよね。どうせラファンに戻ったら仕事に行くわけだし」

ミーティアの手前、『働かないと！』という気分になっていたが、普段と違うことをしてもボロが出るだけ。冷静に考えれば、あえて今『働く大人の背中』を見せる必要性は低いわけで。

「それじゃ、トーヤの提案を受け入れて……あの人に訊いてみるか」

カウンターを見ると、昨日馬車を返した時に、対応してくれたお姉さんが座《すわ》っている。

彼女なら多少話も通りやすいかと俺が近付くと、こちらに気付いた彼女はニコリと微笑んだ。

「〝明鏡止水〟の皆さんでしたね。どうかされましたか？」

「覚えていてくれたんですか？」

昨日一度会っただけなのに、と思って訊き返すと、彼女は苦笑して頷く。

「もちろん、覚えてますよ。昨日のことですし、何より目立つパーティーですから。ランク五が珍《めずら》しいこともありますが、メンバーにも特色がありますし？」

「な、なるほど……」

種族、男女構成、そして外見。

ラファンに比べて冒険者の多いピニングでも、俺たちが目立つことは否定できない。

思わず『納得！』と頷く俺に、受付嬢《うけつけじょう》のお姉さんは「それで」と続ける。

「どうされました？　皆さんであれば、ある程度はお手伝いさせて頂きますが……？」

「えっと、ランクに応じた、何か適当な依頼はないかと思いまして」

冒険者ランクは、ギルドからの信頼度も反映されている。やはりルーキーとは違うからか、何だか悪くない感触《かんしょく》にちょっと我が儘を言ってみると、お姉さんは少し困ったように俺を見た。

「ランクに応じた、ですか……。ちなみに、どれぐらいを考えておられますか？」

そのもっともな問いに、俺たちは顔を見合わせて考え込む。

どのぐらいの報酬なら働くのか、具体的には考えてなかったが……。

「冬の間は結構稼いだよな？　一日平均でも金貨三〇〇枚を下回ることはなかったし」

「さんびゃく!?」

「あ、それは少し特殊《とくしゅ》だから、春になったらかなり落ちたわよ？　五〇枚ぐらいかしら」

あれは一種の特需《とくじゅ》。ハルカが訂正《ていせい》を入れるが、お姉さんはジト目で俺たちを見る。

「……その五〇枚も、金貨で、ですよね？」

「はい。あ、でも、ケルグでは賞金首を捕《つか》まえて一〇〇〇〇枚貰《もら》いましたね」

「アレを捕まえたの、あなたたちだったんですか⁉」

「ええ、偶然《ぐうぜん》。運良く」

「……もう、しばらくは楽しく遊んで暮らせば、良いんじゃないんですかね」

お姉さんの受け答えが投げやりになった。

でも、気持ちは解る。冒険者としては、それが一般的な行動なので。

「そもそも、何でピニングに？　そこまで稼げるなら、町を移動する必要はないですよね？」

「この町に用事があったのよ。でも、その用事の待ち時間が三日ほど発生してね」

「なら待ちましょうよ、そのくらいの時間。冒険者としては、勤勉すぎません？」

納得の言い分。しかし三日というのは、中途半端《ちゅうとはんぱ》なんだよなぁ……。

「んー、じゃあ、何かこの町で是非見ておくべき場所とか、そんな所、ないか？」

トーヤの無茶振りに、お姉さんは困ったように眉尻《まゆじり》を下げる。

「冒険者ギルドは観光案内する所じゃないんですけど……あ、でも、良いものがありました！」

そう言ったお姉さんが、掲示板から剥《は》がしてきたのは一枚の依頼書。

それをカウンターの上に置いて、俺たちに示した。

「依頼としては物足りないと思いますが、これなんかちょっと良いと思いますよ？」

「えっと、内容は……水源の調査？」

「はい。普段は立ち入り禁止になっている場所です。とても風光明媚《ふうこうめいび》で綺麗なところ——らしいですよ？　私は行ったことないですが」

依頼の概要《がいよう》は、〝水に汚染《おせん》が見られるため、原因の調査をしてくれ〟というもの。

現場はピニングから数時間ほどの場所でさほど遠くはないが、ランク三の制限付き。

それでいて依頼料は金貨一五枚であり、相場からするとかなり安い。

「この水から造られるエールは、とても美味しいのですが、最近、その水源に問題が発生しているようで……仕込みが始まる前に解決しないとマズいのですが、何故か請ける人がいなくて……」

「何故も何も、依頼料が安いからでしょ。ランク制限まで付けておきながら」

「まぁ、そうなんですけど」

ハルカが呆れ気味に告げる、身も蓋《ふた》もない言葉にお姉さんは視線を逸らす。

「水が重要であるなら、きちんと依頼料を払うべきだと思いますが……？」

「仕事には適正な報酬が必要だよね。ダンピングは他の人の迷惑《めいわく》にもなるわけだし」

「「「うん、うん」」」

ナツキとユキの言葉に同意するように俺とトーヤ、そしてミーティアも真似して頷く。

不当な安値で仕事を請けると、結局は回り回って業界全体、延《ひ》いては発注側の不利益にもなる。

一時的ならまだしも、継続《けいぞく》的に原価以下で仕事をすることなんてできないのだから、原価の方を下げるしかなく、冒険者であれば仕事の手抜きをするか、低レベルの冒険者を使うか。

それはつまり、冒険者ギルドの評判を落とすことにも繋がる。

「それは重々承知なのですが、この醸造所《じょうぞうしょ》はとても評判が良いところなので、なんとかしてあげたいかなぁ、と。ここの造るエールは凄く評価されていて人気なのですが、それでも頑《かたく》なに値上げをせず、庶民にも飲める価格で提供してくれているんです！」

言葉に力が入るお姉さん。彼女もまた、その恩恵《おんけい》に与《あずか》っている一人なのかもしれない。

「職人気質《かたぎ》なのね。商売は下手そうだけど」

「それは否定できません。近年、色々とコストが上がっても、それを価格に反映させないものですから、経営も圧迫《あっぱく》されているようでして……」

「その皺寄《しわよ》せが依頼料、と。それはそれで、どうかと思うけど？」

「はい、その通りですよね。否定できません」

無理を言っていることは理解しているのだろう。お姉さんは困ったように肩《かた》を落とす。

俺もそういう職人タイプは嫌いじゃないが、その影響《えいきょう》が自分に掛かってくるとなると、少々厄介《やっかい》である。とはいえ、俺たちは別に金銭的には苦労していないわけで……。

「どうする？　単純に仕事と考えれば、対象外だが」

「う～ん、事情を聞くと、あたしは助けてあげたい気もするけど……今は余裕があるし」

「個人的感想を言うなら、その醸造所の人は職人としては優秀《ゆうしゅう》でも、経営者としては落第ですね。一本気も良いですが、それで醸造所を傾《かたむ》けるようでは頑迷《がんめい》なだけです。一度潰《つぶ》れて、経営権を明け渡した方が良い気もしますが……。職人がいなくなるわけじゃないでしょうし」

「で、でもそうなると、エールの値段が――」

「外部に正当な報酬も払えないようなら、値上げするべきだと思いますが？」

「もしくは経営改革だろうが……今の経営者だと難しいだろうな」

できるなら、既にやっているだろう。

暗にそんな気持ちを込めて言うと、お姉さんはカウンターの上に突《つ》っ伏《ぷ》した。

「うぅ……高ランク冒険者が、正論で受付嬢を殴《なぐ》りつけてきます……」

「ちょっと、人聞きが悪いわね。――ところで、その醸造所って、どこの？」

「ガーディム酒造です」

「「「あぁ……」」」

顔を上げたお姉さんから告げられた言葉に、俺たちは思わず納得して声を揃える。

確かにあそこのエールは美味しかったし、品薄《しなうす》になるのも解るぐらいに安かった。

「うーん、今回だけなら良いんじゃね？　景色を見るために余興で請けたって感じで」

エールを売ってくれた恩があるからだろう。トーヤがそう言うと、ハルカもまた頷く。

「……そうね。メアリたちと一緒に、ピクニックに行く感じで」

「わ、私たちのことは、気にしなくて――」

「やったの！　美味しい物、食べられるの！　楽しみなの！」

遠慮《えんりょ》しようとしたメアリの言葉を遮《さえぎ》って、ミーティアがぴょんと飛び跳ねた。

そんな妹を見て、がくりと肩を落としたメアリの頭を、俺は慰《なぐさ》めるように優《やさ》しく撫《な》でる。

「はは、メアリもこれぐらい気楽にな？　既に判ってると思うが、結構余裕があるから」

「はい……、ありがとうございます」

「うん。――ってことで、この依頼、請けるってことで良いか？」

「いいよ～」「はい」

ナツキとユキも同意すると、お姉さんが本気でホッとしたような表情を浮かべる。

「ありがとうございます！　いやー、本当に助かります。あの醸造所がなくなると……」

「なくなるって……既に、そこまでのレベルなの？」

「噂《うわさ》、ですけど。あそこは良くも悪くも頑固なので。もし上質な水が確保できなければ、今年は仕込みはしない可能性も高くて……そうなると、そろそろ……」

普段エールを飲まない俺たちは知らなかったが、訊けばこのピニングで造られるエール、他国に通用するほどに有名とは言えないが、ちょっとした地域ブランド程度の知名度はあるらしい。

ミーティアが聞いたことがあったのも、それなりに理由があったようだ。

そして、ピニングに複数ある醸造所の中でも随一《ずいいち》の品質を誇るのがガーディム酒造なのだが、逆に言えば素材や水へのこだわりも強く、良い物が手に入らなければ仕込みもしない。

ブランド化があまり進んでいなかった昔であればそれでも何とかなったのだろうが、今となっては『ピニングのエール』はそれなりの知名度があり、求める人も多い。

必然的に他の醸造所は出荷《しゅっか》量を増やすことになり、それに伴《ともな》い原料の仕入れ量も増える。

結果起きるのは、原料不足による値上がりと人手不足。

それでも他の醸造所は、原料の品質の調整や産地の変更《へんこう》、商品価格への反映などを行って順調に業績を伸《の》ばしていったわけだが、ガーディム酒造は頑なに昔のやり方を続けた。

そうなれば当然、原料で買い負け、人手が不足し、資金不足に陥《おちい》り……。それでも未《いま》だに存続しているのは、庶民の支持があることと、昔からの付き合いがあるためなんだとか。

「何というか……今回俺たちが安く依頼を請けても、時間の問題じゃ？」

「……実は私もそう思ってます。支持している人たちも安くて美味しいエールを飲めるからで、高くなったら大半は他のエールに移ると思いますし。でも、今を乗り越《こ》えたら――」

「もう少しの間は、あなたも美味しいエールを安く飲める？」

「そう！　あと一年ぐらいは――じゃなくて、何か改善するかもしれませんし？」

ハルカの合いの手に、思わずという感じで頷いたお姉さんは、慌てて言葉を付け加えて否定。

しかし、俺たちのジト目を受けて、気まずそうに視線を逸らした。

「……詳細《しょうさい》の説明に移りましょうか」

今回の目的は、ガーディム酒造が使っている水源の調査。

エールの仕込みを前に、水源の管理者が確認に行ったところ、その水から僅かな異臭《いしゅう》を感じ、その原因を突き止める依頼が出されることになったらしい。

期限は一ヶ月以内だが、安い依頼料の引き換《か》えとして、仮に調査の結果、原因が掴《つか》めなくても依頼失敗にはならず、キャンセルも可能、という契約《けいやく》になっていた。

「こちらが周辺の地図と立ち入り許可証になります。ピクニックがてらでまったく問題ありませんが、個人的には大変期待してます。何と言ってもランク五ですからね！」

お姉さんは数枚の紙を差し出すと、プレッシャーを掛けるようにニコリと微笑むのだった。

◇　◇　◇

依頼を請けた日は準備に費《つい》やし、俺たちはその翌日、ピニングの西側へ向かっていた。

門を出て、まだまだ強い日差しに耐《た》えながら歩くこと、三〇分ほど。

前方に森が見えてきたのを確認し、俺は一歩後ろを歩くメアリを振り返った。

「メアリ、足は大丈夫か？」

「あ、はい、全然問題ありません。ほら、この通り！」

メアリがニコリと笑い、健全さを示すかのように、ぴょんと飛び跳ねる。

その動きに足を庇《かば》う不自然さがないことからも判る通り、実は昨日、ハルカたちが続けていた『再生《リジェネレイト》』による治療《ちりよう》がついに完了し、メアリの足の指は完全に再生されていた。

見た目だけなら数日前には治っていたのだが、ハルカたち曰く、『魔法を使うと手応《てごた》えがある』ということで施療《せりよう》は継続、その手応えがなくなったのが昨日だったのだ。

「なら良かったわ。でも、痛みや違和《いわ》感があれば、すぐに言うこと。良いわね？」

「はい。ふふっ、判ってます。ありがとうございます」

噛《か》んで含《ふく》めるように言うハルカに、メアリが小さく笑って頷いたその時、先頭を歩いていたミーティアが前方を指さし、「あっ！」と声を上げた。

「柵《さく》があるの！　あれって、入っちゃいけない場所の目印？」

「確かにあるな。けど……柵というのも烏滸がましくねぇ？　管理されてんのか？」

ミーティアの隣で眉をひそめたのはトーヤ。その言葉通り、その柵はかなり古びていて貧弱《ひんじゃく》、高さは腰《こし》ほどしかなく、一部では腐《くさ》って崩《くず》れてしまっている。

「一応、境界は判るけど、これなら簡単に乗り越えられちゃうね。よっと！」

「ミーも！　ミーもやる！」

「あ、ミー！」

ユキがひょいと柵を跳《と》び越えると、楽しそうにミーティアが続き、メアリも後を追う。

先ほども言ったが、柵の高さは俺の腰ほど。ミーティアの身長からすると少し高いのだが、さすがは獣人《じゅうじん》と言うべきか、軽々と跳び越えるあたり、やはり運動能力は高いのだろう。

「本当に元気そうで……良かったです」

「そうだな。ナツキとハルカの頑張りのおかげだな」

二人がかなり無理をして魔法を使っていたことは、俺も知っている。

ホッと胸を撫で下ろしているナツキを労《ねぎら》うように、彼女の背中をポンと叩《たた》き、俺たちも柵を越えて森へと足を踏み入れると、その途端《とたん》に涼《すず》しい風が頬《ほほ》を撫でた。

見回すと目に入るのは、下草がきちんと刈り取られ、人の手によって整備された森。

柵は放置されていたようだが、水源へと続く道にも荒《あ》れた様子はまったくない。

「心地好《よ》い森ですね。禁足地でなければ、散歩に良さそうです」

「この森全体が私有地なのか。結構広いな……ちょっと羨ましいぞ」

「正確には、その後ろにある山も含めて、〝独占《どくせん》的な使用を認められた土地〟ね」

土地の所有権は領主のネーナス子爵にあり、ガーディム酒造は使用許可を得ているだけ。

だが逆に、そのことが侵入《しんにゅう》を躊躇《ためら》わせる要因にもなっているらしい。

平民の土地と領主の土地、不法侵入のリスクが高いのがどちらかなど、考えるまでもない。

こんな所で見咎《みとが》められることはそうないだろうが、立ち入り許可証がなければいきなりバッサリやられても法的には文句も言えないわけで。普通の人なら近付こうとはしないだろう。

「ちょっともったいない気はするけど、荒らされても困るから、仕方ないのかな？」

「モラルを期待できないところもあるからなぁ……冒険者とか、色々だし？」

ユキの言葉を受けて俺がそう言うと、盗賊《とうぞく》に落ちた冒険者やら、ケルグで火事場泥棒《かじばどろぼう》的に悪さをしていた冒険者やら、色々と心当たりもあるハルカたちが苦笑を浮かべる。

元々この森とその後背地にあたる山は、良い水を得るために保護されているのだ。

そこを荒らされてしまっては本末転倒《ほんまつてんとう》。何のために整備しているのか解らない。

「もっとも、ここの整備のコストもガーディム酒造の経営を圧迫しているようですが」

「これだけ広いとなぁ。道もしっかりしているし……このまま行けば取水地に着くんだよな？」

俺の問いに応えて、地図を持って先頭に立つユキが前方を指さす。

「この地図に依ればそうだね。少し山を登った所？　本格的な登山ってほどじゃないけど……ゆっくり行こうか。あ、メアリたちは疲《つか》れたらちゃんと言ってね？　トーヤが背負ってくれるから」

まだまだ元気に歩いているメアリたちを見た後、そんな言葉を付け加えてユキがニヤリと笑う。

「オレ？　別に構わねぇけど？　何だったら、ユキも背負ってやるぞ？」

こちらもニヤリと笑うトーヤに、ユキはぴっと手を突き出して首を振った。

「のーさんきゅー！　あたしはナオに頼むから。――柔《やわ》らかいお尻を堪能《たんのう》しても良いよ？」

「ん……？　俺か？　別におんぶぐらいは構わないが……」

何故か飛んできた危険球。

言葉を濁した俺に、ユキがわざとらしく両手を掲《かか》げて怒《いか》りを顕《あら》わにする。

「なにぉー！　ユキちゃんのお尻じゃ厚みが足りないと申すか！」

「それは知らんが。そうじゃなく、おんぶするならメアリだろう？」

そう言いながら、ちらりとメアリに視線を向けると、メアリは慌てたように両手を振った。

「い、いえ、私は全然、全然大丈夫なので！　ナオさんは是非、ユキさんのお尻を――」

「やらないから！　――つーか、ユキ。まだ距離《きょり》感を掴みかねているメアリの前で、反応に困る冗《じょう》談《だん》を言うな。本気にしたら困るだろ？」

俺がキッパリ否定してため息をつくと、メアリは「あ、冗談だったんですね……」とホッと胸を撫で下ろすが、それを見たユキは、にまっと笑い、俺の傍《そば》まで来て顔を覗き込む。

「別に冗談じゃないよ？　ナオなら、お尻を触《さわ》るぐらいは許してあげる。更に更に、今日は普段よりも軽装だから、おんぶをすればあたしの豊満な胸の感触だって――」

しかし、ユキのその楽しげな笑みは、背後から近付いていた二人の人物によって凍《こお》りつく。

「ユ～キ～、そのぐらいにしましょうね？　立派な厚みになるまで、お尻を叩かれたくなければ」

「ハルカ、そのときは交代交代でやりましょう。一人だと疲れてしまいますから」

左右から、ユキのお尻にポンと置かれた二つの手。

ユキはギギギッと振り返り、その持ち主に対して乾《かわ》いた笑みを浮かべる。

「じょ、冗談に決まってるじゃん！　や、やだなぁ、もう、二人とも〜、ハハハ……」

「もちろん、私も冗談（です）よ？　フフフ……」

三人とも笑っているのだが、微妙に笑いの種類が違う気がする——ことからは目を逸らして前を見れば、元気に山を登るミーティアと、フォローするように傍を歩くトーヤが見える。

「……先を急ぐか。トーヤとミーティアから、少し距離が空いたし」

そう言いながらメアリに手を差し出すと、彼女は俺の手を取りつつも、少し心配そうに「良いんでしょうか……？」と呟いて、ハルカたちに目を向ける。

「気になるなら、交ざってきても良いぞ？　そうすれば——」

「先を急ぎましょうか！　ミーが迷惑を掛けないか、心配ですっ」

あのガールズトークに割って入るのは、さすがにハードルが高かったのだろう。

メアリは慌てたようにそう言うと、俺の手を引っ張って足早にミーティアを追うのだった。

山を登り始めて一時間ほど。まだまだ元気に先頭を歩くミーティアが、声を上げた。

「わぁ！　大きな穴があるの！」

彼女が指さす先にあったのは、直径二〇〇メートルほどはありそうな擂《す》り鉢《ばち》状の穴。

その縁《へり》に立って下を覗けば、穴の中心には澄《す》んだ水を湛《たた》え、深い青に輝く泉が見えた。

「……綺麗」

感動したようにポツリと呟いたのはナツキ。

俺も口にこそ出さなかったが、普通の水ではちょっとあり得ないような青色にため息をつく。

むしろ何かマズい物が混ざっていそうな、それほどに綺麗な色なのだが、長い間あの水を使ってエールを作り続けているのだから、たぶん問題ないのだろう。

見た目はホント、サファイアブルーでヤバそうに見えるのだが。

「すっごーい！　綺麗な青なの！」

「真っ青です！」

素直に感嘆《かんたん》の声を上げたミーティアとメアリが、泉へと続く道を駆け降りていく。

他の場所なら止めるところだが、【索敵《さくてき》】に反応はないし、穴の中には大きな木も生えておらず、見通しも良い。足を滑《すべ》らせたりしなければ危険はないだろうと、ゆっくり歩いて後を追う。

「この穴って、もしかして火口かしら？」

周囲を見回してハルカがそう言うと、ユキとナツキも同意するように頷く。

「形的には、噴火《ふんか》で山腹が吹《ふ》き飛んだようにも見えるよね。富士山の宝永火口みたいに」

「規模はずっと小さいですが、そう見えますね」

「となると、あの泉は火口から水が湧《わ》き出しているってことにならないか？」

「あり得なくはない、のかしら？　私も地質学は詳《くわ》しくないけど」

俺も詳しくないが、目の前にある以上、そういうこともあるのだろう。

現実を受け入れ、俺が納得していると、俺の隣でナツキもまた納得したように頷く。

「ですが、火山性と考えれば、あの青さも少し理解できます」

「そうなのか？」

「はい。微生物などがいない水だと、あんな色になることも。地球にもありますよ？　ただそこは、〝高温だから〟という理由ですけど」

「アレは普通の水っぽいよな？　少なくとも熱湯じゃなさそうだが……」

他の原因――例えば強酸性や強アルカリ性でも、生物や植物が生息できず、見た目だけは綺麗な水になるだろうが、当然ながら危険性は高い。

メアリたちを止めるべきかと、ユキたちを窺《うかが》えば、彼女たちは小さく首を振る。

「大丈夫じゃないかな？　さすがに危険な水なら、ギルドから注意があるはずだし」

「つっても、落ちたら危ねぇし、少し急ぐか。たぶん、泳げないだろ？」

トーヤが指さすのは、泉に手を付けてパシャパシャ遊んでいるミーティアたち。

その指摘に俺たちはハッとして顔を見合わせた。

日本であれば小学生でまったく泳げない子供は少数派だろうが、ここは異世界。

当然身近にプールなんて存在しないし、魔物の危険性もあるので普通は川で泳ぐ機会もない。

誰ともなく足を速め、ミーティアたちの傍に行くと――。

「あははは、冷たいの！　気持ち良いの！」

「ナオさん、水、すっごく冷たいですよ！」

ミーティアはともかく、普段はまだまだ気を張っているのか、あまり燥いだりしないメアリが楽しげに笑っている姿に、俺たちの頬も思わず緩《ゆる》む。

「落ちたりしないよう、気を付けるんだぞ～、――うん、マジで」

近付いてみると、泉は想像以上に深かった。

水の透明度《とうめいど》は非常に高いが、それでもなお底が窺えず、泳げる俺でも少し足が竦《すく》むほど。

手を入れてみれば、水は汗《あせ》が引くほどに冷たく、普通に飛び込めば短時間でまともに動けなくなってしまうだろう。俺たちには『防冷《レジスト・コールド》』や『水中呼吸《ブレス・ウオーター》』があるので救助はできるだろうが、身体《からだ》の小さな二人に、この水温はかなり危険である。

「でも、この水の冷たさは気持ちいいわね」

「ですよね！　ふふふっ」

「青いけど青くないの！」

ミーティアが両手に掬《すく》い取った水を見せながら、不思議そうに小首を傾げた。

俺たちでも不思議に思うほど青く見えるのだから、ミーティアの疑問は理解できる。

「でも、水に色が付いているわけじゃないからなぁ」

「そうなの？」

「そうなんだ。青く見える理由は……」

原理としては光の関係と理解しているのだが、それを説明するとなると……。

「ナツキ、パス」

悩んだ俺は、後ろにいたナツキに華麗《かれい》にスルーパス。

「私ですか⁉　説明することはできますが、理解するには科学的知識が必要なんですけど……」

突然《とつぜん》話を振られたナツキは、目を白黒させながらも頭を捻る。

色が見える原理や光の波長、光の吸収など、確かに説明すべきことは多い。

それを簡単に、しかもそのあたりの知識がない子供に説明しろと言われても難しいよなぁ。

「えっと、ミーティアちゃん。この泉が青く見えるのは、お空が青く見えるのと同じ理由なんですが……ミーティアちゃんは何でお空は青いと思いますか？」

「えっと、えっと……きっと、ずーっと高いところに、青い天井《てんじょう》があるの！」

ある意味、とても子供らしい解答。

青く見えるんだから、青い物があると考えるのは当然だろう。

「天井ですか～。ちょっと違います。ここにある空気や水も本当はすっごく薄い青色をしているんです。それがたくさん、たくさん集まると、濃《こ》く見えるようになるんです。だから、その凄くたくさん集まった空気が〝青い天井〟とも言えるかもしれませんね」

「そうなんだ⁉　すごいの！」

ナツキの説明に驚いたような声を上げるミーティアと、それを横で聞いて、感心したように頷くメアリ。何とか解りやすく説明しようとした感じではあるが……。

「（ハルカ、あの説明って正しいのか？）」

「(原理としては『波長の短い可視光を空気分子が散乱させる』だから、空気が青いというのも間違いとは言えないわね。もっとも空気層が厚くなると、夕焼けみたいに赤くなるんだけど)」

「(普通の色は『反射』だから『散乱』とは少し違うけど、子供に説明しろと言われると困るよね。ちなみに空が青いのはレイリー散乱、雲が白いのは奇《く》しくもミー散乱って言うんだよ?)」

「ハルカ、ユキ、何か良い説明があるなら聞きますよ?」

俺たちの内緒話が聞こえていたのか、ナツキが良い笑顔を向けてくるが――。

「――さて、泉の調査をしましょ」

ハルカは一瞬《いっしゅん》だけ沈黙すると、さらっと話を変えた。

彼女もまた、メアリたちが理解できるように説明するのは難しいのだろう。

そして、ナツキに説明をパスした俺には、言えることなど何もないわけで。

「はぁ……。ミーティア、メアリ。私の説明は厳密に言うと少し違うのですが、正確に説明するのはとても難しいのです。もし本当に正しいことが知りたければ、よく勉強してください。そうすればいつか解るかもしれませんね」

「そうなの? 頑張るの」

「解りました」

ナツキが張った予防線に二人は素直に頷くが、こちらの学問で理解できる日は来るのか?

そこが少し気になるが、それが学習意欲に繋がるなら、ありなのかもしれない。

実際のところ、科学的常識がこちらの世界でも当てはまるとは、必ずしも言えないわけだし。

「……実際に、青い天井があるかもしれないしな」

「空の話？　ふふっ、さすがにそれは………ないとは言えないわね」

俺の呟きを拾い、ハルカが小さく笑うが、言葉の途中で真面目な表情になって考え込んだ。

「神様がいるわけだしねぇ。ま、そのへんはあたしたちが考えても仕方ないよ。空の彼方《かなた》を目指す未来の人たちに託《たく》しましょー。残念ながら空を飛ぶ魔法すらまだないんだから」

「『空中歩行《ウオーク・オン・エア》』ならあるけどな。歩いて登る以上、成層圏《せいそうけん》すら届かないだろうが」

これはその名前の通り、空中を歩く魔法。上達すればかなり自由に歩けるらしいが、本当に歩けるだけ。高い場所に行こうと思えば、階段を登るのと同じだけの労力が必要になる。

つまり、魔力を消費しながら何十キロも歩き続けることになるわけで……あまりに非現実的だ。

異世界に来れば魔法で空が飛べると思っていた俺、涙目《なみだめ》である。

「生きているうちには、空を飛べる魔法を作ってみたいが……」

「そのときには私も一緒にお願いしますね？　私、【風魔法】は使えませんから」

「安全に飛べるようになったらな」

やはり大空はみんなの憧れ《あこが》。

期待するように見るナツキに軽く肩を竦め、俺は改めて泉を覗く。

「しかし、なかなかに不思議な泉だな、これ」

まるで真《ま》っ直《す》ぐ下へと掘《ほ》ったみたいに、岸辺から落ち込むように深くなっている。

水が透明なため、水面から二〇メートルぐらいは見通せるのだが、それでも底は見えない。

しかもその透明度の高さから、まるで何もない穴を覗き込んでいるようにも感じられ、その深い青色も相まって、吸い込まれてしまいそうな恐怖《きょうふ》感すら感じる。

もちろん、落ちたところで泳げば良いだけと解ってはいるのだが……。

「この前、アエラさんたちと泳ぎに行った泉の水も綺麗だったけど……それ以上ね」

「うん。滅茶苦茶《めちゃくちゃ》綺麗だよね、この水。見た目的には」

ユキは少し呆れたように、手で水を掬い取っては零《こぼ》し、きらきらと流れる澄んだ水を見る。

「だよな。触っても問題ないし、味も……よく判らないな」

泉の水を少し口に含んでみるが、とても冷たくて美味いだけ。これの何が問題なのだろうか？

「ナオ、大丈夫なの？」

「【頑強】あるし、大丈夫だろ。ヤバかったら、ハルカ、頼むな？」

「その時は治療するけど……トーヤはどう？」

「どれどれ……ん～～、たぶんだが、僅かに嫌な臭いがする、か？」

俺と同じように水を飲んだトーヤが眉根を寄せ、鼻を鳴らす。

トーヤがそう言うならと、俺も再度水を飲んでみるが……まったく判らん。

同様に水を飲んだハルカたちも、そしてメアリたちでも同じようで、首を捻っている。

「オレの嗅覚《きゅうかく》で僅かに感じる程度だからなぁ」

「……逆に言えば、ガーディム酒造の職人は、それを感じたってことだよな？」

「そうなるわね。――職人としては本当に優秀なのね。経営者としてはダメでも」

嗅覚が獣人のトーヤ並みとは考えにくいし、味覚がとんでもなく鋭《するど》いのか……?

いや、その職人が獣人という可能性もゼロではないが。

「それじゃ、その臭いが問題だとして。原因は何かしら」

周囲を見回しても、特に目につく物はない。判りやすくゴミでも落ちていれば良かった(?)のだが、当然と言うべきか、そんな物はなく、汚染源と思《おぼ》しき物も見当たらなかった。

「屋根も壁《かべ》もねぇし、動物や鳥の糞尿《ふんにょう》が混じった可能性はあると思うが——」

「それは今更でしょ。ここまで綺麗なんだから、水の入れ替わりは早いと思うわよ?」

空や周囲を指さして言うトーヤに、ハルカが肩を竦めた。

そう考えると少し汚《きたな》い気もするが、要は程度問題。極論、元の世界のミネラルウォーターや水道水にも毒は含まれるが、それが基準値以下で身体に害がないというだけなのだから。

「これって、たぶん、湧き水だよな」

「川もあるけど、あれはちょっと小さいよね、この泉を維持《いじ》するには」

ユキが指さした先には、小川と呼ぶにも小さすぎるほどの川が一つ。

他に泉へ流れ込む川はなく、ついでに言えば流れ出す川もない。

「水の流出口も、泉の中にありそうですね」

「火山性の土地なら、隙間《すきま》はたくさんありそうだもんねぇ」

水の供給、排出《はいしゅつ》共に火山活動でできた空洞《くうどう》によって行われているなら、川がなくてもここまで澄んだ水を湛えていることもあり得なくない——いや、だからこそ澄んでいるのだろう。

「けどさ、原因が湧き水だったら、どうしようもなくね？」

「そうよね。少なくとも、今年の水がどうこうというレベルじゃなくなるわね」

呆れたように言ったトーヤにハルカが同意すると、メアリが不思議そうにハルカを見る。

「えっと、そうなんですか？」

「えぇ。湧き水って数年から数十年、下手したら一〇〇年ぐらい昔の水が湧き出しているの。だから今から原因を突き止めても、改善されるのはずっと先のことになるのよ」

「大変なの！」

驚いて両手を上げるミーティアにはほっこりするが、事実それが原因なら事態は深刻である。

今の俺たちが数十年前の原因を解決することはもちろん、特定することも難しいのだから。

「トーヤ、温泉っぽい臭いとか、ある？　そうならもう、完全にお手上げだけど」

「……あぁ、地下水に温泉水が混入した可能性か」

何故温泉なのか一瞬考えてしまったが、火山であるならそれは十分に考えられること。

「さすがに水脈は動かせねぇからなぁ。けど、たぶん、違う？　いや、温泉、あんま行かねぇから、臭いなんてよく判んねぇけど、硫黄《いおう》っぽい臭いはないな。味も知らねぇし」

「正確には、あれって硫化《りゅうか》水素の臭いだけどね。あたしが行ったことのある他の温泉だと、単純炭酸泉とか、含《がん》鉄泉とか？　含鉄泉はちょっと臭いがあるかな」

「温泉を飲む機会って、あんまりないものね」

「私は有馬《ありま》温泉や下呂《げろ》温泉などで飲みましたが、印象は薄いですね。味はありましたが……」

俺は経験がないのだが、場所によっては温泉を飲めるようになっているらしい。

まぁ、鮮明《せんめい》に記憶に残るほど強烈《きょうれつ》な味だと、飲むには適さないか。

「結論としては、水脈が原因とは言えないが、違うとも言えない、と。う～む……」

「一応、泉の中を調べることもできるけど……」

明らかに気乗りしない様子のハルカに、俺もまた首を振る。

「それは避《さ》けたいな。何があるか判らないし」

先日のバカンスでは、水中で皇帝鮭《エンペラー・サーモン》と戦ったが、あれは狡《ずる》みたいなもの。

正面から戦ったわけではないし、水中洞窟《どうくつ》の危険性は魔物だけとは限らない。

「ここだと『水中呼吸《ブレス・ウォーター》』と『防冷《レジスト・コールド》』、どっちかが切れただけで死ぬよね、確実に」

ユキのその言葉は、いつもの軽口。だがそれに思わぬ激しい反応があった。

「ダメなの！　お姉ちゃんたち、死んじゃダメなの!!」

「ミー……」

耳と尻尾をピンと立て、握った両手をぎゅっと伸ばして俺たちを見上げるのはミーティア。

普段から笑っている印象の強い彼女としては珍しく真剣な、しかし、どこか泣きそうなその表情に、ユキは失言を悟《さと》ったようで、慌ててその頭を撫でる。

「だ、大丈夫だよ？　そんな危険なことをするつもりはないから！　ねぇ？」

「もちろんだ。そもそも、そこまでやるには依頼料が釣《つ》り合ってない」

ユキに同意を求められ、屈《かが》んだ俺がミーティアと視線を合わしてそう答えると、ミーティアの尻尾から緊張《きんちょう》感が抜けて、ふにゃっと曲がった。

「本当？　死なない？」

「そうね。冒険者だから危険な仕事もあるけど……少なくとも、こんな所では死なないわ」

「よかったの……」

俺は安堵したように抱き着くミーティアを抱っこしつつ、しかしどうしたものかと考える。

取りあえずは、泉の周囲をもう少し調べて――と、そこに「きゅるる～」と可愛い音が響《ひび》き、全員の視線がこちらに集まった――が、当然ながらその音の源は俺ではない。

「えへへ、安心したら、お腹《なか》、減っちゃったの」

照れたように自分のお腹を撫でるミーティアに、俺たちの顔も緩む。

「そういえば、そろそろお昼ね。調査は後にしましょうか」

「ですね。随分《ずいぶん》歩きましたし……メアリちゃんもお腹減ってますよね？」

「えっと、まだ我慢《がまん》できますけど、少し……」

やはりまだ遠慮があるのか、メアリの応える声は小さい。

「遠慮せず、『腹減った。飯食わせろ！』って言っても良いんだぜ？」

「そ、そんな……！」

「トーヤ、そんな風に言うと、逆に言いづらくなるだろうが……。だが、腹が減ったときには普通に言ってくれ。メアリたちはまだ子供なんだ。俺たちとは感覚も違うだろうしな」

「は、はい、解りました！」

頷くメアリを見つつ、俺が彼女ぐらいの時にはどうだったかと記憶を辿り、イマイチ参考にならないと思い直す。あの頃《ころ》はこんなハードな生活、してなかったからなぁ……。

「それじゃ、泉からはちょっと離れて、火を熾《おこ》そうか。今回は色々買ってきたからね！」

最近はめっきり現地で料理をする機会が減った。

その主な原因は、マジックバッグのおかげで、いつでも手軽に美味しい料理を食べられるからなのだが、でも時には焚《た》き火で作った串《くし》焼き肉が恋《こい》しくなることもある。

こちらに来た頃にハルカたちと一緒に食べた、ある意味で思い出の味。

だからというわけでもないのだが、今回は半分ピクニックということもあり、みんなで焼き肉でもして食べようということになっていたのだが、そこに待ったをかける人がいた。

「ふっ、ユキ、ちょっと待つんだ。良い物がある」

何やら格好《かっこう》を付けて首を振り、ユキを止めるトーヤ。

そんな彼《かれ》がマジックバッグから引っ張り出して、がしゃこっと組み立てたのは――。

「……バーベキューコンロ？　トーヤ、それ、いつ作ったんだ？」

「あ～、簡易寝台《しんだい》を作る片手間で、こっそりと？」

ここぞというときに出して俺たちを驚かせるつもりだったが、なかなか機会がなかったらしい。

「だが！　ついに、ついにオレ特製のバーベキューコンロが火を噴《ふ》くとき！」

「何？　ガスバーナーでも付いているの？　凄いわね、技術革新だわ」

「わお。あたしたちが魔道具のコンロを作る前に実現しちゃうとか、トーヤ、やるね！」

「良いですね。やっぱり直火《じかび》調理の良さもありますし、手軽に使えるのは――」

「いや、付いてねぇよ！　比喩《ひゆ》だよ、比喩！　見れば判るだろ⁉」

ハルカたち三人から一斉《いっせい》に褒められ、トーヤが慌てたようにバーベキューコンロを指さす。

まぁ、そのバーベキューコンロは、箱形の鉄板に脚《あし》を付けただけの非常にスタンダードな代物《しろもの》。

簡易寝台からの流用か、折り畳《たた》みができて便利そうではあるが、特別な機能がある魔道具には見えないし、トーヤが魔道具を作るのであればハルカたちを頼《たよ》るだろう。

当然それはハルカたちも解っているわけで……ハルカとユキはふっと笑って肩を竦める。

「もちろん、冗談よ？　でも、便利そうなのは確かね。トーヤ、良くやったわ」

「そのドヤ顔にちょっとイラついた。けど、お手軽に焼き肉ができるのは良いね」

「酷《ひで》ぇ……。良いじゃん、苦労して作って――は、ねぇな。簡易寝台作りの息抜きだったし」

少し肩を落とすトーヤだったが、実際のところ、なかなか上手《うま》くいかない簡易寝台の開発の合間に、気分転換《てんかん》も兼《か》ねてトミーと一緒に作っただけらしい。

「ふふっ、それじゃ、早速《さっそく》使わせてもらいましょうか」

「おう！　使ってくれ。ちゃんと網《あみ》と炭も用意しているからな！」

そう言いながらトーヤがコンロの中にバラバラと炭を入れるので、俺は『着火《イグナイト》』で火熾しに取り掛かり、その間にハルカたちは、持ってきた肉や野菜を焼きやすい大きさに切り分けていく。

そしてトーヤは取り皿をメアリたちに配り、ハルカたちが作った焼き肉のタレをそのお皿に入れてやり、これまた準備していたらしい火ばさみを取り出して、炭を均《なら》して網を置いて――。

「よっしゃ！　準備万た……あ、トング、トング」

言葉の途中で、トーヤはハッとしたようにマジックバッグに手を突っ込むと、人数分のトングを取り出して全員に配り、更には肉や野菜のお皿にも別のトングを添《そ》えていく。

「力、入ってるな。このトングも作ったのか？」

「おう！　別に箸《はし》でも良かったんだが……結果的には正解だったな」

その視線が向いているのは、不思議そうにトングをカチャカチャしているメアリとミーティア。

作った時に二人のことは予測していなかっただろうが、確かに二人は箸を使えないだろう。

「ミー、こんな食べ方、初めてなの！　……どうやって食べるの？」

そんなミーティアが嬉しげにトングを掲げるが、すぐに不思議そうに身体ごと首を傾げた。

「簡単だぞ？　まずはこれで、この辺の皿から好きな物を取って……網の上に載《の》せる」

見本とばかりに、トーヤが近くの皿から肉を一枚取り、網の上に載せる。

ジュゥという音と共に滴《したた》った脂《あぶら》が炭に落ちて煙《けむり》を上げ、ミーティアがごくりと喉《のど》を鳴らす。

「美味そうだが、焦《あせ》らずしっかり焼くこと。生焼け注意だ。――で、良い感じに焼けたら、このタレを付けて食べる。だが、他人が育てた肉に手を出しちゃダメだぞ？　戦争が始まるからな！」

「わかったのっ！」「わ、解りました！」

ミーティアとメアリがあまりにも真剣に頷いたからか、やや呆れ気味のハルカが口を挟《はさ》んだ。

「いや、始まらないわよ？　トーヤ、変なこと教えない」

「肉なら食べきれないほどあるだろうが。二人とも、気にせずに取って良いからな？」

「お肉も好きなだけ食べて良いですが、大きくなるためにお野菜も食べましょうね？」

「もちろんなの！」「はい！」

良い返事をして肉のお皿にトングを伸ばす二人だが、即座《そくざ》にお肉を掴んだミーティアに対し、ナツキに言われたからか、まずは野菜に手を伸ばしたメアリ。二人の性格が出ている。

でも、メアリも肉が好きなことは周知の事実。変に遠慮しないよう、気を付けておくか。

「それじゃ、あたしたちも食べよっか？　今回はいろんな種類のお肉を切ってみたよ。懐《なつ》かしのタスク・ボアー、基本のオーク、歯応えが良い感じのバインド・バイパー、ちょっとヘルシーな殺人鰐《キラーゲーター》、変わり種の短角鹿《ショートホーン・ディア》、意外と美味しい巨大蝙蝠《ジャイアント・バット》、そして、焼き肉には向いていないけど、話の種にはなりそうな溶岩猪《ラーヴァ・ボアー》。肉が多いから魚介《ぎょかい》はなしね」

お皿を示しながらユキが教えてくれるが、正直、言われなければ差が判らない物も多い。

安心感があるのはタスク・ボアーとオークだが、食べ比べもちょっと楽しそうである。

「しかし、こうして見ると、俺たちも結構色々嬲《たお》してきたんだなぁ」

「そうね。ここにあるのは食用に適した物だけだし。あ、オークとかは各部位があるわよ？」

「お皿を分けるのは大変だったので、纏《まと》めてますが……見た目で判断してください」

「難易度高っ⁉　俺、豚《ぶた》ですら、バラ肉とそれ以外の区別しか付かないタイプだぞ？」

もちろん、見た目がはっきり違うレバーやモツは区別できるが、普通の肉は無理である。

「知りたければ訊いてね？　あたしの【鑑定】でバッチリ教えてあげるから！」

「無駄《むだ》に高性能だな、ユキの【鑑定】は。……まぁ、美味ければなんでも良いか」

俺たちがまったり肉を吟味《ぎんみ》している間にも、ミーティアとメアリ、そしてトーヤは金網の上にどんどん肉を並べて、焼ける端《はし》から口へと運んでにっこりしている。

「食べ応えがあるお肉なの！　次はこっちなの！」

「ミー！　それはまだ焼けてない。しっかり焼かなきゃダメっ」

「はーい。……あ、こっちはきっと食べ頃なの！」

「あ、オレの肉……」

「す、すみません、トーヤさん」

「いや、別に構わないが……メアリもどんどん食べろ？」

「ありがとうございます。ん～、タレが美味しいです。これならお野菜も……」

三人の食べっぷりを見ていると、細かいことはどうでも良くなる。

俺たちは顔を見合わせて笑い、それぞれ適当に肉を焼き始めるのだった。


「さて、そろそろ調査を再開しましょうか」

ハルカがそう言って立ち上がったのは、昼食を終えて三〇分ほど経《た》った頃だった。

それに応えて、寝《ね》っ転がっていたミーティアが起き上がり、メアリも腰を上げる。

「うんしょ。……よしっ、頑張るの！」

「ふぅ。少し落ち着きました」

初めての焼き肉、とても燥いでいた二人は、先ほどまで明らかに膨《ふく》らんだお腹を抱えて苦しそうだったのだが、さすがは獣人ということか、回復力が凄い。

そして俺やトーヤ、ナツキたちも立ち上がり、地面に敷《し》いていたシートの片付けを始める。

ちなみに、普通なら手間がかかるバーベキューコンロの片付けは、『消　火《エクスティンギッシュ・ファイア》』と『冷却《コールド》』、『浄　化《ピュリフィケイト》』によってあっさり終わり、昼食直後に収納済み。さすが魔法、便利すぎである。

「つっても、何から手を付けるか……泉の周辺でも調べてみるか？」

「調べるの！」

水中の調査をしないなら、あとはその周辺ということなのだろう。

トーヤが泉の方へと歩き出すと、ミーティアが耳をピンと立てて、その後を追いかける。

別にミーティアが頑張る必要もないのだが、やる気満々で尻尾をフリフリ。

そんな彼女を見ると、あえて止める気にもなれず、俺たちも歩いて後に続き、泉の周りを歩きながら問題点を探していくのだが……見て判るような異常は何もない。

岸辺から一メートルほどは草も生えていないし、泉の中は岩盤《がんばん》のようになっていて、水草はおろか、砂すら溜《た》まっていない。管理されているからか、ゴミが落ちていることもなければ、生き物の死体が浮かんでいるとか、そんなことも当然ない。

「あと調べるなら、唯一《ゆいいつ》流れ込んでいる小川かしら？　上流に行ってみる？」

「あれも見た感じは綺麗な水だったが……できるのはそれぐらいか」

それでダメならお手上げ。少なくとも、数日で終わる調査ではなくなる。

今回は半ばピクニックが主目的となっていたので、これで手掛かりがなければ引き上げようか、というぐらいの雰囲気《ふんいき》で小川の確認に向かったのだが――。

「……あ、結構臭《くさ》い。たぶん、原因はこれだな」

「臭いの！」

小川の水を汲《く》んだトーヤは、今度は口に含むまでもなく鼻を近づけただけでそう言い、それを真似たミーティアも同じように声を上げる。ついでに俺もやってみるが……やっぱり判らんな。

「そんなはっきり判るのか？」

もう一人の獣人、メアリにも訊いてみるが、メアリもまた水を掬い取るとすぐに頷いた。

「そう、ですね。水に鼻を近づければ判るレベルです」

「たぶん、獣人ならすぐに判るぜ、これ。依頼者も、わざわざギルドに依頼を出さずとも、知り合いの獣人でも連れてくれば終わった話なんじゃねぇのかね？」

「かもしれませんが、知り合いに獣人がいなかったら？」

「そりゃ、多少のバイト代でも払って、適当な獣人を――あぁ、そっか、それがオレたちか」

ナツキの指摘に、トーヤが納得したように頷く。

「そういうことでしょうね。それにここも絶対安全ってわけじゃないから。醸造所の人がここに来るときは、一応、護衛も連れてきているみたいよ？」

今回は何もなかったが、たまには危険な動物に遭遇《そうぐう》することもあるらしい。

であるならば、やはり俺たちのような冒険者に依頼を出すのは、間違っていないのだろう。

「臭いの原因は……小川の上流、山の中か」

この小川は火口っぽい擂り鉢の外縁部を越え、山の上から流れてきている。目に見える範囲に特別な物は何もないので、俺たちは時々水の臭いを嗅《か》ぎながら、小川を遡《さかのぼ》っていく。

そして穴から外に出て少し山を登り、中腹に広がる森の中を数百メートルほど進んだところで、トーヤが何かを見つけたのか、足を止めて小川を指さした。

「原因はここだな」

「ここ？　何もないが……」

見た感じ、普通の小川。俺たちが首を捻ると、トーヤはショベルを取り出す。

「一番臭いがきつい。ちょっと待ってろ」

小川の底に溜まっているのは、目の粗《あら》い砂。

軽く掘るだけで、見る見るうちに穴ができあがり……やがてそれが見えてきた。

「あ、下水スライムなの‼」

それを見て声を上げたのはミーティアだった。

灰色から黒のような、濁った色のスライムが数匹ほど？

ごちゃっとしていてよく判らないが、そんなものがそこには埋《う》まっていた。

「下水スライム？　もしかして水を汚《よご》すのか？　そのスライム」

「いえ、違いますね。私も見るのは初めてですけど、逆に水を綺麗にする役目があったはずです。正式な名前は……トーヤくん、何でしたっけ？」

「オレ？　……あぁ、そっか。えっと、〝クリア・スライム〟だな」

ナツキに訊かれて思いだしたのだろう。【鑑定】で調べたらしいトーヤが、スライムの名前を口にする。はっきりと記憶していなくても効果を発揮する【鑑定】スキル、やはり便利である。

もちろん、スキルなしでも素早く記憶を引き出せるナツキの方が凄いのだが。

「見た目は汚泥《おでい》みたいなのに、クリアなのか……」

「汚れた水を綺麗にしますからね」

「なるほど。つまり下水スライムは、通称《つうしょう》か。ミーティア、よく知っていたな?」

「家の近所にいたの。とってもくちゃかったの!」

鼻を摘《つ》まんだミーティアが言う通り、この状態であれば俺でも臭いが僅かに感じ取れる。

「あれはたぶん、誰かが放していたんだと思います。私も時々見かけましたから」

「そうでしょうね。最終的にはその名前の通り、水を綺麗にするのですが、汚れた所に生息することが多く、ゴミや汚れを取り込むので、悪臭を放つ個体が多いようです」

「そしてここは、綺麗な所と。これって、人為的《じんい》だよね、やっぱ」

「おそらくな。目的はあの泉を汚染することなんだろうが……微妙だなぁ」

「ホントね。普通、気付かないでしょ、あの程度の汚染」

泉に何か放《ほう》り込むわけでも、このあたりにゴミを捨てるわけでもなく、クリア・スライムを埋めておくだけ。この程度の汚染でも、エールの味に違いが出るのだろうか?

俺だと絶対に判らないと思うのだが……何とも中途半端である。

だが、俯いて少し考え込んでいたユキは、顔を上げると眉根を寄せて口を開いた。

「……嫌がらせじゃないかな？　ガーディム酒造って頑固だから、納得できなければ仕込みをしないんでしょ？　仕込みの時期だけ、他の人には判らないぐらいに水が汚染される。他の人から見たら、頑迷な職人が訳の解らないことを言って、仕込みをしなかったように見えるよね？」

「あ、なるほどね。はっきり汚れていたら判りやすいけど、この程度だと――」

「職人の我が儘にしか見えねぇよな。オレでようやく判るぐらいだし」

「しかもクリア・スライムって、そのうち綺麗になるんだよね？　つまり、しばらく経てば水源は元に戻る。証拠隠滅《しょうこいんめつ》が目的か、それとも水源をダメにしたくなかったのか。適当そうに見えて、地味に陰湿《いんしつ》というか、よく考えられているというか……そういう風に見えない？」

説明されると、確かに納得できる。しかも、ガーディム酒造の職人の性格や味覚、嗅覚の鋭さをよく知り、この程度の変化にも気付くと判った上での行動なわけで。

「実は、かなり周到《しゅうとう》に準備された計画なのか……？」

「悪質だなぁ。けど、ま、これを討伐《とうばつ》すれば、その企《たくら》みも――」

「ストップ！　それはダメ！」

クリア・スライムをショベルで掬い上げようとしたトーヤを、ハルカが慌てて止めた。

「え？　なんで？」

「私たちの仕事は、原因の調査。解決じゃないわ」

「いや、まぁ、そうだけどよ……」

顰してしまえばよくね？　みたいな表情を浮かべたトーヤに、ハルカは少し困ったように言う。

「もちろん斃せば、今の問題は解決するけど、これって明らかに人為的でしょ？　しかもユキが言った通り、誰かが悪意を持ってやっている可能性が高い。調査が必要だと思わない？」

「そのためには、このままの方が良い、と？」

「えぇ。危険な魔物なら別だけど、このスライムなら誰でも斃せる。放置しても問題ないでしょ？　現場の保存は重要だからね、犯罪捜査《そうさ》には」

「確かにな。それじゃ、地図に印だけ付けて、埋め戻しておくか」

「了解～。えっと、地図だとこの辺で、距離がこのくらい、目印になりそうなのが……」

ユキが持っている地図に書き込みをして、トーヤが砂を戻してクリア・スライムを埋める。

この状態でもクリア・スライムは生存できるのか、と思わなくもないが、これまで生きていたのだから問題はないのだろう。スライム、不思議な生き物である。

「それじゃ、戻ってギルドに報告しましょ」

「少々スッキリしないが……あとは依頼主が考えることか」

依頼の調査自体は成功だろうし、自然豊かな森でのピクニックで気分もリフレッシュ。

メアリとミーティアも十分に楽しんだようだし、俺たちとの仲も少し深まったはずで……。

結果、俺たちは軽い足取りでピニングへと戻ったのだった。

「そんなわけで、地図のこの場所に、所謂〝下水スライム〟がいました。水の臭いが問題となっているなら原因はこれでしょう。他の異変は特に見つかりませんでしたね」

夕刻、ギルドを訪れた俺がそう報告すると、受付嬢はすぐに「なるほど」と頷いた。

「あの場所でそれは変ですね。解りました。依頼内容は完了と認めます。お疲れさまでした。さすがは高ランクの冒険者です。他の冒険者では、こうはいかなかったでしょう」

〝調査〟と〝解決・討伐〟は違うときちんと理解しているらしく、受付嬢は文句を言うこともなく依頼料を支払ってくれ、そんなお世辞を口にした。

「トーヤがいたからですね。普通なら無理だと思います。――今回の依頼主、何か恨《うら》みでも？」

原因は判明したが、おそらくは人為的に起こされた事件。

仮に今回、クリア・スライムを除去しても、また同じことが起きることも考えられるわけで、ガーディム酒造を贔屓《ひいき》にしている彼女としては、手放しでは喜べないのだろう。

難しい顔をしている受付嬢に尋ねてみると、彼女は小さくため息をつき、声を潜《ひそ》めた。

「恨み、とはちょっと違いますが……オフレコですよ？」

実は件《くだん》のガーディム酒造、複数の同業他社に狙われているらしい。

経営はダメダメでも、老舗《しにせ》の看板とエールの質の良さ、そして例の泉を独占する権利。

持っているポテンシャルは高く、上手く傘下《さんか》に収めれば大きな利益が出ることは確実である。

他の醸造所からすれば垂涎《すいぜん》の的であり、現在ガーディム酒造は、今にも落ちそうな熟《う》れた果実。

何人もの関係者が、木の下で待ち受けている状態なんだとか。

「なので、ちょっと木を揺らしてやろう、と考える人は……」

「少なくないわけですね。水源を致命《ちめい》的に汚染させないのも、それが理由でしょうか」

「可能性は高いです。今期失敗すれば、決定的ですから」

確認するように言ったナツキに、受付嬢も困ったように笑う。

そんな危機的状況であれば、普通の人なら気付かない臭いなんて無視して、酒造りに励《はげ》むべきだと思うのだが、それができないのが職人なんだろうか？

こだわりで醸造所を潰し、周囲に迷惑を掛け、路頭に迷うのでは本末転倒だと思うが。

「そこまでして、こだわるものなんですかね、エール造りって」

「それが〝ピニングのエール〟を造ってきた部分もありますから、私としてはなんとも……」

「こだわりかぁ……嚙《か》み合えばスゴいんだろうけど、嚙み合わなくなったら、地獄《じごく》の一丁目？」

「日本企業《きぎょう》、それで結構やられてるからな」

苦笑するユキに、俺も頷く。高品質が良いのは当然だが、多少質が悪くても安ければ売れる。

悲しいかな、そういう物も案外多いのだ。

エールにしても、味の差を感じられるのが極《ごく》一部なら、過剰品質とも言えるわけで。

「不法行為はダメだと思いますけど……頑張ってください、ぐらいしか言えないですね」

これがアエラさんのお店とかであれば全力で手を尽《つ》くすが、所詮《しょせん》は一度エールを買っただけだし、ナツキが以前言った通り、経営者としては落第の人物でもある。

なるようになるんじゃないか？　というのが正直なところである。

何だかなー、とは思っても、『不正は許せない！　絶対に潰す‼』みたいなことを言うつもりもないし、やるとしても、それは俺たちの仕事ではないだろう。

「ははは……そうですよね。取りあえず今回は助かりました。ありがとうございました」

複雑そうな笑みでお礼を言う受付嬢に見送られ、俺たちは冒険者ギルドを後にする。

ガーディム酒造のファンには悪いが、助けたいのであれば自分たちで頑張るべきだと思うし、現状こうなっているということは、結局はそういうことなのだろう。

◇　◇　◇

依頼から戻った次の日は、ミーティアに疲れが見えたので、宿でゆっくり休息。

そして翌日、俺たちはメアリたちも連れ、全員でネーナス子爵の館を訪れていた。

門で招待状を示すと、そのまま館の中に通され、応接間でしばらく待つことになったのだが、今回、代表者として矢面《やおもて》に立つことになっている俺は、内心ドキドキである。

単純な向き不向きで言えば、おそらくナツキが向いているのだろうが、この国の場合、男尊女卑《だんそんじょひ》とまでは言わずとも、男がいるのに女が代表者であれば疑問に思われる程度には性差がある。

そこはやはり、魔物などの物理的な脅威《きょうい》が身近な世界故《ゆえ》だろうか？

実際にはナツキも十分以上に強いのだが……まぁ、身内の贔屓目《ひいきめ》なしでも、見た目は清楚《せいそ》な美少女だしな。無駄なリスクを取るより、普通に男が担当する方が良い。

そうなると俺かトーヤなのだが、その二者択一《にしゃたくいつ》なら満場一致で俺に決まった。

これは単純に外見の問題。威圧《いあつ》が必要な場面でもないし、ネーナス子爵が獣人好きでもなければ、俺の方が見てくれが良いので好感度は高いだろう、という単純な理由である。

逆に外見に嫉妬《しっと》される可能性もあるが、そのときはそのときと思うしかない。

そんなわけで、ソファーに浅く腰掛けて待つこと十数分ほど。

ノックの音と共に扉《とびら》が開き、入ってきたのはネーナス子爵らしき壮年《そうねん》の男性と、執事《しつじ》っぽい初老の男性、それに護衛と思われる人が三人。俺たちは全員で立ち上がり、それを迎《むか》える。

「待たせてすまないな」

「とんでもございません」

軽く謝罪するネーナス子爵に、俺は小さく首を振る。

実際、約束の時間は午前中という曖昧《あいまい》なものであり、待ち時間としては短い方だろう。

正確な時間を指定すれば良いのかもしれないが、時計を持つ人が少ないこの世界では、それもなかなかに難しく、忙しい中、結構早く時間を空けてくれたのだと思われる。

「私がヨアヒム・ネーナスだ。まあ座ってくれ」

「はい。失礼致《いた》します」

俺たちが言われるままネーナス子爵の対面に腰を下ろすと、彼は観察するように俺たちの顔を順番に見て、意外そうに首を捻った。

「ふむ、お前たちが〝明鏡止水〟か。思ったよりも若いな？」

「あー、はい。ナオと申します。まだまだ若輩者《じゃくはいもの》で……」

こういうとき、なんと答えれば良いんだ？

まさか無言というわけにもいかないが、実際若いのだから『若くない』なんて言えるはずもないし、『若いからと侮るな』なども論外だろう。

必然、俺の口から出たのは何とも歯切れの悪い言葉。

しかしネーナス子爵は、気を悪くした様子もなく、苦笑しつつ首を振った。

「あぁ、別にそれが悪いわけでも、疑っているわけでもない。ディオラからも、サジウスからも報告は受けているしな。お前たちには感謝しているのだ。ラファンの家具産業に大きな貢献をし、当家の宝剣を取り戻し、ケルグでも活躍《かつやく》したと聞いている。……あぁ、盗賊の件もあったか」

「恐れ入ります。運が良かったのでしょう」

「はっはっは。運だけでなんとかなるなら、そのすべて、うちの兵で処理しているさ」

なかなかに応えづらいことを。

仮に事実でも『領兵より俺たちの方が強いから』とか、言えるはずもないのに――いや、『仮に』じゃなくて、実際にそうだったのだが。

「……であれば、アドヴァストリス様のご加護があったのかと」

苦し紛《まぎ》れに、しかし本当のことを俺が告げると、ネーナス子爵は片眉を上げた。

「ほう？　お前たちはアドヴァストリス様の信者か？　ならば、うちの兵たちにも信仰《しんこう》するように言うべきかもしれないな？」

「信者と言うほどではありませんが、時々、神殿《しんでん》には祈《いの》りを捧《ささ》げに通っております」

「ほうほう、なるほどなぁ」

日本であれば嫌われることも多い宗教関連の話だが、こちらでは神が実在し、それなりに重視されている。故にそれっぽいことを言ってみたのだが……これは成功？　失敗？

左右に座るトーヤとハルカを、チラチラッと確認してみても――トーヤは聞いているのか、いないのか、ぼけーっとした顔で、ハルカの方は微笑《びしょう》を顔に貼り付けたまま、表情を変えていない。

くっ、やはり、ナツキに担当してもらうべきだったかっ！

「おっと。別に他意はないのだが、困らせてしまったか？」

「い、いいえ、そんなことは……」

本心では、ここに呼ばれたこと自体で困っているがなっ！

「ふむ。礼を言うために呼んだのに、これではいかんな。――そういえば、〝明鏡止水〟は五人のパーティーと聞いていたが、そちらの子供は？　新しいメンバーか？」

ネーナス子爵も悪い人ではないのだろう。

俺が返答に窮《きゅう》するのを見て話を変えてくれたのだろうが、これはこれで答えにくい話題である。

「あ～、二人はケルグで保護した子供です。例の騒乱で、親を亡《な》くしまして……」

「むっ……それは……」

これはある意味、ネーナス子爵の失政を指摘するようなもの。

だからといって嘘《うそ》をつくわけにもいかず、俺が躊躇いがちにそう言うと、ネーナス子爵の方も困ったように言葉を濁す。

立場的に謝罪は難しいが、かといって無視できるほど非情な人でもないのだろう。

俺の方も別に困らせたいわけではないので、すぐに言葉を続ける。

「取りあえず、ラファンで一緒に暮らすつもりです。幸い、その程度の余裕はありますから」

「そうか。覚えておこう。——ビーゼル」

悪い意味ではなく、何か含むように応えたネーナス子爵は、背後の男性に声を掛けた。

「はい。どうぞこちらを。ここまでご足労頂いた手間賃として、お納めください」

実質は褒美《ほうび》なのだろうが、ケルグでの協力も含め、各種功績に関しては既に報酬を貰っている。

だからだろうか、『手間賃』という形で、執事らしき人が俺に小袋《こぶくろ》を差し出した。

「ありがたく——ん？　随分と多いようですが……？」

ネーナス子爵の立場もある。断る方が逆に失礼だろうと、素直に受け取った小袋だったが、手に感じる重量は想像以上。金貨と想定すれば、一〇〇枚ぐらいはありそうな……？

妥当な範囲の褒美ならありがたいが、それ以上となると正直怖《こわ》い。

確認するようにネーナス子爵に目を向けると、彼は笑って小さく頷く。

「この町での一昨日《おととい》の活躍も含めてだよ。ガーディム酒造の問題を解決しただろう？」

「解決は……できていないように思いますが？」

原因を見つけただけ。あとは丸投げで放置したのだが、ネーナス子爵は首を振る。

「いや、十分だ。私が介入する口実ができたのだからな。ピニングのエールは、これから育てていくべき重要な産業だ。くだらないトラブルで潰すわけにはいかない」

「そうですか。では、ありがたく頂戴《ちょうだい》致します」

介入するのは、妙な工作をした業者か、それとも経営に問題があるガーディム酒造か。

そこは俺たちの与り知らぬところであり、こちらとしては、褒美に裏がなければそれで良い。

俺が素直に受け取り、懐《ふところ》に仕舞《しま》うと、ネーナス子爵は満足そうに頷く。

「〝明鏡止水〟、お前たちのような優秀な冒険者が我が領地に存在することは、私としても誇らしく、ありがたい。あまり無理をせず、今後も末永く活躍してくれ」

思った以上に配慮《はいりょ》が感じられる、ネーナス子爵の言葉。

それを最後に会談は終了となり、俺たちは領主の館を辞すのだった。

第二話　ようこそ！

ピニングからラファンへの帰還《きかん》は、時短のために徒歩を選んだ。

普通《ふつう》に考えれば少々奇妙《きみよう》な話だが、それが可能なのが俺《おれ》たち。メアリたちは俺とトーヤをメインに、全員が交替で背負って爆走《ばくそう》し、ラファンの自宅まで辿《たど》り着いたところ――。

「すっごーい！　ここがお兄ちゃんたちの家なの⁉」

「お、お屋敷《やしき》です……」

俺たちが頑張《がんば》って建てた自宅を見て、ミーティアが歓声《かんせい》を上げ、メアリも目を丸くした。

「おう！　ついでにもう一つ、同じような――いや、これより大きい屋敷も持ってるんだぞ？」

「本当に⁉　ミーの目に狂《くる》いはなかったの！」

自慢《じまん》げなトーヤを見て目を輝《かがや》かせたミーティアは、万歳《ばんざい》をしてぴょんと飛び跳《は》ねた。

「す、凄《すご》いですね。冒険者《ぼうけんしや》って、思った以上に稼《かせ》げるんですね……」

感心したように漏《も》らすメアリに、ユキが少し困ったように答える。

「う～ん、あたしたちは結構頑張ったからねぇ。大半の冒険者はその日暮らしだよ？」

「誰《だれ》でもなれる分、死ぬ奴《やつ》も多いしな。俺たちは運も良かったからな」

お勧《すす》めできるかは微妙《びみよう》。そんな雰囲気《ふんいき》で言ったのだが、顎《あご》に手を当てて「むむむっ」と唸《うな》っていたミーティアは、パッと顔を上げて宣言した。

「じゃあ、ミーも冒険者になって、いっぱい稼ぐの！」

「……本気か？　トーヤに養ってもらうのは、もう良いのか？」

「お父さん、『自分で稼げるなら、もっと安心なんだが』とも言ってたの！　お金が稼げたら、別にトーヤお兄ちゃんじゃなくても良いの！」

ミーティアがにっこりと、しかし聞きようによっては地味に残酷《ざんこく》なことを言う。

それを聞いたハルカたちが揃《そろ》って「ぷっ」と噴《ふ》き出し、ナツキが面白《おもしろ》そうにトーヤを見た。

「まぁまぁ。トーヤくん、フラれちゃいましたね？」

「これ、フラれたのか……？　ミーティア、本気で冒険者を目指すつもりか？」

釈然《しゃくぜん》としない様子で首を捻《ひね》ったトーヤだったが、すぐに真面目な顔でミーティアに尋《たず》ねた。

それに対しミーティアは力強く頷《うなず》き、これまたはっきり宣言する。

「うん！　たくさん稼いで、お姉ちゃんを養ってあげるの！」

「ええ!?　お姉ちゃん、それはちょっと情けないかなぁ……。えっと……ハルカさん、もし私が冒険者になると、やっていけると思いますか？」

二人で事前に相談していたわけではないのだろう。妹の突然《とつぜん》の宣言に戸惑《とまど》っていたメアリは、『養う』とまで言われて更《さら》に戸惑い、困ったようにハルカに尋ねた。

「そうね、断言はできないけど、そこそこ成功するんじゃない？　メアリは我慢強いし」

「なるべきかどうかは措《お》いておいて、それには俺も同意だな」

妹を守るという強い意志もあったのだろうが、あれだけの大火傷《おおやけど》を負いながらミーティアを背負って逃《に》げたメアリの精神力は、冒険者としてやっていく上で、非常に大きな力になるだろう。

「うん。メアリたちは身体能力も高いし、それに加えてあたしたちもいるしね。ルーキーの冒険者が失敗する原因の一つは、指導者がいないことみたいだから」

「そうですか……」

俺たちの返事が比較《ひかく》的肯定《こうてい》的だったからだろうか。

考え込んでしまったメアリの肩《かた》を、苦笑《くしょう》したナツキがポンと叩《たた》いた。

「まずは中に入りましょう？　今後については、落ち着いて考えた方が良いですから」

「うん！　お家《うち》の中、探検したいの！」

「それなりに広いが、単純な家だぞ？　探検するなら、もう一つの家の方が楽しいかもな」

「そっちも見てみたいの！」

キラキラした目のミーティアに促《うなが》されるように、俺たちは門を開けて中に入ったのだが――。

「見事に草茫《ぼうぼう》々ね。エディスの家も見に行くのが怖《こわ》いわ……」

「時季的にしゃーないとはいえ……。オレが作った畑も、面影《おもかげ》がねぇし」

「畑と言っても、耕しただけだったろうが。……気持ちは解《わか》るが」

またこれの整備をしないといけないのかと、俺たち的には少々憂鬱《ゆううつ》な光景だったが、ミーティア
としてはそうでもなかったようで、楽しそうな表情でキョロキョロと周囲を見回す。

「お庭が広い！　見てきても良い!?」

「別に構わないが、何も――」

「行ってくるの！」

俺の言葉を最後まで聞かず、ミーティアが草を掻《か》き分けて駆《か》け出す。

「あ、ミー！　……すみません、ナオさん」

メアリがミーティアの背中に手を伸《の》ばすが、そのまま走り去る妹。

姉は肩を落として謝罪するが、俺は笑って首を振《ふ》る。

「いや、何もないし、すぐ戻《もど》ってくるだろ。危険もないだろうし……井戸は大丈夫《だいじょうぶ》だよな？」

魔法《まほう》で水が出せる俺たちはあまり使わないが、家の裏手には一応井戸が存在している。

落ちたりはしないかとメアリに確認《かくにん》すると、彼女《かのじょ》はすぐに頷いた。

「大丈夫です。井戸の危険性はしっかり教えられますから」

「そう。なら安心ね。それじゃ、私たちは家の――」

そのハルカの言葉を遮《さえぎ》るように、ミーティアが草叢《くさむら》から飛び出してきた。

もう庭を一周してきたのか、興奮したように手をぶんぶん振って、庭の隅《すみ》を指さす。

「あっちに小屋があったの！」

「あー、それはオレの鍛冶《かじ》小屋だな。大して面白い物はなかっただろ？」

「鍛冶！　トーヤお兄ちゃん、鍛冶もできるの⁉　凄いの！」

「ふっ、多少はな。さあ、ミーティア、次は家の中だぞ？」

「うん！　楽しみなの！」

褒《ほ》められていい気になったのか、ミーティアを引き連れたトーヤが家へと飛び込む。

「……元気ねぇ」

再び申し訳なさそうなメアリに、ハルカは苦笑して肩を竦《すく》めた。

久し振りに戻った自宅で俺たちは、窓をすべて全開にして空気を入れ換《か》え、埃《ほこり》を払《はら》い、ミーティアが家中を走り回り、メアリと俺もそれに付き合い――なんだかんだで数時間ほど。

俺たちは居間へと集まり、ようやく腰《こし》を落ち着けていた。

中央に置かれたローテーブルの上には、ハルカたちが用意したお茶とお菓子《かし》が置かれ、各々《おのおの》自由にそれを摘まみながら、寛《くつろ》いだ様子で座《すわ》っている。

「ふー、ようやく落ち着いたわね」

「ええ。今回は、少し長い出張……？　でしたね」

期間としてはそこまででもないが、距離《きょり》的にはかなり遠く、ケルグを経由してピニングまで。

印象的な出来事も多かったためナツキも少し疲《つか》れたのか、ホッとしたようにお茶を飲む。

「やっぱり、自宅が落ち着くな。ふぃ～」

トーヤが床《ゆか》にゴロリと寝転《ねころ》がると、ミーティアもそれを真似《まね》してゴロゴロ。

敷《し》かれた絨毯《じゅうたん》の感触《かんしょく》が気持ちいいのか、「にゅふふ」と笑っている。

ちなみにここは当初、ソファーなどが置いてある洋館的なリビングになる予定だったのだが、そこは日本人ばかりのこの家。すぐに方針転換《てんかん》、土足厳禁の居間へと変更《へんこう》された。

ソファーがあること自体は変わっていないものの、中央にはゴロ寝用の絨毯が敷かれ、部屋の隅には飲み物やお菓子などが入った保存庫までが設置された、快適空間へと衣替《ころもが》え。

　更には、俺やユキ、ハルカがいれば魔法で室温調節まで可能なものだから、俺たち全員、暇《ひま》なときにはここに集まり、一緒《いっしょ》に過ごすことも多かったりする。

「ここは裸足《はだし》なんですね」

「珍《めずら》しいかもしれないけど、その方が楽だからね。二人もここは土足厳禁ね？」

「わかったの！」「解りました」

　それからハルカは、この家で暮らす上でのちょっとした決まり事――個室には勝手に入らない、保存庫の物は自由に食べても良いが食べ過ぎてはダメ、錬金術《れんきんじゅつ》や薬学関連の物、武器は触《さわ》らないなどを二人に伝え、最後に『解らないことがあれば、その都度訊いて』と話を纏《まと》めた。

「はい。ご迷惑《めいわく》をおかけするかと思いますが、よろしくお願いします」

「よろしくお願いします、なの」

　説明を受け、改めて一緒に生活することを意識したのか、ミーティアを引っ張って隣《となり》に座らせたメアリが丁寧《ていねい》に頭を下げると、ミーティアもそれに倣《なら》って頭を下げた。

「こちらこそだな。そうかしこまらず、追々慣れていってくれ」

「そうね。仲良くやりましょ」

「ええ、二人と暮らせるのが楽しみです」

「何かあれば、ユキちゃんに頼《たよ》って良いからね？」

「よろしくな。気楽にやろうぜ？」

俺たちが口々に言うと、二人の表情も緩《ゆる》み……ミーティアはまたコロンと寝転がった。

「ミーティアは疲れたか？」

「にゅー、大丈夫なの。ミーはまだまだ元気なの」

少し真面目な話をするために尋ねたのだが、ミーティアはコロコロと転がってきて、俺の背中を這《は》い上がってきた。これは……元気アピールなのか？　……まぁ良いか。

「まず確認するが、二人は本当に冒険者になるつもりなのか？　俺たちとしては、この家の管理をしてもらうだけでも良いんだが。ある程度の給料も渡《わた》せるぞ？」

これは、ハルカたちとも話し合っていた当初の案。当面は俺たちの被《ひ》保護者ということで面倒《めんどう》を見れば良いだろうが、やがてはメアリたちも成人する。

そうなった後でも俺たちがただ面倒を見続けるというのは、やはり違《ちが》うだろう。

図《はか》らずも俺たちは二軒《けん》も豪邸《ごうてい》を持つ身。

しかも留守にしがちであり、フルタイムで管理人を雇《やと》ってもおかしくない立場である。

仕事としても真っ当だし、信頼《しんらい》できる人に自宅の管理を任せられるのは、俺たちとしても利があり、二人のために無理して仕事を作るというわけでもない。

だからこその提案だったが、メアリはしばらく考えてから首を振った。

「とてもありがたいお話だと思いますが、でもできるなら、私は力を付けたいです。……何かあったときに、ミーを守れるぐらいに」

冒険者になるというのは、ミーティアが先ほど言い出したこと。

今尋ねたのも明日からの予定を立てることが目的で、別に急《せ》かすつもりもなく、『考えさせてください』という答えでも良かったのだが、メアリの表情は決意に満ち、とても真剣《しんけん》だった。

おそらくその頭にあるのは、ケルグの騒乱《そうらん》で死にかけたこと。

年齢《ねんれい》を考えれば、ミーティアは賞賛に値《あたい》する行動を取っていたが、現実として死にかけた――いや、俺たちが通りかからなければ、確実に死んでいたわけで。その後悔《こうかい》があるのだろう。

「……良いんじゃないかな？　仮に冒険者を続けなくても、鍛《きた》えるのは無駄《むだ》にならないし」

「ですね。この世界、案外危険ですから。特に女は」

「同意。力尽《ちからず》くでどうにかしようという、クズもいるからね」

顔を歪《ゆが》めた三人の頭にあるのは、おそらく今は亡《な》きクラスメイト数人――正確には『亡き者にした』と言うべきかもしれないが、それができたのも力があったからこそである。

壊滅《かいめつ》させた盗賊《とうぞく》のアジトを思い出すまでもなく、もし俺たちが弱ければ、三人が悲惨《ひさん》な目に遭《あ》っていたことは想像に難《かた》くない。

「オレも反対はしねぇ。近くにいれば、オレたちが守ってやれるが……」

「常に一緒にいるわけにもいかないか。それじゃ明日から、二人に多少の手解《てほど》きをするか」

「よろしくお願いします！　頑張ります‼」

「ミーも頑張るの！　ナオお兄ちゃんたちみたいに、凄い冒険者になるの！」

二人して力強く拳《こぶし》を握《にぎ》るメアリたちに頷きつつも、俺は宥《なだ》めるように言葉を続ける。

「うん、無理のない範囲《はんい》でな？　辛《つら》かったら、ちゃんと言うんだぞ？」

自分で言うのも何だが、俺たちの訓練は怪我《けが》が日常茶飯事《さはんじ》で、結構厳しい。

もちろん手加減はするが、子供相手の指導なんて初めてのことだし、メアリの我慢強さを思うとちょっと心配なんだよなぁ……。その点、注意は必要だろう。

「ついでに、この機会に他の用事も片付けておくか。なんか、溜《た》まっている気がするし」

「あー、そーいえば、色々後回しにしてた気がするね？」

「そうね。でもまずは、二人の部屋かしら？　部屋は余っているけど……一人部屋が良い？」

「一人部屋！　あっ、でも、一人は寂《さび》しいの……」

ハルカの言葉にミーティアは顔を輝かせるが、それも一瞬《いっしゅん》、困ったようにメアリを見る。

「ということなので、一緒でお願いします。別に個室でなくても良いですが――」

ちょっと苦笑して言うメアリに、俺は首を振る。

「むしろ、個室以外に部屋がない。素直《すなお》に受け入れてくれ」

メアリたちが元々暮らしていた家は、家族全員が同じ部屋で暮らすような家だったのかもしれないが、この家で二人が台所や食堂にいたら逆に暮らしづらい。

「ま、個室って言っても、基本的には寝室《しんしつ》だよ。あたしたちも普段はここにいることが多いし」

「そうなんですね。解りました」

「ベッドはシモンさんに頼《たの》むとして……布団《ふとん》は私たちで作りましょうか。それが早いでしょ」

「そうですね。他には……庭の草刈《くさか》りも必要ですね。さすがに草茫々のままというのは、ご近所の手前、良くない気がします。エディスさんの家も含《ふく》めて」

「料理の補充《ほじゅう》も必要だよ？　随分《ずいぶん》減っちゃったから、また作らないと」

「それで言えば、未解体のままマジックバッグに溜まっている、獲物《えもの》の処理も必要ね」

「あー、いい加減、なんとかしないとマズいよな、あれは」

俺たちの戦闘《せんとう》技術が向上した弊害《へいがい》として、問題となっているのが獲物の処理。

もちろん、【解体】スキルも上がっているのだが、一瞬で解体できるような不思議なスキルではなく、解体したらしたで、多くの廃棄物《はいきぶつ》も発生する。

森の中であればその辺りに放置しても、ある程度は野生動物が処理してくれるのだが、家に持ち帰って解体すると、そういうわけにもいかず……。

結果、最近の俺たちは、マジックバッグが自由に補充できることを良いことに、溶岩猪《ラーヴァ・ボアー》のような大物やアエラさんに卸《おろ》す物、自分たちで消費する物を除いて、大半の獲物をマジックバッグの中で死蔵してしまっているのだ。

「折角なら、防具も作った方が良いんじゃね？　まだ溶岩猪《ラーヴァ・ボアー》の皮を使ってねぇだろ？」

「鞣《なめ》しは終わって、革《かわ》になったけどね。でも、同意するわ」

「改めて列挙すると……結構あるな、やらないといけないことが」

細々《こまごま》としたことまで数えると、両手の指では追っつかないほどである。

「だねぇ。ま、順番に片付けていこ？　獲物の処理については、ハルカと計画してる物があるし。錬金術で作る物なんだけど……随分前にガンツさんに部品を頼んだよね？」

「あぁ、あれね。いつでも良いと伝えたけど、さすがにもうできているかしら？」

「ん？　なんか良い物を作ってくれるのか？　自動解体装置とか？」

最近は慣れたが、血に塗《まみ》れるのが嬉《うれ》しいわけでも、臓物を見るのが楽しいわけでもない。

斃《たお》すだけで済むなら、こんなにありがたいことはないのだが、残念ながらハルカは苦笑した。

「さすがにそれは無理ね。作っているのは不要物を処理する物。解りやすく言うなら……シュレッダー付きのコンポスト？　スカルプ・エイプぐらいなら、丸ごと放《ほう》り込めるような」

「……うげ」

想像してしまった。それは、かなり凶悪《きょうあく》な魔道具じゃないだろうか？

「それって、名前の通り、肥料を作る物なんですか？」

「そうそう。家庭菜園と花壇《かだん》の話があったからね。不要物の処理と肥料の作製、一石二鳥を狙《ねら》ってみたよ。エディスが遺《のこ》した資料に、ちょうど良い物があったからね」

「錬金術事典にも似たものは載《の》ってたんだけど、エディスの方が強力なのよね」

「骨も粉砕《ふんさい》して堆肥《たいひ》にするわけですか。成分としては良いかもしれません。リンを含みますから」

「でしょ？　骨粉も肥料として売ってるぐらいだし」

「な、なるほど。ある意味、まるごと堆肥にするのは理に適《かな》っているのか」

肥料の三要素が窒素《ちっそ》・リン酸・カリであることは俺でも知っている――それ以外は知らないが。

「ちなみに、それ以外の要素は？」

「窒素とカリですか？　簡単に手に入る物だと、カリウムは草木灰……草木を燃やした灰ですね。窒素分は豆を植えても良いですが、油かすも窒素分は多いので、先日買った菜種が使えそうです。もっとも堆肥を入れれば、窒素分はあまり必要ないとも聞きますが」

「詳《くわ》しいな、ナツキ？」

「ええ、多少は？」

これは多少、なのだろうか？

それとも、家庭菜園をやっていたら、このくらいは知っているのか？

「ま、肥料ができても、今は畑が草に埋《う》もれてるんだけどねぇ～」

「それな。どうする？　またオレが頑張ろうか？」

先日、俺たちが属性鋼《こう》作りに励《はげ》む中、一人畑作りに邁進《まいしん》していたトーヤの姿は記憶《きおく》に新しい。

確かにトーヤの体力なら、草刈りも畑作りも捗《はかど》るだろうが――。

「いや、ここはお金で解決しよう。それぐらいは稼いでいるだろ、俺たち」

「お金で解決？　何するつもりよ」

ハルカから少し胡乱《うろん》な目を向けられ、俺は慌《あわ》てて手を振る。

「普通に人を雇うだけだぞ？　ほら、この前イシュカさんが、孤児《こじ》たちの仕事が少ないって言ってただろ？　俺たちの生活様式を考えれば、自分たちでやってもすぐに元の木阿弥《もくあみ》。人を雇って任せるのは悪くないと思わないか？」

孤児院の子供たちは、小さい頃《ころ》は勉強と遊びで日々を過ごすのだが、ある程度以上の年齢になると、孤児院を出た後に備えて、職業体験を兼《か》ねた仕事を請《う》けることがあるらしい。

世が世なら児童労働と非難されそうだが、この世界、働けない人間を優《やさ》しく守ってくれるほど甘《あま》くはないし、成人した途端《とたん》、何の労働経験もないまま放り出される方が余程《よほど》非道だろう。

もっとも、そういう孤児院も少なくないようで、そんな子供の多くは日雇い労働者になることもできず、冒険者として危険な仕事を請けて、短期間で命を落とすことも多いのだとか。

「あの話ねぇ……。あのイシュカさんだけに、ちょっと盛ってるんじゃないかと思うんだけど？」

「否定はしない。同情を引くような話し方ぐらいは、するだろうな」

見た目、とっても聖職者なのに、凄く強《したた》かだから。

「だが、嘘《うそ》ではないだろ？　それに俺たちに損がある話じゃない。イシュカさんは人としては信頼できるし、庭に人を入れる以上、信用できる人が良いと思わないか？」

「別に反対はしないわよ。悪くない案だと思ったし。実際、自分たちでやるのは、現実的に無理だものね。トーヤも良い？　エディスの家の庭の管理、孤児院の子供たちに任せたとしても」

「ん？　別に構わねぇだろ。祠《ほこら》に関しては、きちんと言っておいてほしいが」

「それは当然ね。私たちだって同じ気持ちだもの」

ハルカ、そして俺たちも頷くと、トーヤは「なら良い」と言って言葉を続けた。

「じゃ、次は防具か？　メアリたちのも必要だろ？　武器も含めて」

「それはそうだが、二人に何が合うか判《わか》らないし、ひとまずは俺たちの武器を使わせて、注文するのはそれからで良いだろ。――二人は使いたい武器とかあるか？」

モチベーションアップのためにも、やはり好みは重要だろうと一応訊いてみるが、二人は顔を見合わせて、困ったように首を振った。

「んー、剣？　……よく解んないの！」

「私も武器には縁《えん》がなかったので、何が自分に合うかは……」

「だよな。俺たちが戦うところもまともに見せてないし。やっぱり、訓練しながら決めような」

「解ったの。よく解らないけど、解ったの」

うん。俺もミーティアがよく解っていないことは、よく解ったぞ。

「ま、実際に訓練を始めれば、なんとなく解ってくるだろう。あとは……料理のストックか。これはハルカたちに頑張ってもらうしかないな。不味《まず》い飯は食いたくないし」

「了解《りょうかい》。適当に作っておくわ。でも、買い出しには付き合ってね？」

「あぁ、いつでも声を掛《か》けてくれ。えっと……これで終わりだよな？」

先ほど挙げた件はすべて話し合ったな、と指折り数えていると、ユキが俺の袖《そで》を引っ張った。

「あれ？　ガーデニングは？　ユキちゃんの素敵な花壇計画は？」

「んん？　そんな大層な計画は初耳だが……小さな花壇で満足するって話じゃなかったか？」

ケルグの市場で、そんな話をした覚えはある。その程度なら、庭の草刈りを終えてから自由に作れば――そんな気持ちを込《こ》めて応《こた》えたのだが、ユキは不満そうに両手をぶんぶん振った。

「あれは、みんなが庭師とか言うから諦《あきら》めたの！　孤児院の子に管理を頼めるなら、今こそ野望を実現する時！　素敵なお花のアプローチとか作りたいな～？」

「野望って……。まぁ、好きにすれば良いんじゃないか？　花壇でも、花園《はなぞの》でも、庭は十二分に広いし、別に止めるつもりはないぞ？」

上目遣《うわめづか》いで俺を見るユキにそう告げると、彼女は一瞬、「花園！」と目を輝かせるが――。

「――って、そうじゃなくて！　手伝ってほしいんだよ～。ハルカも綺麗《きれい》な花、好きだよね？」

ユキは俺に撓垂《しなだ》れ掛かりつつハルカに同意を求め、ハルカも苦笑して肩を竦めた。

「まぁ、嫌《きら》いじゃないわね。ナオ、手伝ってあげたら？」

「手伝うのは別に構わないんだけどな？　それじゃ、花壇作りもタスクリストに入れておこう。優先度低めで。――他にはないよな？」

俺は「プライオリティのアップを要求する～」と、絡《から》みついてくるユキを押《お》し返しつつ全員を見回し、反対がないのを確認、「それじゃ明日から、また頑張っていこう」と話を締《し》めるのだった。

◇　◇　◇

翌日から俺たちは、手分けして動き出した。

ユキはベッドの注文に、ハルカとナツキは布団作りと料理作り、トーヤはガンツさんの所。

そして俺に任されたのは、イシュカさんとの交渉《こうしょう》と、ディオラさんへの挨拶《あいさつ》だった。

前者は当然、庭の管理を任せることに関する相談なのだが、後者は帰還の報告に加え、メアリたち二人を紹介《しょうかい》しておくことが目的である。

俺たちと一緒に行動していれば、どうせ近いうちに会うことになるのだが、お世話になっているディオラさんを相手にそれでは、不義理というものであろう。

そんなわけで俺は、二人を連れ、冒険者ギルドに向かったのだが——。

「あら、ナオさん。ディンドルの季節が近付く今日この頃、いかがお過ごしですか？」

顔を合わすなり、にっこりと微笑《ほほえ》むディオラさんが口にしたのは、そんな言葉だった。

「……ディオラさん、それは時候の挨拶ですか？　心配しなくても忘れてませんよ。ディンドルは俺たちも好きですから、ちゃんと採りに行きますって」

「おっと。すみません、心の声が漏れてしまいました」

ディオラさんはわざとらしく口元を押さえると、「ふふふっ」と笑って続けた。

「それで、今日はどうしました？　可愛《かわい》い女の子を二人も連れて。新しい恋人《こいびと》の紹介ですか？」

「人聞きが悪い！　そもそも古い恋人って誰ですか!?」

「ハルカさんたち、三人ですけど？」

俺の抗議《こうぎ》にディオラさんがしれっと告げ、それを聞いたメアリたちが目を丸くした。

「え、ナオさんって三人とお付き合いされていたんですか？　気付きませんでした……」

「ナオお兄ちゃん、いろおとこ、なの？」

無垢《むく》な瞳《ひとみ》にグサリと刺《さ》され、俺は慌てて膝《ひざ》を折り、ミーティアの肩に手を置いて語りかける。

「ミーティア、そんなことないぞ？　そして俺は、誰とも恋人ではないからな？」

「そうなんですか？　ピニングでは、随分とご活躍《かつやく》だったと聞きましたが」

「ディオラさん、この流れで言うと別の意味に聞こえるので、止《や》めてくれませんか？」

「それは失礼しました。他意はないのですが」

ニコリと笑うその笑顔《えがお》、とても嘘っぽい。

しかし、そこに突《つ》っ込んでいると話が進みそうにないので、俺はやや強引《ごういん》に話を戻す。

「二人の紹介に来たのは間違いありませんけど、冒険者の仲間としてです。これから一緒に行動することになるので、ディオラさんにも挨拶を、と思いまして。――二人とも」

「メアリと言います。よろしくお願いします、ディオラさん」

「ミーはミーティアなの！　よろしくなの、ディオラお姉ちゃん」

俺が促すと、二人はきちんと並んで頭を下げ、それを見たディオラさんが目を細める。

「まぁまぁ！　きちんと挨拶ができて偉《えら》いですね～。ナオさん、こんな良い子、どこで拾ってきたんですか？　新人冒険者なんて躾《しつけ》がなってない悪ガキばかりなのに、引きが強すぎません？」

何やら凄く嬉しそうに、しかし受付嬢《うけつけじょう》――正確には、副支部長だが――の苦労が垣間見《かいまみ》える悪態も漏らしながらディオラさんが問うので、俺はやや返答に窮《きゅう》し、言葉を濁《にご》しつつ答える。

「ケルグですね。先日のあれで……。今は俺たちと暮らしています」

察しの良いディオラさんはそれだけで理解したようで、すぐに真面目な表情になって頷く。

「あっ……解りました。立場上、特別扱《あつか》いはできませんが、何かあればご相談ください」

「助かります。正直、子供を引き取ることには、不安もあるので」

「それでも決断されたのは立派だと思いますよ？　私も皆《みな》さんよりは人生経験もあるので、多少の助言はできると思います。……まぁ、子供どころか、結婚《けっこん》すらできない女の助言ですけど」

「………」

人は何故《なぜ》、あえて自分を傷付けようとするのか。

賢明《けんめい》な俺は沈黙《ちんもく》を選ぶが、それは最善の答えではなかったらしく、微妙《びみょう》にキツいディオラさんの視線が突き刺さり——俺はミーティアバリアを発動する。

「——？　ディオラお姉ちゃん、どうかしたの？」

「っ！　ううん、なんでもないんですよ～。——ナオさん、しっかり、ですよ？」

「了解しました！　——つきましては、ディオラさんにお土産《みやげ》があるんですけど」

いろんな意味が籠《こ》もっていそうなディオラさんの言葉に、俺はビシッと敬礼で答えた後、揉《も》み手をするようにピニングで買ってきたエールの小樽《たる》を取り出す。

「ピニングで人気のエールです。ディオラさんにはいつもお世話になってますからね」

義理と人情。こまめな付け届けが円滑《えんかつ》な人間関係には必要である。

「まぁまぁ！　これもお仕事、気にされる必要はありませんのに……」

「そうですか？　なら——」

「ですが！　ナオさんたちのお心を無下にするのも申し訳ないですね」

別に引っ込めるつもりはなかったのだが、俺の言葉を遮るように両手を差し出すディオラさん。

「あ、はい。どうぞ、お納めください」

そんな彼女に、俺は素直にエールの小樽を引き渡すのだった。

ディオラさんの機嫌《きげん》が戻って一安心。多少の雑談と近況《きんきょう》報告を終えたところで、俺たちは冒険者ギルドを辞し、神殿《しんでん》と孤児院へ向かった。

まずは神殿の方で、お賽銭《さいせん》をチャリン。

効果があるかは判らないが、アドヴァストリス様にメアリたちのことをお願いする。

それから孤児院の方へと移動し、そちらで見つけたイシュカさんを呼び止めて、メアリたちを軽く紹介、庭の管理について持ちかけると、彼女は嬉しそうに微笑んだ。

「大変ありがたいお申し出です。メアリさんたちのことも含め、ナオさんたちの素晴らしき行いを神もお喜びでしょう。皆様に神のご加護がありますように」

「ありがとうございます――というか、これを狙って色々話しましたよね？」

俺たちが光の宝珠《ほうじゅ》を使って訓練をしていた時。忙《いそが》しいだろうイシュカさんが時折訪《おとず》れては、頼んでもいないのに孤児院の内情を色々と聞かせてくれた。

それがなければ、俺もすぐに孤児たちに仕事を頼もうとは思わなかっただろうし、イシュカさんであれば当然、俺たちが家を二つ持っていることも知っているだろう。

そうなれば、庭の管理ができずに持て余すことも、想像できるわけで……。

俺はイシュカさんにジト目を向けるが、彼女はその微笑みを崩《くず》すことなく小首を傾《かし》げた。

「まぁ、それは邪推《じゃすい》というものです。私はただ、いつもご支援《しえん》くださっているナオさんたちに、孤児院のことを知って頂こうと思っただけですよ？」

知った結果、どうするかは俺たちにお任せ。そういうスタンスなのかもしれないが、俺たちがどう行動するか解って話すのだから、微妙に質《たち》が悪い――こともないか。

やや露骨《ろこつ》に寄付を求めるイシュカさんだけど、結局はそれ以上に助けてくれてるから。

「ただ食べさせるだけなら、領主様からの援助金や皆様からのご寄付だけでもなんとかなるのですが、孤児院の中に引きこもっているだけでは、やはり成人した時に困りますから」

「こういう仕事が縁となることも多いのですか？」

「はい。むしろ普通に就職できるのは、こういう縁が繋《つな》がった子供ぐらいです。私もそれなりに顔が広いですが、毎年、毎年となると、なかなか難しく……」

親という身元保証人がいるかどうかというのは、とても大きい。

イシュカさん自身の信用度は非常に高いと思われるが、それでも毎年のように孤児院を出る子供はいるわけで、そのすべてに責任を持つことなどできないだろう。

ガンツさんはトミーを受け入れてくれたが、あれは非常に珍しい例外。

俺たちがかなりのお金を落としていたことに加え、トミーの持つ十分すぎる鍛冶の技術、トーヤの提供したショベルという利益。それらがなければ、難しかったはず。

当然ながら、孤児院を出たばかりの子供にそのようなことは不可能である。

「俺たちの場合、就職に繋がるかは判りませんが……期間は長くなるでしょうね」

「それでもありがたいことです。具体的には――」

イシュカさんと俺は、庭の大きさから必要となる人数や草刈りの間隔《かんかく》などを相談、最終的に一ヶ月あたりの報酬《ほうしゅう》を決めたのだが、イシュカさんが提示した賃金はかなり安かった。

物価の差を考えても、日本なら最低賃金の半額にも満たないほどで――。

「随分安いですけど、良いんですか？」

「ははは……あまり働けない小さい子も含めてですから。そこは御寄進と考えて頂けると助かります。あ、お仕事の際には、必ず子供以外も付けますのでご安心ください」

「それは助かります。信用しないわけではありませんが、危険な所もありますから」

さすがに家の中に勝手に入ったりはしないだろうが、トーヤの鍛冶小屋とか、井戸とか、俺たちが日々の訓練で使っている場所とか、怪我をしかねない場所がないとは言えない。

「しかし、子供以外とは……？　イシュカさん、ではありませんよね？」

「私が付き合うこともあるかもしれませんが、基本的には見習い神官か、神官補佐《ほさ》になるかと。ナオさんたちにはご紹介していませんでしたか？」

「はい。会ったことはあるかもしれませんが……」

神殿や孤児院で年長の人を見かけ、挨拶をすることはあるが、誰とは認識していない。

「そうでしたか。では、一度ご挨拶させておいた方が良いですね。えっと……」

イシュカさんはそう言うと周囲を見回し、近くで俺たちを興味深そうに見ていた――正確に言うなら、メアリたちを見ていた一〇歳ぐらいの男の子を一人呼び寄せた。

「セイラとケイン、シドニーがいたら、呼んできてくれる？」

「解りました！」

メアリをチラチラと見つつ、元気良く返事をした彼《かれ》は建物の中へと走り去り――さほど待つことなく、そちらから小さな人影が走ってきた。

しかし当然ながら、それはイシュカさんが呼んだ人ではなく――。

「ナオちゃん！」

そう言いながら、にぱっと嬉しそうな笑顔で駆け寄ってきたのはレミー。

しかし、近くに見慣れない人がいるのに気付くと、慌てて急ブレーキ、イシュカさんの足に抱《だ》き着いて隠《かく》れ、メアリたちを警戒《けいかい》するように、顔を半分だけ出して俺を見上げる。

「……だぁれぇ？」

「あらあら。レミー、ちゃんと挨拶しないとダメですよ？」

「うぅ～」

イシュカさんが撫《な》でるように頭に手を置いて窘《たしな》めるが、レミーは唸るだけ。

それを見て動いたのは、ミーティア。一歩前に出て、胸を張って宣言する。

「ミーは、ナオお兄ちゃんの家族なの！」

とても元気に、しかしどこか虚勢《きょせい》を張っているようにも見えるミーティアだが、レミーはミーティアが俺の関係者と判ったからか、それとも自分と年齢差の少ない子供だったからか、イシュカさんの後ろから顔を全部覗《のぞ》かせて、ミーティアを見た。

「……おみみとしっぽ、かわいー。しゃわりたい」

「――っ。ちょ、ちょっとだけなら、特別に許してあげるの！」

びくっと震《ふる》えたミーティアが許可を出すと、レミーの方も恐《おそ》る恐るイシュカさんの後ろから出てくると、たたたっと移動して次は俺の足に抱き着き、そのままミーティアの方に手を伸ばす。

「……やぁらかい。気持ちいいの」

「にゃふふ、自慢の尻尾《しっぽ》なの。お名前はなんて言うの？」

尻尾を揺《ゆ》らしながらミーティアが問うと、レミーは少しミーティアに近付いて答える。

「レミーは、レミーなの」

「レミーちゃん！　こっちはメアリお姉ちゃんなの。仲良くしてね？」

「ふふっ、メアリです。レミーちゃん、よろしくね？」

「よ、よろしく……？」

メアリが差し出した手をレミーが恐る恐る握ると、その手の上にミーティアも手を重ねて「にへへ」と笑い、それを見たレミーも笑みを浮《う》かべた。

何だか仲良くなれそうな雰囲気に、俺がホッと胸を撫で下ろしていると、そこにやってきたのは、俺と同い年ぐらいの女の子が二人に、少し年下に見える男の子が一人。

そのうちの一人がイシュカさんに声を掛けつつ、レミーを見て少し目を丸くした。

「神官長様、お呼びと聞きましたが――あれ？　新しいお友達ですか？」

「あぁ、セイラ。えぇ、ナオさんたちのご家族です。ケインと……アンジェも？　シドニーは？」

「外出中です。何かご用事かと思いまして、私も来たのですが……」

イシュカさんに答えたのはもう一人の女の子。おそらくこの中では一番の年上に見えるが、それが間違っていなかったことは、次のイシュカさんの紹介で判明した。

「そうですか。ナオさん、この子はアンジェです。この神殿で唯一《ゆいいつ》の正神官となります」

「アンジェと申します。ナオさんたちにはいつもお世話になっております。まだ一八の若輩者《じゃくはいもの》ですが、今後ともよろしくお願い致《いた》します」

「あ、はい。こちらこそよろしくお願いします」

イシュカさんほどではないものの、とても丁寧な所作に少しドキドキしつつ、俺も礼を返す。

「アンジェが仕事に付き合う機会はあまりないと思いますが、私に次ぐ責任者なので、お見知りおきください。こちらは神官補佐のセイラと、神官見習いのケインです」

「「よろしくお願いします」」

「もう一人、神官見習いのシドニーもいるのですが、今は出ているようですので、紹介はまたの機会に。子供たちが仕事に行く際には、この子たちが引率《いんそつ》することになります」

「神官長様、仕事というと……？」

「あぁ、そうでしたね。実はナオさんからお申し出があって――」

そうしてイシュカさんが俺が頼んだ内容を説明すると、よくある話なのか、セイラたちはすぐに納得《なっとく》したように頷いた。

「なるほど。ありがとうございます。いつから向かいましょうか？」

「こちらはいつでも構いません。庭の維持《いじ》ができれば良いので、仕事の間隔もお任せします」

現状とても荒《あ》れている庭。できるだけ早くスッキリさせたいが、予定もあるだろう。

そう思っての言葉だったが、返ってきたのは予想外の答えだった。

「それでは、今日からでも？」

「えっと、こちらは問題ないですが……。イシュカさん、大丈夫なんですか？」

確認するようにイシュカさんを見るが、彼女も微笑んで頷く。

「予定の管理は、この子たちに任せていますので」

「そうですか。では、先に纏めて報酬を払っておきたいのですが……。構いませんか？」

「こちらとしては大変ありがたいです。しかし、良いのですか？　まだ仕事もしていないのに」

「信頼していますので。俺たちは留守にすることも多いですし……取りあえず半年分ほど」

金貨で報酬を渡し、それから全員でもう少しだけ細部を詰《つ》める。

といっても、今後、畑や花壇を作ったときには手入れを頼みたいとか、俺たちが留守の間に実った物は自由に採って良いとか、簡単なことなのですぐに話は纏まり、そろそろお暇《いとま》しようかと、俺がメアリたちの方を見ると、そこでは三人が楽しそうに遊んでいた。

最初は恐る恐るだったレミーも既《すで》に慣れたようで、その笑みに緊張《きんちょう》感はない。

メアリたちの年齢を考えれば、このままここで遊ばせてやりたい気もするのだが、おそらく彼女たちはそれを望まないだろう。俺は心を鬼《おに》にして、声を掛ける。

「二人とも、そろそろ帰るぞ」

「あ、はい。解りました」

「解ったの！」

メアリたちが聞き分けが良いのは理解していたが、それはレミーも同じだったようだ。

別れの挨拶をするメアリたちに寂しげな表情を見せたが、我が儘を言うことはなく、しかし二人がこちらに来るのに併《あわ》せて一緒に走ってくると、俺の足に抱き着いてこちらを見上げた。

「ナオちゃん、またあそびにきてね？　ユキちゃんとも会いたいの」

「ん。あぁ、そうだな。またユキも、そしてミーティアたちも一緒に来るな？」

別に俺は、遊びに来ているわけではないのだが、レミーのその顔を見て『用事がなければ来ない』などと言えるはずもなく……。俺は微笑んで彼女の頭を撫でる。

「うん！　たのしみにしてう！　ミーちゃんたちも、またね！」

手を振るレミーにミーティアたちも手を振り返し、俺たちは孤児院を後にする。

そして、我が儘は言わないが、やはり少し寂しげな様子のミーティアの手を引いて自宅へと向かっていると、その途中でメアリが振り返り、「そういえば」と口を開いた。

「ナオさん、懐《なつ》かれているんですね。レミーちゃんに」

「不思議となぁ。あんまり男っぽくないからかもな？」

レミーはトーヤとも何度か会っているが、まだ少し苦手な様子。

それに対してユキたちには緊張しないようなので、やはり外見が原因だと思われる。

「それだけじゃないと思います。たぶん、ナオさんの優しさを感じているんだと思いますよ？」

「そうか……？　二人はどうだった？　レミーと接してみて。人見知りらしいが……」

「仲良くなれたの！　レミーちゃん、ミーの尻尾も気にしないみたいなの」

「気にしないというか、気に入ったみたいですね。隙《すき》あらば捕《つか》まえようとしてくるところが……。私の尻尾も含めてですけど」

尻尾をちょっと嬉しげに揺らすミーティアと、苦笑するメアリ。ケルグでちらっと聞いた感じ、子供たちの間にも獣人《じゅうじん》に対する偏見《へんけん》が多少はあるような雰囲気だったが……。

「困っているなら、言っておくが？」

嫌《いや》がっている様子はないが、一応確認してみたところ、やはり二人は首を振る。

「あ、大丈夫ですよ？　優しく触るだけですから。男の子だと嫌ですけど、レミーちゃんなら」

「ミーはお姉ちゃんだから、ちょっとぐらいは許してあげるの！」

普段ミーティアは、常に一番下の妹扱い。

自分より下の子ができたことが嬉しいのか、その言葉は弾《はず》んでいる。

一番の目的は二人の紹介だったが、『地元を離《はな》れた二人に同年代の友人を』とも期待していた俺としては、上々の結果。足取りが軽くなったミーティアの頭を撫でて、俺は口を開く。

「そうか。それじゃ、また遊びに行こうな？」

「うん！　行くの‼」

嬉しそうに、そして深く頷くミーティアと、そんな妹をホッとしたように見ているメアリを連れて家に戻ると、俺たちを出迎《でむか》えたのは、居間で手持ち無沙汰《ぶさた》に転がるトーヤだった。

「お～う、おかえり～。そっちは問題なしか？」

「あぁ。早速《さっそく》この後、草刈りに来てくれるそうだ。トーヤも？」

「しっかり注文しておいた。ユキも戻ってるぞ。今は、ハルカたちの手伝いに行ったが」

「そうか。あっちは俺たちには手伝えないしな。……さて、何をするか」

俺たちがのんびりしていても、ハルカたちは別に文句は言わないだろうが、少し心苦しい。

庭の整備をしても良いが、そちらは孤児院に頼んだし――と、考えていると。

「訓練するの！　頑張って、お兄ちゃんたちに追いつくの！」

「訓練か。別に構わないが……メアリもそれで良いか？」

ミーティアは両手を握り鼻息も荒《あら》いが、メアリはどうかと目を向けると、彼女もすぐに頷く。

「はい、お願いできるなら。少しでも早く役に立てるようになりたいです！」

「そこまで急ぐ必要はないと思うが……やる気があるなら構わねぇか。ほっ！」

跳ねるように起き上がったトーヤと共に、俺たちは普段使っている訓練場所へと移動する。

長期間の訓練で踏《ふ》み固められ、あまり雑草も生えていないそこに立ち、俺とトーヤは持ってきた槍《やり》、棒、小太刀《こだち》、剣の各種武器をメアリたちに示した。

「オレたちが使っているのはこの四種類だ。だから、教えられるのもこの四つだな」

「ハルカは弓も使うから、そちらが良ければハルカに頼むことになるが……？」

「いえ、弓は難しそうですし、まずは一般《いっぱん》的な武器でお願いします」

俺の問いにメアリは真剣な表情でそう答え、ミーティアもその隣で『うんうん』と頷く。

「了解だ。なら、どの武器を――と言われても解らないか。まずはどういう風に戦うか見せるか」

「だな。二人にはオレたちの戦い、見せてねぇしな」

ということで、俺とトーヤは武器を変えつつ何度か模擬《もぎ》戦を行い、それぞれの武器の長所や短所、戦い方、俺たちが冒険で感じたことなどを二人に話していく。

そうこうしているうちに、孤児院の子供たちがやってきて庭の草刈りを始め、彼らも俺たちの様子を興味深そうに見ているのだが、二人はそんなことなど目に入っていないようで、真剣に俺たちの話を聞き、結果として二人が選んだ武器は――。

「ミーは小太刀が良いの！　これで、シュバッてやるの‼」

「小太刀か……。多少入手性が悪いが……まぁ、問題ないか」

トミーに頼めば作ってもらえるし、いざとなれば短剣でも代用はできる。

「私は剣にします。ミーが速さ重視みたいなので、私は一撃《いちげき》の威力《いりょく》を重視しようと思います」

「バランスは悪くないし、良いんじゃね？　メアリは案外、力があるしなぁ」

そう、実はメアリ、外見に似合わず結構力が強い。

ミーティアを背負って逃げていたことから、ひ弱でないことは判っていたが、先ほど試《ため》しに青鉄の剣を振らせてみたら、さすがに片手では扱えなかったものの、両手であれば案外なんとかなりそうな力強さを見せてくれた。青鉄は普通の鉄よりも重いにも拘《かか》わらず、である。

――悲しいかな、俺が筋力で負けてしまうのも、そう遠くないことなのかもしれない。

「メアリが両手剣を扱えるようになれば、パーティーバランス的には助かるが……いや、可愛いメアリがあんまりムキムキになったりすると、俺としてはちょっと悲しいな」

「さ、さすがにそんなになったりは……しないと思いますけど？」

俺の言葉にメアリが困ったように笑うが、成長期ということを考えると、絶対にないとは言えないわけで。この世界、外見と筋力が単純比例しないのが唯一の救いである。

「やはり、魔力を鍛える訓練も必須《ひっす》だな。スキルを使った腕力《わんりょく》ならマッチョにならずとも――」

「いや、ナオ。それには同意するが、今はそれ以前、まずは基礎《きそ》ができてからだろ？」

トーヤが俺の言葉を遮り、呆《あき》れたように肩を竦める。

「取りあえず、メアリはオレが教える。ミーティアはお前で良いな？」

「……ま、それもそうか。それじゃ、メアリ、ミーティア、あまり無理しすぎないようにな？」

「はい！　ナオさんも、ミーをよろしくお願いします。ミー、頑張ってね？」

「もちろんなの！　ミーは、強くなるの！」

力強い妹の返事にメアリは微笑むと、トーヤと共に木剣を持って少し距離を取る。

そして俺は、ユキたちが作った小太刀の模擬剣をミーティアに渡し、手を取って教え始める。

「ミーティア、まずは素振りからだ。持ち方はこうで、振り方はここからこうやって――」

「むむっ、こう？　それじゃ、振るの。――えいっ！　えいっ！」

うむ。速度が幼女のものではない。シュバッ、シュバッ、と良い音がしている。

――これ、ゴブリン程度なら、すぐに瞬殺できるようになりそうだなぁ。

幼女強いが現実になりそうで、俺は少し遠い目をするのだった。


『ミーは案外我慢強い』。

その言葉は、ミーティアが冒険者になると宣言した後、『いつまで訓練を続けられるか』と言う俺たちに対し、姉のメアリが口にしたものだったが、それに嘘はなかった。

派手なところなどない、むしろ、地味で苦しくて、痛いことばかりの訓練にも拘わらず、まだ幼い彼女が泣き言や不満を漏らすことは、一度もなかった。

それどころか、俺たちが他のことをしている間にも、自主的に二人で訓練を重ねるものだから、オーバーワークを心配して俺たちが止めなければいけないほど。

そんな二人の姿に、俺たちの懸念《けねん》は早期に解消され……。

何時《いつ》しか、七人で早朝訓練に励むのが、俺たちの日常の光景となるのだった。

◇　◇　◇

メアリたちと訓練したり、草刈りの監督《かんとく》をしたり、トーヤと一緒に畑を作ったり。

細々とした雑事を片付けながら、何日か経《た》ったある日のこと。

俺たちはハルカたちから、ついに『あれ』が完成したと、台所の裏口付近に呼び出された。

そこに置いてあったのは、幅《はば》が二メートル、高さが一・五メートルほどもある大きな箱。

上部には跳ね上げ式の蓋《ふた》が付いており、下部には小さな扉《とびら》。一見すると業務用の巨大《きょだい》なゴミ箱のようにも見えるが、当然ながらこれは似て非なる物である。

それを前にユキが自慢げに胸を張り、バシバシとその箱を叩きながら宣言する。

「ふふふ、ついに完成しちゃいましたよ、コンポストが！」

そう。これはハルカたちが作ると言っていた、シュレッダー付きコンポスト。

メアリたちも加入して、今後ますます討伐《とうばつ》数が増えそうな俺たちの救世主である。

「めっちゃデカいな？　オレの知ってるコンポストって、こう……ドラム缶《かん》サイズなんだが？」

「一度に五〇〇キロぐらい処理できる業務用よ。半日から一日で全部堆肥にしてくれるわ」

「シュレッダーの威力も凄いよ？　エディスの資料によると、オークの腰骨も軽～く粉砕できるみたい。それ以上——溶岩猪《ラーヴァ・ボアー》レベルになると、実験できなかったようだけど」

「オークが？　すげぇな。これならスカルプ・エイプも一気に処理できるんじゃね？」

「一気は無理ね。スカルプ・エイプは魔石以外に取る物がないから、死体を丸ごと処理することになるでしょ？　だから、多くても四匹《ひき》、大きな個体なら二匹しか入らないわ」

「一度遭遇《そうぐう》すれば一〇匹。処理に数日は必要か。死体を持ち帰るかは、要検討だな」

滅多に行かない場所なら放置確定なのだが、頻繁《ひんぱん》に通る場所に放置すると、森が処理する過程を何度も見ることになるわけで。可能ならこれで処分したいというのが正直なところである。

「ま、試運転もまだなんだけど。さっき言ったのはスペック上の性能諸元？」

「そうなのか？　じゃあ、処理できない——硬《かた》すぎる物を入れたらどうなるんだ？　爆発——」

「しないわよ！　粉砕できずに残るだけ。金属の刃《は》が付いているわけじゃないし。ほら」

俺は車のシュレッダーみたいな凶悪な物を想像していたのだが、ハルカが見せてくれた箱の中には一見何もなく、とてもオークの骨を粉砕できる装置には見えない。

機械式のシュレッダーとは違い、注油も刃の交換も不要なメンテナンスフリーらしい。

「なるほど。さすがは錬金術、魔法ですね。ちょっと想像できませんが……」

「でしょ？　折角だから、この世紀の瞬間をみんなで目撃しようと思って！」

ユキのその言葉は、やや大袈裟《おおげさ》に思えるが、頑張って作っていたのは間違いないわけで。

俺が無言でいると、ユキはビシッとトーヤを指さす。

「――ってことで、トーヤ、ホブゴブリンでも放り込んじゃって」

「ほいほい」

軽く応じたトーヤがマジックバッグに手を突っ込み、頭のなくなったホブゴブリンの死体を取り出してコンポストに放り込み、それを見たメアリが少し目を丸くする。

――そういえば、こういう物をメアリたちに見せるのは初めてか？

しかし、冒険者をやるなら慣れるしかないので、俺はあえて何も言わず、ユキに目を向ける。

「性能試験なんだろ？　どうせなら、オークも処理しないか？」

「それもそうだね？　オークの腰骨が本当に砕《くだ》けるか、確認したいし」

ユキの同意を受け、俺たちが取り出したのは丸ごとオーク。

その巨体にメアリが一歩下がり、ミーティアが「ほぇ～」と驚《おどろ》いたように見上げる。

度胸――というか、動じなさという点ではミーティアの方が上なのかもしれない。

「それじゃ、ちゃちゃっと解体するか。――すぐに捨てられるのは便利だな」

要《い》らない部位は、隣にあるコンポストの中へポイ。

これまでは消化器官とか、結構扱いに注意が必要だったのだが、これならかなり楽になる。

「ですね。……はい、ユキ。全部入れましたよ」

全員でかかれば、オーク一匹の解体などすぐに終わる。頑丈そうな腰骨も含め、オークの残渣《ざんさ》がすべてコンポストの中に放り込まれたのを確認し、ユキが蓋を閉める。

「安全のために、鍵《かぎ》もしっかり掛けて……このスイッチを、ポチッと！」


ベキベキ、メキョ、ゴシャッ、グチョ、バギガギ、ゴゴゴ――


ユキが楽しそうにスイッチを入れた瞬間、コンポストの中からなんとも言い難い音が響《ひび》き、俺たち全員の表情が固まる。

「こ、これは……」

「中の状況、想像したくはないな」

「ある程度は想定してたけど、なかなかに生々しい音ね」

動作自体は問題なく行われているようなのだが、とにかく音が酷《ひど》い。

しかも箱形なのが災《わざわ》いしているのか、共鳴してなかなかによく音が響く。

「少々ご近所迷惑な音だな。いくら業務用っても、マジでこんなの使ってるのか？」

「いえ、普通はゴブリンをまるごと放り込んだりはしないから」

「これはシュレッダー部分をエディスが強化してるからねー。普通のだと粉砕できないよ？」

トーヤの疑問をハルカが言下に否定し、ユキも付け加える。

「凶悪すぎるな。人間も一瞬で……。ミーティアも中に入ったりするなよ？」

この箱形は、かくれんぼとかにちょうど良さそう。

そんなことを思ってしまったので、一応注意すると、ミーティアは「絶対に、しないの！」と、頭が取れそうなほどの勢いでブンブンと頷いた。

「ミーティアは大丈夫だろうけど、最近は孤児院の子供たちも出入りするようになったからね。蓋には鍵を付けたし、もし鍵を閉め忘れても、生体反応を検知する安全装置もあるわよ？」

「それなら安心ですが、一応注意喚起《かんき》はしておきましょう。誤作動がないとは言えませんし」

「そうだね。何事も絶対はないし。――あ、できあがった堆肥は下の扉から取り出してね。放置すると溢《あふ》れちゃうから。必要なメンテナンスはこれぐらいかな？」

「ちなみに、ゴブリンの魔石一つで、一トンぐらいを処理できるわ」

「それは……安いのか？　高いのか？」

「以前何かで、ゴミ処理費用は一キロ四〇円ぐらいと聞いた覚えがあります。うろ覚えですけど」

「四〇円か……」

俺の住んでいた地域ではゴミ袋《ぶくろ》が有料だったが、一袋の値段を考えると、それよりも高かったような……？　まぁ、重量だから少し比較はしにくいが。

「ゴブリンの魔石は二五〇レアだったよな？」

「ギルドに売る場合はね。買う場合はもっと高いと思うけど」

「あぁ、そうか。仮に二倍の五〇〇レアとすれば、一キロあたり、〇・五レア……。安いな」

「でも、ナツキの言う四〇円って、あらゆる種類のゴミを含めてだろ？　生ゴミだけなら、コストはもっと安いんじゃないか？」

「確かに処理しにくいゴミもあるよな、あっちだと。効果の微妙なリサイクルもあるし」

『リサイクルしている』と言えば聞こえは良いが、それに必要なエネルギーと、節約できるエネルギー。どう考えても前者の方が多い物も少なくなかった。

例えば食品トレー。汚《よご》れたトレーを洗う洗剤《せんざい》や水、その水を浄化《じょうか》するコスト、回収ボックスの設置、収集、リサイクル工場までの運搬。トレーの重量と体積を考えれば、運搬にかかる燃料だけでも、トレーに使われている石油を上回っているんじゃないだろうか？

他にも分別に人件費も必要で、それらがゴミ処理費用に加算されたりするわけで……。

「うんうん。手段と目的が逆転してるよねぇ。プルタブとか意味不明だよね」

「昔は缶から外れたから、意味があったんでしょうけど……どう考えても、缶のままリサイクルする方が効率的よね」

ちなみに、この世界でもリサイクルはあるのだが、その対象は金属とガラス類。

普通に価値があるので、店に持ち込めば資源として買い取ってもらえる。

あとは生ゴミや木、陶器《とうき》類なので、埋めたり焼いたりして処分される。とてもエコだ。

「んー、よく解らないけど、ミーはゴミの処分にお金なんて掛けないの」

「私の家では、処分に困るほどのゴミは出ませんでしたからね。骨付きのお肉なんて買えませんし、お野菜も余さず食べますから。あとは竈《かまど》で燃やすか、庭に埋めるかでした」

ある意味で、ゴミが出るのはお金持ちの証《あかし》。

貧乏《びんぼう》暮らしだったメアリたちが、ゴミ処理に困ることはなかったらしい。

「ま、俺たちも、家で獲物の解体をしなけりゃ、そこまでゴミは出ないか。――そういえば、これまで食べていた肉の骨ってどうしてたんだ？　……トーヤのおやつ？」

「そうそう、あのゴリゴリした歯応えがやみつきに――って、食わねぇよ!?」

「ん？　以前、『何となく齧《かじ》っていたくなるような』とか言ってなかったか？」

「あれは骨付き肉を食べた後の話だろ!?　骨だけをバリバリ食ったりはしねぇよ！」

「もちろん冗談《じようだん》だ。解体の残渣と一緒に捨ててたのか？」

「はい。でも、今後は楽になりますね。――多少のコストは掛かりますが」

少し残念そうなナツキに対し、ユキが手のひらをぴっと突き出して首を振る。

「おっと、その心配は無用だよ！　これはちょっと改造して、自前の魔力も使えるようにしたからね。魔石は不要、ランニングコストは、なんと驚異《きようい》のゼロレア！」

「まぁ、それは凄いわ！　お財布《さいふ》にも優しいのね！」

再びバンバンとコンポストを叩きながらユキがそう主張し、それにハルカが乗る。

「ついでに、オーバーロード機能も搭載《とうさい》！　魔力をたくさん注げば、処理時間の短縮も可能！」

「便利！　でも、お高いんでしょう？」

「いえいえ、今ならなんと！　材料費のみでのお届けです！」

「ステキ！　今すぐお願いしたいわ！」

「何だ、この通販《つうはん》番組……」

突如始《とつじょ》まったユキとハルカの小芝居《こしばい》に俺とトーヤ、ついでにメアリたちもが唖然《あぜん》とし、ナツキは苦笑を浮かべつつ、水を差す。

「その材料費が問題では？　イニシャルコスト――作製にかかった費用はいかほどですか？」

「「……」」

ナツキの言葉に、揃って沈黙するハルカとユキ。

なるほど、そっちのコストがあったよなぁ。

「ランニングコストがほぼゼロでも、トータルの処理費用が安いとは限らないのか」

「ですが、多く使えば使うだけ、イニシャルコストの償却《しょうきゃく》は分散されますので、そこまで高コストには……ならないですよね？」

「う、うん、まぁ、そこまでは？」

「人件費がかかってないから、問題ないレベル……よ？　うん」

視線を逸《そ》らせつつ、そう答えるユキとハルカだが……結構かかったんだろうなぁ。

ま、解体残渣の処理に困っているのは本当だし、魔道具の作製は錬金術のレベルアップにもなる。

お金に困ってもいないから、多少高くても良いとは思うのだが。

ナツキにしても、別に問題とするつもりはなかったのだろう。小さく笑って言葉を続ける。

「でも、オーバーロード機能は少し気になりますね。どんな感じなんですか？」

「お、聞いてくれる？　結構頑張ったから凄い――はずだよ？　ナオ、ちょっとここに手を当てて、魔力を大量に注いでみてくれるかな？　今日はもう予定、ないよね？」

「あぁ、魔力を使う予定はないな。ここか？」

嬉しそうにユキが指さした場所にあるのは、半球状で半透明《とうめい》の物体。そこに手を触れて魔力を注ぎ込むと……何だか、コンポストから響く音が大きくなっているような？

「……これ、大丈夫なんだよな？　いきなり、ボカンッとか、ないよな？」

「ナオ、安心して。これが最初の試運転だから」

「そうか、なら——めっちゃ危険だよな⁉」

穏《おだ》やかに言うハルカに騙《だま》されそうになったが、それはまったく安心できないと言うのと同義である。ぱっとハルカの顔を見れば、ハルカは「ふふふ」と笑い、言葉を続ける。

「基準量の三倍の魔力を注ぐと、処理時間が半分に、更に三倍注ぐと四分の一になるわ」

「無視かよっ！　——なら二七倍だと八分の一になるのか？」

「いえ、その先は二倍で半分ね。一応、一四四倍までは注入できるようになっているわ。その場合は三〇分もかからずに処理が終わるわよ——設計上は」

「……つまり、数倍程度なら心配ない、と？」

「ううん。一四四倍でもかなりの安全マージンを取っているから大丈夫よ。できれば、限界までやってみてほしいわね。折角機能を付けたんだから」

「えぇ……？　ま、まぁ、ハルカとユキを信じてやってみるか」

「うん、信じてくれて良いよ？　安心と安全のユキちゃんだよ？」

などと言いながら、さり気なくミーティアとメアリをコンポストから遠ざけているのは、何故なのか。そんな疑問を感じつつも、俺はぐいぐいと魔力を注いでいく。

するとやがて手応えが変わり、それ以上魔力が入らなくなる。

「……ここまでか？　よく判らないが、一四四倍になったのか？」

「入らなくなったのなら、いっぱいなんでしょうね。あとは待つだけね」

コンポストの処理時間は、限界まで詰め込んだ場合で丸一日ほど。今回はそこまで大量に入れてないし、魔力は限界まで注いだので、時間は六四分の一に短縮されるはず。

「一〇分もあれば、終わる感じか？」

「そんなものでしょうね。しばらく待ってみましょ」

トイレに行ったり、マジックバッグの中身を整理したり。

そんなことをしながら待つこと暫《しば》し。コンポストから「チーン！」という音が響いた。

「……うん。無事に処理できたみたいね」

「ゴブリン、なくなったの？　――すごい！　空っぽなの！」

「あんなに大量にあったのに、綺麗さっぱり……」

ハルカが上蓋を開けて中を確認すると、ミーティアもちょっと背伸びをして中を覗き込み、メアリもまた、その隣で感心したような声を漏らした。

実際、スイッチを入れる前のコンポストの中は、グチャグチャのドロドロ、ちょっと目も当てられないような惨状だったからなぁ。

「綺麗に処理しないと、悪臭《あくしゅう》が発生するからね。あとは、堆肥が……」

今度は下の扉を開け、ハルカがそこにスコップを突っ込み……出てきたのは黒々とした土？

いや肥料と言うべきだろうか。出来立て故《ゆえ》か、ほんのりと温かい。

「俺のイメージする堆肥とは少し違うな？　ちょっと重そうというか……」

「ナオがイメージしているのは、腐葉土《ふようど》に近いんじゃない？」

「腐葉土は肥料と言うよりも、土壌《どじょう》改良材ですから、少し違うでしょうね」

「うん。これは肥料分が多そうだよね。直接植物を植えると、枯《か》れちゃいそうな感じ。木の枝や葉も一緒に処理すると違うのかもしれないけど……刈った草でも入れてみる？」

なるほど、よく解らん。

少なくとも、これを土代わりに使うのはマズいようだ。

「ま、試運転自体は成功だね。できた堆肥も良い感じだし。肥料分の割合が不明だから、むやみに使うのは不安だけど、ちょっとずつなら大丈夫かな？」

「私たちの場合、遊びみたいなものですから、あまり気にしなくて良いと思いますけどね」

農家が肥料を使う場合は、窒素などの割合を計算して使うし、販売されている肥料にはそれを表記することが義務づけられているらしい——もちろん、元の世界でのことだが。

栄養が多すぎても、バランスが悪くても良い物ができないので、そういった配慮《はいりょ》が必要なのだろうが、俺たちは所詮《しょせん》家庭菜園。失敗したからといって、そこまで困るわけでもない。

「そういや、家庭菜園で新鮮《しんせん》で安心な野菜を作るとか言ってたんじゃね？　寄生虫が怖いから」

確かに、元々庭で野菜を作ろうとしたのは、それが目的である。

しかし、トーヤの指摘《してき》にハルカは肩を竦める。

「それなんだけど……実はもう解決してるのよね。寄生虫に関しては」

「ん？　【頑強】スキルを信じる気になったのか？」

「違うよっ⁉　それって、あたしが一番危険だから、過度に依存《いぞん》しないってなったじゃん！」

「そうだったか？　最初に影響《えいきょう》が出るのはユキだから、オレたちは安心って話には――」

「なってないわっ！　あたしを危険性のバロメーターに使うな‼」

ユキのツッコミが、拳でトーヤの腹に入った。

まぁ、所詮は冗談、ユキだって本気では――いや、結構力が入っているな？

ドゴッと重い音がしたぞ？　トーヤには大して効いていないが。

「そうじゃなくて、別の解決法が見つかったから、食べようと思えば食べられるようになったの。トーヤはディオラさんの話、覚えてない？　溶岩猪《ラーヴァ・ボアー》を狩《か》ったときの」

「んー？　肝臓《レバー》の話が強烈《きょうれつ》で、あんまり……？」

「それを覚えていながら、あたしをバロメーターにしようとか、非道すぎない？　それだよ、それ。寄生虫の話をしてたよね？　それの予防に『殺菌《ディスインファクト》』を使うって言ってたでしょ？」

「そして私たちは、『殺菌《ディスインファクト》』が使えるようになりました」

「……おぉ！　つまり、生野菜も心配する必要がないのか！　しゃきしゃきレタスのハンバーガーをまた食べられるようになるのか！」

「レタスはともかく、そういうことね。『浄化《ピュリフィケイト》』と一緒に使えば、なお安心ね。まぁ、もっとも？

生野菜は普通に食べられているみたいだけど。ねぇ、メアリ？」

「え？　あ、はい。綺麗に洗ってそのまま食べることもありました。……とはいえ、新鮮なお野菜は高いので、普通は売れ残りをスープとかにして食べてましたけど」

ハルカに話を振られ、ちょっと悲しいことを答えるメアリ。

普通の農家には、マジックバッグはもちろん、冷蔵保存も難しいわけで。

朝市で売れ残り、萎《しお》れた野菜は安く買えるらしい。

「あれ？　じゃあ、オレとナオが頑張って作った畑は無意味？」

「そんなことないよ？　やっぱ、自分で作るのが一番新鮮だと思うしね。まぁ、時季的に今から植えられるお野菜は限られるんだけど……取りあえず使ってみようか、この堆肥」

できた以上は、取り出さないといけないわけで。

俺たちはコンポストから堆肥を掻き出し、耕しただけの畑に鋤《す》き込んでいったのだが……。

「う～む、大量に余ったな？」

「だね。できた量、家庭用じゃなくて業務用の肥料袋で何袋もって感じだもんねぇ」

俺たちがコンポストに投入したのは、数百キロの肉や骨など。

処理前よりは随分と量も減ったが、それでも僅《わず》か一回で大量の堆肥ができあがっている。

今後も増え続けることを考えれば、どう考えても一般家庭で使いきれる量ではない。

「庭木の下にも撒《ま》いておきましょうか。リーヴァさんが好きなクットの木の下とか」

「そうだな。……何もしなくても、食べきれないほどに実るが」

ウチの庭だけでも大量に採れるのに、今年はエディスの家も追加されている。

あちらにもクットは生えているのだから、確実に身内で処理できる量を超《こ》えるだろう。

「わ、私もクットの実、好きですよ？　……安いですし」

「美味しいおやつなの。ミーでも食べられたの」

「確かに、ちょっと摘まむには悪くないのよね。……まぁ、油も搾《しぼ》れるし、孤児院の子たちにあげても良いから、たくさん生《な》って困ることはないか。集めるのは面倒だけど」

「たくさん採って良いの⁉　ミー、頑張るの！」

凄い朗報を聞いたとばかりに、ミーティアが両手を握って顔を輝かせる。

クット自体は、街中でもありふれた木なのだが……よく考えたら、他人の庭に入って勝手に採ったりはできないか。狭《せま》い庭だと、クットを植えるようなスペースもないだろうし。

「えっと、孤児院の子たちに半分あげるとか言えば、集めるのに苦労はしないと思いますよ？　私たちの場合、道に落ちているのを拾うか、市場で買うかでしたから」

「なるほど、それは良い方法だね！　あとは……ディンドルの木の下にでも撒く？　収穫《しゅうかく》後のお礼《れい》肥《ごえ》として。今年はもう遅《おそ》いけど、来年、たくさん採れるようになるかも？」

「ディンドルなら、いくら採れても良いですね！」

「……ナツキが前のめりなのは、ちょっと珍しいな？」

俺たちの視線が集まったことに気付き、ナツキは少し恥《は》ずかしそうに一歩引く。

「う……、はい。ナオくんたちに助けられた、思い出の味なので……」

「あー、なるほど。それは理解できるな」

あの激マズ料理で命を繋いでいたところに、極上《ごくじょう》の果物。その鮮烈さは俺たち以上だったろう。図らずも俺は優しい気持ちになり、『うむ』と頷く。

「それじゃ、ディンドルにもたっぷりお礼をするとして……それでも大量に余るな」

「ま、余った堆肥の処理方法は今後考えましょ。今はマジックバッグに放り込んでおけば良いわ」

「そうだね。――随分と贅沢《ぜいたく》な使い方だけど」

普通の冒険者では、お金を出してもなかなか買えないのがマジックバッグ。

堆肥入れに使っているとか知られたら、ぶん殴《なぐ》られそうである。

「所謂《いわゆる》、生産者特権だな」

農作物や漁獲物《ぎょかくぶつ》なんかでも、世の中では貴重品で高価な物も、生産者からすればありふれていて、飽《あ》きるほど食べているとか、よく聞く話である。

他人からすれば羨《うらや》ましい限りだろうが……便利だからこれからも自重する気はまったくない。

俺たちは専用のマジックバッグを用意すると、余っている大量の堆肥をその中に放り込み、問題の先送りを図るのであった――そのうち、これの処分方法も考えないとなぁ。

◇　◇　◇

獲物の解体や堆肥の生産と並行し、俺たちはメアリたちの訓練も続けていた。

年齢を考えれば、冒険者として活動するのは無茶。

常識で考えればそうなのだろうが、獣人故の体力と敏捷性《びんしょうせい》のおかげか、二人は短期間で予想外の成長を見せ、意外なほど動けるようになっていた。

それはもしかすると、俺の恩恵《おんけい》【経験値ちょっぴりアップ】が効果を発揮したのかもしれないが、決して悪いことではないので、取りあえず神殿へのお賽銭を多少奮発。

今後ともよろしくお願い致しますと、アドヴァストリス様に祈《いの》りを捧《ささ》げて、訓練を続けていたある日、ガンツさんから『武器と防具が完成した』という連絡《れんらく》が届いた。

そしてこれを機に、俺たちは冒険者としての活動を再開することに決めたのだが、その前に一つ、俺たちには『これはやるべきだろう』と決めていたことがあった。それは――。


「「歓迎会《かんげいかい》……?」」

俺が告げた言葉に、メアリとミーティアはとてもよく似た仕草で首を傾げた。

それと一緒に、尻尾も『くにっ』と曲がっているのがとても可愛い――が、それはともかく。

「実のところ、もしメアリたちがこの家に馴染《なじ》めないようなら、この町の孤児院に預けることも視野に入れてたんだよ。その場合、派手に歓迎会とかしてたら、お互《たが》いに気まずいだろ?」

メアリたちにとって、何が最善なのか。

出会ったばかりの俺たちと一緒に暮らすことに、苦痛はないのか。

この町の孤児院であれば環境《かんきょう》は悪くないし、イシュカさんという頼《たよ》りになる人も、同じ年頃の子供たちもいる。あちらで暮らす方が、メアリたちのためには良いんじゃないか。

そんなことを全員で話し合った結果、歓迎会までして迎え入れてしまっては、俺たちに不満があっても言い出しにくくなるんじゃないかと、落ち着くまでは自重していたのだ。

「馴染めないなんてこと、決して、そんな……！」

「ご飯、おいしいの！」

慌てて首を振るメアリと、ご飯の感想を言うミーティア。

つまり、ご飯が美味しければ問題ないということだろうか？

「うん。そう思ったから、そろそろ歓迎会をしようと思ったのよ」

「そうそう。あ、でも、もし孤児院の方が良いなら言ってね？　二人の気持ちが優先だから」

「はい。この家で暮らす上での不満点などでも構いませんが――」

「不満なんてありません！　むしろ、色々面倒を掛けて、申し訳ないぐらいで……」

「毎日ご飯が食べられて、安心して寝られるの！」

きっぱりと告げ、眉尻《まゆじり》を下げるメアリに対し、ミーティアはやっぱりご飯。

いやまぁ、衣食住は重要なので、ある意味、ミーティアの言葉は至言なのかもしれないが。

「だ、だから、この上、歓迎会までしてもらうのは、心苦しいというか……」

「そうか？　色々、ご馳走《ちそう》でも作ろうと――」

「ミーは歓迎会、大賛成なの！」

「あうぅ……ミー……」

トーヤの言葉を遮ってミーティアがぴっと手を挙げ、メアリが情けなそうな声を漏らす。

「ふふっ。ま、歓迎会の目的には、私たちの知り合いに二人を紹介することもあるから、メアリも気にしなくて良いわよ。それより何が食べたい？　二人はもちろん、ナオたちの意見は？」

「ご馳走！　――って、何かなぁ？　う～ん……」

「私たちにとっては、毎日ご馳走なので……」

改めて問われ、二人はワクワクとした表情で、悩《なや》むように身体《からだ》を左右に傾《かたむ》ける。

「ご馳走かぁ……。俺の貧困なイメージだと高級和牛のステーキとか、大トロの寿司《すし》とか？」

ステーキと寿司。貧乏人っぽいと言われようとも、俺的にはそんな感じである。

「オレは蟹《かに》かな？　他はすき焼きとか……。あ、河豚《ふぐ》。てっちりとかも食べたことない」

俺とトーヤの言葉に、ユキが困ったように首を振る。

「二人とも、難しいことを言うね？　最近獲《と》りに行ってないから、バレイ・クラブはほとんど残ってないし……。似たような物を作ろうにも、オークのステーキぐらいかなぁ？」

「地域によっては豚《ぶた》ですき焼きをするそうですが、トーヤくんとしては、牛ですよね？」

「皇帝鮭《エンペラー・サーモン》の刺身《さしみ》でも食べる？　たぶん、『殺菌《ディスインフアクト》』でいけるわよ？」

「どれでも美味《うま》いだろうが、普段と違うご馳走感には乏《とぼ》しいよなぁ」

庶民《しよみん》の俺からすれば、懐石《かいせき》料理やフランス料理、良い店で食べれば単なる天ぷらでも高級料理なわけだが、それらがご馳走かと言われると、ちょっと首を捻るところはある。

『ご馳走は高い』が、『高いとご馳走』ではないと思うのは、俺だけだろうか？

「珍しさを狙うなら、アエラさんにお願いする方法もあるけど、無理かしら？」

確かにアエラさんなら、俺たちの知らない料理も出してくれそうではある。

「だが、お店が忙しいみたいだぞ？　歓迎会には来る時間は作ると言ってくれたが……」

時々肉を届けて世間話をしているのだが、なかなか予約が取れないほどには好調らしい。

のんびり過ごすタイプの店なので客の回転は少なく、忙しすぎて大変ということはないようだが、営業時間中にはほぼ空席がないとか。ルーチェさんと共に頑張っているようだ。

「やっぱりそうよね。う〜ん、インパクトで勝負しましょうか」

「インパクト？　料理で？」

「そうね……タスク・ボアーの丸焼きとか、どう？」

「ふぉぉぉ！　丸焼き⁉　食べ放題⁉」

ハルカが挙げた例に、ミーティアが両手をブンブンと振り、昂《たか》ぶっていらっしゃる。

キラキラとした瞳でハルカを見上げ、そんな瞳で見つめられたハルカは苦笑しつつ首肯する。

「そうね、好きなだけ食べて良いわよ」

「すごいの！　夢が広がるの！」

わーい、とバンザイをして、ぴょんぴょん飛び跳ねるミーティア。

「確かに丸焼きなんて前世も含め、経験したことないね。マンガ肉並みにあり得ないもん」

「反対する理由はない……というか、あのミーティアを見て反対はできないな」

そしてミーティアほどあからさまではないが、丸焼きを想像してか、ちょっと口を開けて涎《よだれ》を垂らしそうな表情のメアリ。やはり虎《とら》系の獣人ということが影響しているのだろうか？

トーヤも以前に比べて、肉が好きになったと言っていたし。

「なんだったら、他の物の丸焼きでも良いけど……タスク・ボアーあたりが無難でしょ」

「インパクト重視なら、オーク――は、さすがに無理があるな」

その非現実性に気付いたのだろう、言いかけたトーヤがすぐに首を振る。

味とインパクトという点では随一かもしれないが、アレは総重量数百キロ。

鉄串に刺してグリグリ回そうにも、重機でも持ってこないと無理だし、某《ぼう》ビールの本への掲載《けいさい》を狙うわけでもないのに、そんなことをするのはただの馬鹿《ばか》である。

そもそも、いくら【調理】スキルがあったとしても、それで美味《おい》しく焼けるとは思えず、ハルカの言う通り、タスク・ボアーあたりが一番無難なのだろう。

「つっても、今はタスク・ボアーの在庫、なかったよな？」

「丸ごとは残ってませんね。解体のときに枝肉に切り分けますし」

初期には大変お世話になったタスク・ボアーさんであるが、『美味しくて使い勝手の良いお肉』の地位をオークに取って代わられて久しい。

もちろん俺たちも、遭遇したときに無視するほど恩知らずではないが、つい先頃、俺たちは解体キャンペーンを行ったばかり。丸焼きに適した形で残っていないのは必然である。

「そいじゃ、オレたちで狩ってくるか」

「お願い。私たちは……久しぶりにお菓子でも作りましょうか」

「お菓子！　お砂糖？　お砂糖を使うの？」

ミーティアがピコピコと耳を動かして目を輝かせ、期待したようにハルカを見る。

「そうね、何を作るか決めてないけど、使うでしょうね」

「感激、なの！　歓迎会、やっぱりステキなの！」

「甘いお菓子……」

両手と一緒に、尻尾までぶんぶん振って嬉しそうなミーティアと、両手こそ振っていないが、嬉しそうに尻尾が動いているメアリ。やはり甘い物は正義、なのかもしれない。

ちなみに、上白糖でこそないが、砂糖自体はこの町でも普通に手に入る。

しかし、その値段は一キロほどで大銀貨三枚。砂糖の質は黒糖に近い物である。

俺たちならそこまで重い負担でもないが、それでも使用量は節約気味。とても健康的である。

もっとも、『一キロで大銀貨三枚』の印象は、俺たちとメアリたちとで随分と違う。

仮に元の世界で、砂糖一キロ三〇〇〇円になったとしても、スプーン一杯《ぱい》で一〇円程度。

日本の一般家庭であれば『凄く高いけど、買えなくもない？』という程度か。

しかしメアリたちなら、『とても買えない』とか、『年に一度、ちょっとだけ買う』とか。

この感覚の違いは、庶民の賃金が安く、必需品《ひつじゆひん》ならあまり高くないことに由来するのだろう。

だが、相対的に贅沢品は高いので、ミーティアたちの喜び方もそう大袈裟とは言えないのだ。

「それじゃ、準備を始めよっか？　歓迎会の開催《かいさい》は明日、それまでに各自滞《とどこお》りなく」

「はい。トーヤくんとナオくんも、よろしくお願いしますね？」

「「了解！」」

そうして森へと向かった俺たちが、良い感じのタスク・ボアーを狩ってくるのに掛かった時間は、僅か数時間ほど。何のドラマもなく俺が【索敵《さくてき》】で見つけて、トーヤがぶっ飛ばし。

去年の今頃、最初に遭遇した時はドキドキだったなぁ、と感慨《かんがい》にふけりつつ、皮を剥《は》いで、内臓を取り出して――とてもスムーズに、タスク・ボアーの丸焼きスタイルが完成。

その翌日には、予定通りに丸焼きパーティー――もとい、歓迎会が開催されるのだった。

◇　◇　◇

俺はミーティアの熱い視線に見守られつつ、土魔法で庭に丸焼き台を作製する。

丸焼きにする関係上、今回俺たちが狩ってきたタスク・ボアーは、少し小振りの一・五メートルほどだが、それでも焼く前の状態で重量は一〇〇キロ近い。

鉄串にぶっさしたそれを、トーヤと協力して台にセットすると、俺たちの仕事は終了である。

「それじゃ、焼いていこうかな～」

調理人はユキ。炭火を熾《おこ》し、鉄串をグルグル回しながら、強火の遠火でじっくりと焼いていく。

「丸焼き、だな」

「あぁ。丸焼きだな」

それ以外に言うことはない。ハルカとナツキは家の中で料理をしているが、俺とトーヤは特にすることがなく、タープで作った日陰《ひかげ》の下で椅子《いす》に座り、ユキの頑張りをのんびり眺《なが》める。

対してメアリとミーティアは、揃って焼き台の前に陣取《じんど》り、少しずつ焼けていくタスク・ボアーをじっと見つめている。そんな二人の尻尾がシンクロするように揺れているのが面白い。

「二人とも、そんなにじっと見てても、焼けるのにはかなり時間がかかるよ？」

「匂《にお》いだけでもシアワセなの！」

苦笑するユキに、ニコニコの笑顔でミーティアが応える。

確かにミーティアの言う通り、俺たちの所まで良い匂いが漂《ただよ》ってくる。

炭に脂《あぶら》が垂れる度《たび》にジュッという音と共に煙《けむり》が上がり、なんとも食欲をそそるが――。

「なぁ、これって火が通るのか？」

タスク・ボアーは腹を割《さ》き、広げるような形で鉄串に固定してあるが、それでもかなりぶ厚い。

「炭火だから遠赤効果はあるけど、簡単にはいかないよー。実際、美味しく食べるなら、カットして焼いた方が良いと思うしね？」

「身も蓋もない……」

そりゃそうなんだが、それをやってしまうと今回のコンセプト、全否定である。

「そういえば、まともに丸焼きをしようとしたら、一晩以上焼くとか聞いたことがあるな？」

「「一晩（なの）!?」」

トーヤの言葉に、メアリたちが揃って絶望したような声を上げた。

まぁ、いくら炭火でも、熱が逃げるから当然と言えば当然か。ワイルドさには欠けるが、美味しく丸焼きを作るつもりなら、大型の石窯《いしがま》でも作って焼く方が良いのだろう。

「さすがにそんな時間はかけないよ。ま、焼けた表面を削《けず》り取りながら食べるのが現実的かな？　無理して全体に火を通そうとしたら、脂が落ちちゃって、逆に美味しくなくなると思うし」

「ケバブみたいなイメージか。それはそれで美味そうだな？」

「ちゃんと下味を付けてるからね。メアリ、ミーティア、味見してみる？」

「食べるの！」

「良いんですか？」

「うん。ちょっと待ってね」

ユキが美味しそうな焼き色が付いた所にナイフを入れ、削り取った肉を皿に載せて二人に渡す。

正直、味見と言うにはデカい塊《かたまり》だが、さすが丸焼き、それでも大して減っていない。

「――っ！　おいしいの！」

「ん～～！」

フォークで肉を突き刺し、口いっぱいに詰め込んだ二人が耳をパタパタさせて頬《ほほ》を緩める。

その様子は本当に美味しそうで、そんな二人を見ていると俺も唾《つば》が湧《わ》いて――。

「ユキ、オレにも一切れ」

「あ、ついでに俺も」

俺に先駆けて皿を突き出したトーヤに、俺も便乗。

ユキが「しょうがないなぁ」とか言いつつ、切り分けてくれた肉を頬張《ほおば》る。

「ほう、これはなかなか……」

「塩だけじゃねぇんだな？　これなら飽きずに食えそうだ」

決して濃《こ》い味付けではないのだが、スパイスも使っているようで、これだけで十分に美味い。

肉汁《にくじゅう》が滴《したた》り落ちるほどにジューシーで、大量の肉をがっつり食べられそうな感じ。

タレも準備してあるのだが、この味に飽きる前に満腹になりそうである。

「あら？　もう始めてるの？」

後ろからの声に振り返ると、そこにいたのは料理を載せたお盆《ぼん》を持つハルカとナツキだった。

「味見だよ。といっても、見ての通り、丸焼きは焼きながら食べることになるだろうけどね。ハルカたちも食べる？」

「まずはこれを置いてからね。ナオ、手伝って」

「はいはい」

「お肉がたくさんあるので他は少なめにしました。足りないようなら、また作りますから」

ハルカとナツキが運んできたのは、飲み物にスープ、野菜類とパン、それに大量のお菓子。

新鮮な牛乳が手に入らないためか、生菓子は用意されていないが、クッキーやパイ、木の実を使ったお菓子など、普段はあまり食べることのない物も多い。

俺も手伝い、それらをタープの下に用意したテーブルの上に並べる。

「これだけあれば、十分——というか、確実に肉は余るだろ」

トーヤはもちろん、メアリとミーティアも、その身体からは信じられないぐらいの量を食べるが、俺とハルカ、ナツキとユキはそこまでもない。

夕方には仕事を終えたディオラさんとアエラさん、ルーチェさん、リーヴァ、トミーの五人が合流する予定だが、トミー以外は小食なほどだし、以前は必死で食い溜めをしていたリーヴァも、ルーチェさんが提案した化粧品《けしょうひん》の販売が順調なようで、最近はお金に困っていない様子。

つまり、トーヤたち三人には、一人あたり二〇キロ食べてもまだ余るほどの肉があるわけで……胃袋がマジックバッグにでもなっていなければ、物理的に無理である。

「ミー、頑張るの！　頑張って食べるの！」

「いやいや、ミーティア、頑張る必要はないからな？　無理しない範囲で、食べたいだけ食べろ」

「そうよ。残りはマジックバッグに入れておけば、いつでも美味しく食べられるんだから」

胸の前で両手をギュッと握り、鼻息も荒いミーティアを慌てて止める。

「そうなの？」

「そうですよ。まぁ、丸焼きに関しては、孤児院に差し入れしても良いと思いますが」

「あ、レミーちゃんには、食べさせてあげたいの！」

「なら、そうしましょ。孤児院には今後もお世話になると思うし」

実は今回の歓迎会、イシュカさんにも声は掛けていたのだが、残念ながら彼女は、『子供たちがいますので』と固辞。それを考えれば、差し入れは悪くない選択肢《せんたくし》だろう。

しかし、妹の提案で決まったのが気になったのか、メアリが窺《うかが》うように俺たちを見た。

「あの、良いんでしょうか？　トーヤさんとナオさんが苦労して獲《と》ってきたのに」

「ん？　別に構わないぞ？　むしろ苦労したのは、丸焼きにしたユキじゃねぇ？」

「同意。獲るのには大して苦労してないな」

「ふぉぉぉ！　やっぱりナオお兄ちゃんたちって凄いの！　ミーも頑張って、毎日丸焼きが食べられる冒険者になるの‼」

ミーティアからの尊敬度がアップした。やはり肉関連が有効らしい。

「さすがに毎日丸焼きはどうかと思うけど……一緒に頑張りましょ。メアリもね」

「はい！　頑張ります」

「うん。それじゃ一応、開会の挨拶を。――ナオ、お願いね？」

「え、俺？」

突然の指名。事前に一言あっても良くない？

いくら身内だけとはいえ、少しぐらい考える時間が欲《ほ》しい。

ナツキたちにも目を向けてみるが……期待するように見るだけで、代わってくれそうにはない。

「まぁ、いいか。じゃあ簡単に。――こほん」

俺は小さく咳払《せきばら》い。メアリとミーティアの二人の目を見て口を開く。

「俺たちは縁あって家族となった。一緒に生活する以上、相手に不満を覚えることもあるだろう。意見が対立することもあるだろう。そういうときは、素直に思いを口に出してくれ。時には喧嘩《けんか》になるかもしれないが、心配する必要はない。家族である以上、俺たちはお前たちを守るし、無責任に放り出すようなことはしない。――メアリ、ミーティア、ようこそ、我が家へ」

「──っ！　よろしくお願いします！」

「お兄ちゃん、お姉ちゃん、よろしくなの！」

そうして始まった歓迎会は、日が落ちる頃には仕事を終えたゲストたちも合流。

その全員にメアリたちを紹介し、美味しい料理を食べ、一部の人はお酒を飲み……。

夜遅くまで楽しい時間は続くのだった。

サイドストーリー「焦《じ》れったい二人」

その日のあたしたちは、裁縫《さいほう》のお時間だった。

そろそろ冬も近い。去年に比べると随分《ずいぶん》と余裕《よゆう》もあるし、メアリとミーティアもやってきた。

折角だから、いろんな服を揃《そろ》えておこうか、という話になったのだ。

ここ、自宅の裁縫室に集まっているのはあたし、ナツキ、ハルカの三人。

当然、ナオとトーヤはシャットアウト。測らないといけないしね、体形とか。

ちなみに、メアリたちの測定は既《すで》に終わり、二人は外でナオたちに稽古《けいこ》をつけてもらっている。

メアリは服作りにも興味があったようだけど、今は強くなる方を優先するみたい。

それは、ハルカが『服は時々作ってるから、いつでも機会はあるわよ』と言ったことも一因だろうけど、大きいのはやっぱり、ケルグでミーティアを守れなかったことなのかも。

ホント、頑張《がんば》り屋さんのお姉ちゃんだよね。

「う〜ん、まずはメアリたちの服だよね。二人は可愛《かわい》いから、どんな服でも似合いそうだけど」

「そうね。気にするべきは尻尾《しっぽ》の存在かしら？　トーヤみたいに適当じゃダメでしょ？」

「ハルカ、適当って……一応考えて作ってるじゃん」

いくらトーヤでも、はみ尻《けつ》したら可哀想《かわいそう》だから。

「その点、スカートでも良いメアリたちはちょっと楽かな？　それともパンツが良いかな？」

「私としては、お揃いの小袖《こそで》と袴《はかま》を着せてみたい気もしますけど……」

「七五三？　いや、大正ロマン？　可愛いとは思うけど、動きづらくないかな？」

姉妹《しまい》でお揃いの服は似合いそうだけど、窮屈《きゅうくつ》なのは可哀想。

あたしがそれを指摘《してき》すると、ナツキは一瞬沈黙《いっしゅんちんもく》、少し視線を逸《そ》らす。

「……襷《たすき》をすれば、さほどは？」

「ナツキみたいな薙刀《なぎなた》ならありかもしれないけど、二人は小太刀《こだち》と両手剣《けん》よ？」

「日常生活なら、あまり問題はないのでは……」

「いや、ナツキが着せたいなら作れば良いけどね？　でもまずは、冒険《ぼうけん》中に着られるような服が優先でしょ。今、二人が着ているのは間に合わせで作った物だし」

「……そうですね。ユキのおかげでそこまで違和《いわ》感はないですけど」

意味ありげな目を向けるナツキに、あたしは口元をひくつかせ、彼女《かのじょ》の肩《かた》に手を置く。

「その『おかげ』は、あたしの【裁縫】スキルかな？　それとも、あたしの体形かな？」

二人が着ている服は、あたしの服を手直しした物。

一番変更《へんこう》が少なくて済むからね！

「まぁ、ユキ。それは邪推《じゃすい》というものです。心に余裕が必要ですよ？」

「本当かなぁ……？」

にこりと微笑《ほほえ》むナツキ。その笑顔に隙《すき》はない。う～ん、まぁ、信じようかな。

「（どっちとは言ってないみたいだけど……？）」

「ん？　ハルカ、何か言った？」

「いいえ、別に？　でも、二人に可愛い服を着せたいのは私も同じね。これまでは、お洒落《しゃれ》を楽しむような余裕もなかったみたいだし」

「はい。普通《ふつう》なら汚《よご》れを気にするところですが……『浄化《ピュリフィケイト》』がありますしね」

「便利だよね～、あれは。そうだねぇ、あたしは……こんなのとか、どうかな？」

あたしは紙を引っ張り出してきて、いくつかのラフスケッチを描《えが》き、二人に示す。

「どれ――セーラー服？」

「うん。可愛くない？　ちょこまか動くミーティアも、これなら問題ないだろうし」

「悪くないですが、ここはもうちょっと…………こんな感じで」

「メアリは…………こういうのはどうかしら？」

三人でデザインを詰《つ》めたら、次は素材の選定。手分けして、適当な布地を探す。

エディスとリーヴァのおかげで、この家の裁縫室にはたくさんの高機能な布地がストックしてあるのだ。いずれも錬金術《れんきんじゅつ》で作った物なので、ちょっと高価なんだけど……。

「このへん、かなぁ？」

あたしが選択《せんたく》したのは、ちょっとジャージっぽい、少し伸縮性《しんしゅくせい》がある生地《きじ》。

可愛いのも重要だけど、動きにくかったら本末転倒《ほんまつてんとう》だしね。

当然これも錬金術で作った素材。

この世界の錬金術って、化学に魔法《まほう》が混ざったような技術だから、汎用性《はんようせい》は高いんだよねぇ。

難点は、完全自動化は難しそうなところ。化学ならプラントを作って自動で大量生産が可能だけど、錬金術はその一部に必ず人の手が入るから、家内制手工業みたいな感じ。

あと、エネルギー源。基本的には魔石だから、これの安定供給がないと使えないし、そのために必要な人手——具体的には冒険者の数によって工業化が阻害《そがい》されているのかな？

錬金術事典を見ると色々と便利そうな魔道具が開発されてるんだけど、それが一般《いっぱん》家庭に普及《ふきゅう》する可能性はかなり低いんだよね。本体が高いのはもちろんとして、例えば『エアコンを一日使うのに必要な電気代は三〇〇〇円です』と言われて、『よし、買おう』とは言えないよね？

逆に言えば、お金がある貴族、魔石を自前で用意できる冒険者などには、それなりに魔道具が普及しているし、一部のコストメリットのある魔道具も一般で利用されている。

例えば、おトイレとか。

良かったよ、ここが道に平気で汚物《おぶつ》を捨てるような所じゃなくて。

「二人とも、この生地はどうかな？　これなら動きやすいと思うんだけど」

「どれ？　……あぁ、良いんじゃない？　丈夫《じょうぶ》だし、冒険にも耐《た》えられると思うわ」

「では、裁断して縫製に取り掛《か》かりましょう」

とはいえ、作るのはメアリたちだけの服じゃないので、手分けして。

あたしはミーティアの服をちくちくやりながら、ナオの服を縫《ぬ》い始めたハルカに視線をやる。

一緒《いっしょ》の家で生活するようになってしばらく経《た》つけど、気になるのはやっぱりハルカとナオ。

ハルカがナオを好きなのは、以前からバレバレだったし、ナオもたぶん、解《わか》ってると思う。

……あれ？　解ってるよね？　兄妹《きょうだい》みたいみたいな感覚じゃ、ないよね？

お隣《となり》に住む幼馴染《おさななじみ》みっていなかったから、そのへん、よくわかんないけど。

うーん、親も仲良くて一緒に育ってきてるから、その可能性もゼロじゃないのがなんとも……。

――うん。ま、ハルカがナオを好きなのは確定として。

問題は、一緒に暮らすようになったのに、全然、ぜんっぜん、進展が見られないこと！

距離《きょり》感が元の世界にいたときと一緒！

いつの間にやら二人の姿が見えなくなってる、とかあっても良くない？

大抵《たいてい》、どちらかの姿は目に入ってるんですけどっ！

あたしは再び真剣な顔で針を動かすハルカを見て、こっそりナツキに声を掛けた。

「(ねえ、ナツキ。現状、どう思う？)」

「そうですね……そう悪くないと思います。家は手に入れましたし、今の私たちの腕《うで》なら、比較的《ひかくてき》安定的な収入の当てもあります」

「そうね、だいぶ安定したわね。週休二日、長期休暇《きゅうか》を取っても貯蓄《ちょちく》ができるぐらいには」

あれ？　さらっとハルカが会話に入ってきたんだけど？

ナツキとの内緒話のつもりだったんだけど？

しかも、思ってた方向性と違《ちが》う。……あ、言葉が足りなかったか。

「問題点を挙げるなら……場合によっては簡単に失われることでしょうか。土地建物は一応私たちの物ですが、領主に出て行けと言われれば終わりですし、私たちの収入も、マジックバッグがあればこそ。万が一、私たちと同じようなマジックバッグを持つ人がラファンに来れば競合します」

「まぁ、そうよね。可能性はあると思う？」

「今のところは低いですね。今の領主はまともですし、ラファンの町は田舎《いなか》で魅力《みりょく》に乏《とぼ》しいですから。オークや銘木《めいぼく》を運べるほどのマジックバッグを持っていれば、もっと都会で十分に稼《かせ》げます。有名な迷宮《めいきゅう》都市あたりが良い感じみたいですね」

「ちょ、ちょ、ちょ、ちょっと待って！」

このままじゃマズいとインタラプト。あたしは話の方向性を変える！

「今のこの流れなら、恋《こい》バナじゃない？　恋バナの流れが来てたよね？　女の子が三人集まってるんだよ？　異性がいない状況《じょうきょう》で！　何でそんな真面目《まじめ》な方向に行くの⁉」

「ふぅ……ユキ、今はそんな状況？」

状況だよ？　今、余裕が出てきたって言ってたじゃん。

ヤレヤレ、みたいに肩を竦《すく》めて首を振《ふ》るハルカだけど、あたし、知ってる。

「ハルカ？　追及《ついきゅう》されたくないだけだよね？」

「……何のことだか？」

「ナオとはどうなってるの⁉　元の世界にいたときから焦れったいと思ってたの！」

「あれ？　ユキは以前、ハルカはトーヤを狙《ねら》っているのかも、とか言ってませんでした？」

「それはあまりにもハルカとナオに進展がなかったから！　でも、こっちに来てみたら……。幼馴染みで家が隣でとか、テンプレすぎる状況にいて、進展遅《おそ》すぎ！」

もうぶっちゃける。遠慮《えんりょ》なしである。

「な、何言ってるのよ！　わ、私とナオは、そんな――」

ビシリと突《つ》きつけたあたしの指に、ハルカはしどろもどろになって視線を逸らした。

そんなハルカの様子に、ナツキも少し面白《おもしろ》そうな笑みを浮《う》かべる。

「はいはい、判りきったことを誤魔化《ごまか》すのは止《や》めましょうねー。で、どうなんですか？」

「ナツキまで……はぁ。……別に進展はないわよ」

「なんで！　今まではお隣さん。今は同じ屋根の下。どーして進展ないの⁉」

「難しいのよ！　一旦《いったん》距離感が決まっちゃうと！」

……いや、まぁ、解らなくはないけどね？

大丈夫そうかな？　という感触《かんしょく》があっても、踏《ふ》み込《こ》みにくいよね。

現状の心地《ここち》好い関係性が崩《くず》れる可能性を考えると、きっと怖《こわ》くなるとは思う。

「それに……できちゃったら困るし。この状況で出産とか、怖いじゃない」

ハルカが少し躊躇《ためら》うように言葉を濁《にご》し、俯《うつむ》いてボソリとトンデモ発言。

「あれぇぇぇ⁉　なんでいきなりそこに飛ぶの⁉　もっと、こう、プラトニックな段階はないの⁉

手を繋《つな》いで、デートして、キスをして、とかさぁ」

話がめっちゃ飛んだよ？

急転直下、ジェットコースターなラブなの？

じれじれも困るけど、いきなり二人で個室に籠《こ》もる時間が増えるのも困るんだけど！

同居しているあたしとしてはっ‼

「手を繋ぐのも、デートも普通にしてるし……」

あぁ、うん、してたね。二人は。ナオがデートと認識《にんしき》してるかは知らないけどね。

「キスはまだだけど……私がナオに告白して、その流れで迫《せま》られたら拒《こば》めないし。行くところまで行っちゃったら」

ふぃ、っと目を逸らして、呟《つぶや》くハルカ。

「乙女《おとめ》か！」

「乙女よ！」

だよね。知ってた。

むしろ、乙女じゃないと言われたら、めっちゃショックを受ける。

そんなハルカの様子を見て、ナツキはふむふむと少し納得《なっとく》したように頷《うなず》く。

「ですが、確かに出産は不安ですね。医療《いりょう》設備が整った日本であっても怖いですから」

「マジメか！　そして気が早い！　もっとこう、前の段階で甘酸《あまず》っぱいあれやこれやはないの？」

「そのあれやこれやをしてたら、つい踏み込んじゃうかもしれないじゃない？　こっちには文句を言う親もいないわけだし？」

「若い性の暴走かよっ！」

「ですが、こちらだと私たち、成人なんですよね……」

「ヤメテ！　今それを言わないで‼」

色々想像しちゃうから！

今後、ハルカとナオが二人きりでいたら、そういう目でしか見られなくなるから！

ただ普通に訓練をしていただけでも、顔を赤くして汗《あせ》をかいていたら、『もしかして事後？』とか、若いユキちゃんの頭をよぎっちゃうから!!

「でも実際、私が戦えなくなったら、パーティーとしてはちょっとマズくない？」

「え、この話まだ続くの？」

ホントに？　とハルカの顔を見返したあたしに、ハルカは少し不満そうな表情を浮かべる。

「ユキが恋バナしたいって言ったんじゃない」

「これって恋バナ？　もう一歩か二歩、進んでない？　少女漫画《まんが》からゼク◯ィを飛び越《こ》えて、ひよこク◯ブじゃない？」

そこまで行っちゃうと、あんまり楽しめないんですけど。恋バナ的には。

「ですが、重要ではありますね。〝明鏡止水〟に産休制度、作りましょうか」

「え、何それ。分け前保証制度？」

そりゃ、そのくらい構わないけど。

「いえ、妊娠《にんしん》期間が重ならないよう、出産調整制度？　一人だけならともかく、複数抜《ぬ》けると仕事ができなくなりますから」

「……日本でそれを『産休制度』とか言ったら、フルボッコだね」

ブラックのレッテル貼《は》りは免《まぬが》れない。

でも、現実的ではある。

あり得ないとは思うけど、もしあたしたち三人が同時に妊娠したら、収入が一年以上途絶《とだ》える。

日本なら妊娠期間も仕事ができるけど、さすがにお腹《なか》に子供がいる状況で戦闘行為《せんとうこうい》はないし、出産後も当分は赤ちゃんに付きっきりが確実。

栄養価が調整された粉ミルクなんて売ってないし、便利な紙おむつも存在しない。

その代わりに魔法はあるけど、使えるのはハルカとナツキのみ。

逆に乳母《うば》を雇《やと》うという方法はあるけど……それにもコストは掛かるしなぁ。

きちんと貯蓄しておくにしても、不安は大きい。

——うん、必要だね、調整。

「それより、あなたたちはどうなの？　前にナオを狙う、みたいなこと言ってたと思うけど？」

そうハルカに指摘され、あたしとナツキは顔を見合わせる。

「狙うというか、ナオのパートナーという位置が、この世界で一番安全に暮らせそう？」

「はい。気心が知れているのが一番です。価値観の相違は家庭生活の大きな阻害要因と聞きます」

「恋愛《れんあい》感情は？」

ハルカのその問いに、あたしたちは少し考え込んだ。

「……普通に好き、かな？　顔もエルフになって更《さら》に美形になったし、見てて心地よい？　どうこう言っても優《やさ》しいしね」

「異性の中では一番好きですよ？　ハルカみたいに燃え上がる恋心は……微妙《びみょう》ですけど」

日本にいたら結婚《けっこん》は疎《おろ》か、告白もしなかったと思うし、『アナタしか見えない』とか、そんなことはないから、もし素敵《すてき》な異性と出会えれば方針転換《てんかん》の可能性はある。

けど、ナオ以上にお金を持っていて、安心できる相手って、そうはいないと思うんだよねぇ。

トーヤが悪いとは言わないけど、獣人《じゅうじん》のお嫁《よめ》さんをもらう気満々だし、彼《かれ》の二人目を狙うにしても、誰《だれ》か判《わか》らないその人と仲良くできるかも判らない。

その点、ハルカとナツキなら安心。ずっと一緒にいた実績があるから。

安心、とても大事。

そんな私たちの回答に、ハルカは少し呆《あき》れたような表情を浮かべる。

「大概酷《たいがいひど》いわね、二人とも。――っていうか、別に燃え上がってないから！」

「はいはい、ずーっと燻《くすぶ》っているんですよね。風を送ってあげますから、火を付けましょうね～」

「なるほど。あたしたちがナオにちょっかいを出すことが、塩ならぬ、風を送ることになると。さすがナツキ、上手《うま》いことを言う」

「余計なお世話！　二人にはありがた迷惑《めいわく》という言葉を贈《おく》るわ！」

「うーん、あんまり燃え上がっても困るか。煽《あお》りすぎて、一線を越えちゃったら――」

「黙《だま》れ」

「「はい」」

怖っ！

人を殺《や》ったことのある視線だったよ、今の。

──あー、冗談《じょうだん》じゃなく、あったか。あたしも含《ふく》め。

はぁ……。『常識』的に正しいとは解っていても、たまに思い出すと、落ち込むね。

もちろん、放置すれば罪のない人が殺されるんだから、そうすべきだろうし、それが冒険者の仕事なんだけど……ちょっぴり、『兵士、仕事しろ』と言いたい。

もっとも、それも嫌《いや》な仕事を他人に押《お》しつけてるだけなんだけどねー。

「それよりも！　今はユキとナツキの話だったでしょ！　もっと、こう、素敵な出会いとか、白馬の王子様的なものとかないの？」

白馬の王子様……？

「結婚なんて打算です。若い人にはそれが解らんとです。──ハルカ、現実見よう？」

「えぇ……確かにある程度の年齢《ねんれい》になると、年収が第一条件とか聞くけど……それは、アラサーあたりの考えじゃない？　実はユキ、年齢偽《いつわ》ってる？」

呆れたような視線を向けるハルカに、あたしは首を振る。

「こらこら、アラサーのお姉様方に怒《おこ》られるよ？　でも、実際問題として選択肢《し》がないでしょ？」

王都に行けば、もしかすると王子様には会えるかもしれない。

でも、シンデレラストーリーに憧《あこが》れられるのは、さすがに脳天気な小学生まででしょ。

結婚して課せられる義務を『好き』だけでナントカできるほど楽じゃないと思う。

よくは知らないけど、現実的に命の危険があるんじゃないの？　そういう世界って。

きっと嫁姑《よめしゅうとめ》戦争の何倍も酷いものが、ドロドロと渦巻《うずま》いているに違いない。

――いや、うちのお母さんとお祖母《ばあ》ちゃんは、仲良かったけどね？

「ナツキは？　ナツキはどうなの？」

「大学ぐらいまでモラトリアムが続くなら別ですが、ここはそんな世界じゃないですからね。考え方も変えないと」

「こっちもか……まぁ、確かに、昔から『亭主元気《ていしゅ》で留守が良い』みたいな言葉があるけど」

「いや、さすがにそこまで達観してないし、あたしも普通にデートとかしたいと思うけどね？」

だけど、こっちの人と結婚するような、ある意味での『度胸』はない。

元の世界でも、素性《すじよう》不明な相手との結婚は敬遠されるのに、こちらでは尚更《なおさら》。

結婚は家と家同士の繋がりという面もあるのだから、どこで生まれたかすら言えない相手との結婚に家族が賛成できるわけがない。リスクが高すぎるもの。

つまり結婚相手になるのは、それを乗り越えるほど好かれているか、似たような状況の人か。

この時点で、所謂《いわゆる》公務員や堅気《かたぎ》の職人などは結婚相手から除外され、残るは冒険者かそれ以下の怪《あや》しい奴《やつ》らか……恋愛の難しさ、解るよね？

いや、恋愛だけなら良いんだけど、結婚は難しいよね？

「そう考えると、ヤスエはよく結婚したよねぇ」

「ですね。良かったんでしょうね、運と……容姿が」

「身も蓋《ふた》もない!?　ある意味、この世の真理だけど！」

ヤスエはチェスターが優しかったと言っていたけど、それはきっとヤスエが可愛かったから。

ツンデレが成り立つのは、可愛い女の子だけなのだ！

――いや、現実でやられたら、ツンデレなんてただの嫌なヤツだけどね？　可愛くても。

「でも、そうなのね。二人は結婚に実利を求めるタイプなのね……」

「『実利』とまでは言いませんが、形だけでも結婚していた方が面倒事《めんどうごと》は少ないでしょうしね」

「うんうん。冒険者を続けている間は良いけど、引退して定住したときに、独身女だと面倒事も多いみたいだしねー。偏見《へんけん》とか、色々」

日本ですら中高年になって独身だったら、微妙な視線を向けられることがあるのだ。

こちらの世界はもっと酷く、確実に『問題がある女』と見られて近所づきあいも難しいほど。

それが余所者《よそもの》だったら、言うまでもないよね？

田舎で一人スローライフなんて、あり得ないから。

下手したら、スリラーライフになるから。

「もちろん、今後誰かと大恋愛する可能性も否定はしないけど……取りあえず、ナオはキープ？」

「酷っ！　今までで一番、酷い！　それ、ナオに言うんじゃないわよ！」

「あ、キープは言葉が悪いね、ゴメン。別に二股《ふたまた》掛けてるわけじゃないしね。それに、今一番好きなのがナオなのは嘘《うそ》じゃないよ？」

柳眉《りゅうび》を逆立てたハルカに、慌《あわ》てて言い訳。

ナオを蔑《ないがし》ろにするつもりはないけど、ハルカもいるし、友達《ともだち》的なパートナーで十分かな、という感じなのだ、あたしとしては。

四六時中ベタベタじゃなくて、たまに二人で一緒に出かけるぐらいがちょうど良い？　たぶん、それぐらいの方が長く上手《うま》くやっていけると思うし。

冷めてる？

でもさ、芸能人とか、結婚したかと思ったら、いつの間にか離婚《りこん》してたりするじゃん？

で、離婚した直後にまた結婚して、すぐに離婚。

まるで、結婚に対するネガキャンでもやっているのか、と思うような、夢も希望もない情報を垂れ流すマスコミとかも多いし？

たぶんあのへんが、出生率の押し下げに結構関係してるんじゃないかな？

「それにさー、あんまりあたしがガツガツして、『ハルカを押し退《の》けてでも！』とかやったら、ハルカだって困らない？」

「うっ……。それは、ちょっと困る、けど……」

あたしが苦笑《くしょう》しながら肩を竦めると、ハルカは少し視線を逸らし言葉を濁した。

「私もユキと似たようなものでしょうか。こちらに来た以上、割り切るべきは割り切ると考えていますから。それに私の周囲でも、恋愛とか特になく結婚した人も、案外多いですよ？　それでもそれなりに上手くやっているようですし」

「あー、ナツキの周りだとそうなのかな？　お金持ちの旧家だし」

「ええ。お見合い結婚も多いですね。大半は『恋愛』ではなくて、『それなりに気が合って、結婚生活がやっていけそう』と思えば結婚する、って感じです」

「大人になるってそういうものなのかしら？　……確かに、私の知り合いにも、結婚相手の条件ばかり気にしている人もいたけど」

そういうものなんだと思うよ？

単純な好き嫌《きら》いで結婚できなくなるから、日本も晩婚化が進んだんだろうね。うんうん。

「でもさ、ハルカ。あたしたちは手加減するけど、あんまりのんびりしてたら、危ないよ？　ナオって、凄《すご》く優良物件なんだから」

生きることが難しいこの世界で、稼げることはとても大きい。

それに冒険者に限らず粗《そ》暴《ぼう》な人が多いこちらでは、ナオはかなり優しい部類になると思う。

「今は関《かか》わっている人が少ないからそうでもないけど、交友関係が広がれば……どこに伏兵《ふくへい》がいるか判らないよ？」

「伏兵というか、真っ正面から来てますよね、アエラさんとか。年齢差もエルフとしては気にならないぐらいみたいですし」

「リーヴァはどう思う？　嫌ってないよね、絶対」

「男性が苦手みたいなのに、ナオくんとは普通に話してますしね」

「ディオラさんも、ワンチャン狙ってる気はするんだよね。冗談ぽく言ってたけど、結構本気かも？　こう言っちゃなんだけど、年齢的には焦《あせ》りもあるだろうし」

「あー！　もうっ！　解った！　解りました！　もう少しだけ、その……積極的になれるよう、頑張ってみるわ。それで良いでしょ？」

「はい、頑張ってみてください」

やけくそ気味に言うハルカと微笑むナツキ。

そしてあたしも、為《し》て遣《や》ったりと頷く。

「それじゃ、ハルカに二号さんの了承《りょうしょう》も取れたところで、服作り、頑張ろうかな！」

「ええ、そうね。…………あれ？ そういう話だった？」

何やら首を捻《ひね》っているハルカを尻目《しりめ》に、あたしは自分の服作りに取り掛かる。

やっぱり、男の子の気を惹《ひ》くためには、可愛い服も重要。

ナオの視線を釘付《くぎづ》け、じゃなくても、ちょっと気になる、ぐらいにはなっておかないとね。

あたしの人生設計のために！

第三話　ダンジョンへ行こう

冒険者《ぼうけんしゃ》として活動を始める上で、最も重要なものは何か。

それは言うまでもなく武器と防具である。

そんなわけで俺《おれ》たちが最初に訪《おとず》れたのは、ガンツさんの店なのだが……。

「やっと来たか、この道楽冒険者共」

俺たちを出迎《でむか》えたのは、そんな憎《にく》まれ口だった。

「道楽って……あたしたち、結構頑張《がんば》って活動してると思うけど？」

休みも多いが、他の冒険者よりはマシなはず。

ユキがそう指摘《してき》するが、ガンツさんは首を振《ふ》る。

「いや、ウチにあんまり金が落ちてねぇ」

「めっちゃ、個人的理由じゃねぇか!?　あ、でも、つい先日ブレストプレートの修理を――」

「クソがっ。俺が苦労して作ったってのに、一瞬《いっしゅん》で壊《こわ》しやがって！　属性鋼《こう》の加工の大変さを知ってんのか、あぁん!?　作り手の気持ちを考えやがれ！」

トーヤ、藪蛇《やぶへび》である。まぁ、引き渡《わた》したその日に壊されては、気持ちも解《わか》るが。

「でも、トーヤの命が助かったのは、あれのおかげなのよね。自分の技術が人の命を救ったと思えば、作り手としてはどうかしら？」

「……ちっ。頼《たの》まれていた物はできている。取りあえず、身に着けてみろ」

別に本気で怒《おこ》っていたわけでもないのだろう。

ガンツさんは軽く舌打ちをすると、カウンターの上に人数分のブーツとグローブを並べた。

実はこの二つ、最初期に店売りの物を購入《こうにゅう》して以降、更新《こうしん》していなかった。

それでも今のところは困ってはいないのだが、つい先日、トーヤが死にかけたばかり。

溶岩猪《ラーヴァ・ボアー》という高品質な革《かわ》を手に入れたのを機に、全員分の購入を決めたのだった。

「わっ⁉　これ、凄《すご》いフィットする！　これまでのとは全然違《ちが》うよ⁉」

「これは……期待以上ね」

手早くブーツを履《は》き替《か》えたユキがステップを踏《ふ》んで声を上げると、ハルカもまた、屈伸《くっしん》したり、足首を回したりして頷《うなず》く。

これまで俺たちが履いていたブーツは、トレッキングブーツのような足首を少しカバーするタイプのブーツだったのだが、今回のブーツは膝下《ひざした》までをカバーする編み上げブーツ。

にも拘《かか》わらず、足首や爪先《つまさき》の可動部に束縛《そくばく》感がなく、激しい動きをしても影響《えいきょう》がない。

正に自分のためだけに作られた一点物で、足をしっかり包み込《こ》むような形になっている。

難点を挙げるとするならば、履くのに時間がかかることだろうが、万が一にも戦闘《せんとう》中に脱《ぬ》げたら困るため、これは仕方のないところだろう。

「ミーティアちゃん、きついところはありませんか？」

「大丈夫《だいじょうぶ》なの。ナツキお姉ちゃん、ありがとう！」

「新しいブーツの履き心地は、どうだ？」


「メアリは大丈夫か？」

「だ、大丈夫です。こんな良い靴《くつ》、初めてなので……えっと、こっちに紐《ひも》を通して……」

メアリが少し苦労しつつもブーツを履き終え、ナツキに履かせてもらっていたミーティアは、新しいブーツを嬉《うれ》しそうに見て、トコトコと足を鳴らす。

「歩きやすいだろ？　コイツは足の木型から作ってるからな。まぁ、その分、成長するとすぐ履けなくなっちまうんだが、そっちの二人以外は大丈夫――だと思うぞ？」

ガンツさんが視線で示すのは、ニコニコとブーツを見ているメアリとミーティア。

だが、その傍《そば》に立つユキを見て、最後が微妙《びみょう》に疑問形になる。

「むっ、なんか不快な視線を感じた！　でも、ここで成長期は終わっていると主張するのは……」

自分の頭と胸に手を置いて苦悩《くのう》するユキはさておき、少なくとも元の世界に於《お》いて、俺たちの成長期は終わっていたと思われる。こちらに来て種族が変わってしまったが、この一年で目に見える変化はないし、おそらくエルフであっても同じなのだろう。

もっとも、仮に成長しているとしても、冒険者として長距離《きょり》、しかも不整地を歩く俺たち。成長するよりも靴がダメになる方が早いと思われるので、大した問題でもないだろうが。

「靴紐も特に丈夫な物を用意したし、そうそう切れねぇとは思うが予備も付けておく。何か問題があれば言ってこい。足回りの不調は命に関《かか》わるからな」

「ありがとうございます。助かります」

「おう。グローブの方は、しなやかさ重視でブラウン・エイクの革を使った。耐刃性《たいじん》もあるから普《ふ》通《つう》のナイフ程度じゃ切れねぇはずだが、売りはそのフィット感だろうな」

ガンツさんのその言葉通り、こちらのグローブは各自の手に合わせて作られていて、これまでは手袋《てぶくろ》を外さなければできなかったような細かな作業も、そのまま行えるほどに柔軟性《じゅうなんせい》がある。

こちらは予備も含《ふく》めて一人二双《そう》ずつ購入し、値段は金貨三枚。結構な高級品である。

ちなみにブーツの方は、素材持ち込みで一足あたり金貨二五枚。

かなりのお値段だが、ナツキ曰《いわ》く、『元の世界でも、オーダーメイドの良い革靴はもっと高い』ということなので、人件費の安さなども考慮《こうりよ》すれば、これも妥当《だとう》なお値段なのだろう。

とはいえ、元の世界であれば一生物になるだろう革靴に対し、今回のブーツはおそらく消耗品《しょうもうひん》になるのだが……命を守る物と考えれば、十分な価値があると考えることもできるか。

「そいじゃ、次は部分鎧《よろい》だな。革製だが溶岩猪《ラーヴァ・ボアー》の革だからな。下手な金属製より丈夫だぜ？」

これは俺とハルカ、ユキ、ナツキの防具。俺以外も――特にナツキは前に出ることが多いので、少しでも防御力《ぼうぎょりょく》を増すため、鎖帷子《くさりかたびら》の上に身に着けられる物を注文したのだ。

「最後はそっちの子供二人の服だ。こっちも注文通り溶岩猪《ラーヴァ・ボアー》だが……ちょいと甘《あま》やかしすぎじゃねえか？　革鎧並みの防御力は保証するが、ルーキーが着るもんじゃねぇぞ？」

「あの……良いんでしょうか？　ブーツだけでも高いのに……」

やや呆《あき》れたようなガンツさんの言葉にメアリも不安になったのか、窺《うかが》うように俺たちを見る。

だが、ハルカはすぐに首を振り、少し責めるような視線をガンツさんに向けた。

「良いのよ、メアリたちは気にしなくて。――私たちと一緒《いっしょ》に行動するんだから、ルーキーと同じ装備じゃ危険でしょ？　ガンツさんだって、たくさんお金が落ちて嬉しいんじゃない？」

「シビルは喜ぶが、俺としちゃ、金属製の武器が作りてぇんだよなぁ……」

「なるほど。あたしたちは、ガンツさんのご家庭の平和を守ったわけだね！　ガンツさんは感謝して、値引きしてくれても良いんだよ？」

「バカヤロウ！　値引きしたら、その平和が崩《くず》れるだろうが！　耳揃《そろ》えて払《はら》って帰りやがれ！」

そう言いつつも、請求《せいきゅう》された代金は少し値引きされていて。

俺たちは苦笑《くしょう》しつつ、お金を支払って店を後にするのだった。


「にゃふふ、ミーは最強になったの！」

新しい装備を身に着けたミーティアが、意気揚々《ようよう》と先頭を歩く。

対してメアリは緊張《きんちょう》感の方が強いようだが、それでもその表情には嬉しさが滲《にじ》んでいる。

「ありがとうございます、色々と……」

「気にするな。二人には今後、活躍《かつやく》してもらうつもりなんだ。先行投資というものだな」

「そうそう。でも、最強じゃないから、そこは気を付けるんだよ？」

「ふふっ、はい、解っています」

俺とユキの言葉に、メアリは笑いつつもしっかりと頷く。

実のところ、二人の装備をどうするかについては、俺たちの間でも議論の対象となった。

最初は俺たちと同じ物にしようか、という案もあったのだが、はっきり言って俺たちの防具はとても高く、元の世界で喩《たと》えるなら、一人あたり高級自動車一台分という感じ。

成長期の二人に投じるにはコスパが悪いし、子供が着て歩き続けるには、鎖帷子は重い。

そして何より、値段を知ったメアリが真っ青になってブンブン首を振ったので、その妥協点として選んだのが今の防具。そんなわけで、武器に関しても俺たちのお古のままである。

武器に小太刀《こだち》を選んだミーティアはユキのお古、メアリはトーヤが使っていた片手剣《けん》を両手剣として使うことになったのだが、二つ合わせて金貨一〇〇枚以上はするので、最強でこそないが、初心者が使うには十分に良い武器であることは間違いない。

総じて評価するならば、中堅《ちゅうけん》の冒険者程度の装備と言えるだろうか。

「最強は自分たちで稼《かせ》いで実現してね？　その方がやり甲斐《がい》もあるだろうし」

「だな。実際、オレたちも最強には程遠《ほどとお》いわけだし。オレもミスリルの武器、欲《ほ》しいなぁ」

「ははは……、ミスリルは難しいと思いますけど、頑張ります！」

「ミーが見つけたら、トーヤお兄ちゃんに譲《ゆず》ってあげるの！」

「そうか～。――って、オレを超《こ》える気、満々だな⁉」

トーヤが苦笑混じりにそう言うと、ちょうどラファンの町の門を出たところだったミーティアは、こちらを振り返って立ち止まり、腰《こし》の剣を抜《ぬ》いて高々と掲《かか》げた。

「ミーはきっと凄い冒険者になるの！　ここから、その第一歩が始まるの‼」

勇ましく耳と尻尾《しっぽ》をピンと立て、やる気はとても窺えるのだが――。

「それはもうちょっと待ってくれな？　ミーティアたちが戦える場所まで行くから」

「解ってるの。ちゃんとナオお兄ちゃんたちの指示には従うの」

コクリと頷き、素直《すなお》に剣を納めるミーティア。

二人を冒険者としてデビューさせるにあたり、どこで実戦経験を積ませるのが良いのか。

俺たちはそれについても話し合った。

普通の新人冒険者であれば、この辺りで薬草でも探しながらゴブリンを狩《か》るのだが、子供が冒険者になるのは一般《いっぱん》的に一五歳《さい》前後。まだ一〇歳にもならないメアリたちとは大きな差がある。

逆に有利なのは、俺たちと訓練をしていることと、新人ではあり得ない装備を持っていること。

俺たちが木剣一本で始めたことを考えれば、正に雲泥《うんでい》である。

それに加えて、訓練を通じて見えてきたメアリたちの体力は、その年齢《ねんれい》からすると信じられないほど高く、苦しくても頑張る根性《こんじよう》があり、素早さなども申し分ない。

それらを踏まえて、二人を鍛《きた》える場所として選んだのは――廃坑《はいこう》のダンジョンだった。

『初心者にいきなりダンジョン？』と思うかもしれないが、実のところ戦場のコントロールという点では、森よりもあのダンジョンの方が余程やりやすい。

全周を警戒《けいかい》しなければいけない森と違い、あそこは基本的に通路の前と後ろのみ。

木の上からバインド・バイパーが忍《しの》び寄ってくることもないし、多少騒《さわ》いだところでスカルプ・エイプが集まってくることもない。更《さら》には、突然《とつぜん》遠くからオーガーが走ってくることもなければ、溶岩猪《ラーヴァ・ボアー》のようなイレギュラーに遭遇《そうぐう》することもたぶんない。

出てくる敵も、スケルトンを除けばゴブリンレベルか、それに毛が生えた程度。

ダンジョンへの道中さえなんとかできれば、冒険者を鍛えるのに悪くない場所なのだ。

「それじゃ、今回はサクサク行くか！　ナオ、今日はできるだけ敵に遭遇《そうぐう》しないルートでよろ」

「了解《りょうかい》。準備運動も兼《か》ねて、軽い駆《か》け足で行くか。メアリたちは、キツければ言ってくれ」

「わかったの！」「解りました」

元気に答えた二人に頷き、俺は【索敵《さくてき》】全開で走り出す。

基本的には魔物《まもの》を避《さ》けるルートを選びつつ、あまりに遠回りになるようなら掃討《そうとう》を選択《せんたく》、魔法を主体に手早く斃《たお》して先へ進み、俺たちは廃坑を目指して走り続け——。

「とうちゃ～く！　ふぅ。メアリ、ミーティア、大丈夫？」

ユキが俺を追い越《こ》して廃坑の入り口にぴょんと下り立ち、振り返ってメアリたちに声を掛《か》けた。

「全然大丈夫なの！　凄い迫力《はくりょく》だったの！」

「は、はい、大丈夫、です。少しだけ、疲《つか》れましたけど」

とても元気そうなミーティアに対し、メアリには少し疲れが見えるが、それは体力的なものというよりも、緊張感から来る精神的な疲れに見える。

まぁ、道中で巨大《きょだい》なオークの頭が一瞬で吹《ふ》っ飛び、血を噴《ふ》き出しながらぶっ倒《たお》れるのを見れば、メアリの方が普通。『凄い迫力だった』と喜べるミーティアの方が特殊《とくしゅ》だろう。

「でも、ちゃんと付いてこられて、偉《えら》いわね。途中《とちゅう》で休憩《きゅうけい》が必要かと思ったんだけど……」

「体力面では、一人前の冒険者かもしれませんよ？」

「そ、そうですか？　ありがとうございます」

「ミーはとっても元気なの！　ふふ～ん！」

ハルカたちに褒《ほ》められてメアリが嬉しそうにはにかみ、ミーティアが鼻息荒《あら》く踏ん反り返る。

しかし、そんな二人の反応も宜《むべ》なるかな。

実は俺たち、斃した魔物の回収時以外、ほぼ立ち止まることなく走り続けていたのだから。

もちろんジョギング程度の速度ではあるが、それでも森の中という不整地、メアリたちが問題なく付いてこられたのは、少し意外ではあった。

「毎日のランニングで体力があることは知っていたが……凄いな」

「え、えっと……はい。ケルグで暮らしていた頃《ころ》は、ここまでじゃなかったんですけど……」

「きっと、毎日美味《おい》しい物を食べてるからなの！」

俺たちの考える『冒険者にとって最も重要な能力』とは、逃《に》げ足である。

それはこちらに来た頃から変わっておらず、だからこそ早朝のランニングはほぼ欠かさず続けているし、メアリたちもサボることなくそれに参加している。

当初こそ、バタバタと慣れない走り方をしていた二人だが、ランニングフォームの指導をしたり、俺たちの走り方を真似《まね》たりすることですぐに上達、俺たちと一緒に走れるようにはなっていた。

「それにしても……いや、あり得るのか？」

ミーティアの『美味しい物を食べているから』説。

一見、荒唐無稽《こうとうむけい》だが、人間、摂取《せっしゅ》カロリー以上には動けないもの。

俺以上に食べているミーティアたちなら……。

「……ま、元気なのは良いことだよな。うん」

獣人《じゅうじん》の不思議はさておき、俺はダンジョンに向き直る。

「それじゃ、入るか。メアリ、ミーティア、どこか痛い所はないか？」

「足を捻《ひね》ったとか、靴擦《くつず》れができたとか、不調があれば教えてね？　治してあげるから」

ややスパルタかな、と思いつつも、走らせたのは治癒《ちゆ》魔法があるから。

しかし二人は、揃って『問題ない』と首を振る。

「なら出発するか。――オレが先頭で良いんだよな？　魔物はどうする？」

「アンデッド系なら『浄化《ピュリフィケイト》』で斃して、まずはそれ以外で試《ため》してみましょう」

「つまり、宵闇蛇《ナイト・スネーク》、洞窟《ケヴアン》コボルト、巨大蝙蝠《ジャイアント・バット》の三種類か……良いんじゃないか？」

ルーキーにとってこの中で危険なのは、致死《ちし》毒を持つ宵闇蛇《ナイト・スネーク》だろうが、『毒治癒《キュア・ポイズン》』のある俺たちからすれば、大した問題でもない。

トーヤが頷いて歩き出し、俺たちもメアリたちを中心にして後に続くと、これまでは楽しげだったミーティアも、中に入るに当たり、真剣さと緊張感を漂《ただよ》わせて周囲を観察している。

「……少し、涼《すず》しいんですね、ダンジョンの中って」

「そうなんだよね～。あんまり温度変化がないというか……夏場にはちょうど良い感じ？」

「もう少し敵が強けりゃ、夏場の稼ぎ場として活用できるんだがなぁ」

「お宝を持ったスケルトン、もういないものねぇ」

スケルトンで稼げたのは、ネーナス子爵《ししゃく》家の剣を持っていたから。

魔石しか採れないスケルトンに大した価値はなく、ハルカは残念そうに呟《つぶや》く。

「……あ、そういえば。ディオラさんに、このダンジョンの名前を考えるように言われたぞ？」

先日、メアリたちを紹介《しょうかい》しにギルドを訪ねた時、ディオラさんから伝えられたことを思い出して
そう言うと、ハルカたちが少し驚いたように俺の方を見た。

「え、そうなの？　私たちが付けるの？」

「俺たちが決めなければギルドで決めるそうだが、発見者に対する褒賞《ほうしょう》として、付ける権利がある
んだと。ギルドにダンジョンの発見報告をしても、何が貰《もら》えるわけでもないから」

どのような扱《あつか》いになるかは決まっていないが、登録は必要なので名前がいるらしい。

「そ、それって、ナオさんたちの名前が歴史に残るってことですか!?」

「お兄ちゃんたち、すごいの！」

メアリとミーティアは瞳《ひとみ》を輝《かがや》かせるが、対して俺たちの反応は微妙である。

「凄いといえば……凄いのか？　そこまで興味はないんだが」

侮《あなど》られない程度には名を上げたいと思っているが、歴史に残したいってほどではないし。

「そうですね。悪目立ちするのもなんですし……トーヤくんの名前でも付けますか？」

「〝トーヤのダンジョン〟ってか？　それはオレも遠慮したいなぁ。ユキ、パス」

「あたしが付けるの？　それじゃ……、〝避暑《ひしょ》のダンジョン〟で」

それは明らかな思いつきだったが、ハルカからも反対意見は出なかったので、サクッと決定。

メアリとミーティアの表情は微妙だったが……使うのは、たぶん俺たちぐらいだしな。

「それじゃ、今度ディオラさんに会ったときに伝えて――っと、来たようだな」

「だな。種類は……洞窟《ケヴアン》コボルトか。メアリ、ミーティア、いけるか？」

「頑張ります！」「斃すの‼」

トーヤが確認《かくにん》すると、二人は声を揃えて武器を抜く。

そして、真剣な表情で通路の奥《おく》を睨《にら》み――やがて現れたのは、洞窟《ケヴアン》コボルトが四匹《ひき》。こちらに向かって走るそいつらに、俺とハルカから『火　矢《ファイア・アロー》』が飛び、内二匹が一瞬で斃れる。

そのことに洞窟《ケヴアン》コボルトが怯《ひる》み、足を緩《ゆる》めた瞬間、メアリたちが飛び出した。

剣を上段に構えて走るメアリに対し、小太刀を脇《わき》に構え、身体《からだ》を低くして這《は》うように走るミーティア。その戦闘スタイルはやや対照的だが、動きの素早さはよく似ている。

二人は洞窟《ケヴアン》コボルトが立ち直る前に接敵、メアリは容赦《ようしゃ》なく頭を打ち砕《くだ》き、ミーティアは首を半ばまで切り裂《さ》いて後ろへと走り抜け――洞窟《ケヴアン》コボルトの身体が地面へと倒れる。

そしてこちらを振り返り、やりきった表情でニコリと笑う二人。

その無邪気《むじゃき》な笑顔《えがお》と、二人の前に血を流しながら倒れる洞窟《ケヴアン》コボルトの死体。

おまけに、俺たちの魔法で頭を失った死体が二つ、すぐ傍に転がっているのも相俟《あいま》って、こちらに来てある程度割り切ったはずの、元の世界の倫理観《りんりかん》が刺激《しげき》される。

「……ねー、この世界の獣人の子供は、みんな、あんなに強いのかな？」

「そ、そんなことはないと思うけど……十分に戦えるわね」

「はい。訓練でもそれは解っていましたが、心配はなさそうです」

訓練の様子を見て大丈夫そうだと思ったからこそ、俺たちはメアリたちを連れてきたわけだが、実戦で同じように動けるとは限らない――と、思ったのだが。

「むしろ、実戦の方が強い気がするな。遠慮がないというか……」

「オレたち相手より魔物の方が気楽なんじゃね？　――二人とも上出来だ！」

俺たちの反応が二人を不安にさせてしまったのだろう。メアリたちの表情が少し曇《くも》ったので、トーヤが褒めるのに合わせて、俺たちは慌《あわ》てて頷き、笑顔で二人の元に歩み寄る。

「洞窟《ケヴアン》コボルトはあまり強い魔物じゃないが、危なげなかったな。気分は大丈夫か？」

「ええ。血を見て、気持ち悪かったりは……？」

俺たちも最初はキツかったので訊《き》いてみたのだが、返ってきたのは頼もしい答えだった。

「問題ないの！」

「私も大丈夫です。解体で慣れましたし」

実は先日来行っていた獲物《えもの》の解体には、メアリたちも参加していた。

今後、冒険者としてやっていくなら避けては通れない行為《こうい》だし、魔物と戦うときの心構えが付けばと思ってはいたのだが……予想以上の効果と言うべきだろうか？

――いや、解体自体、そこまで忌避《きひ》していなかったか？　むしろ、『お肉がいっぱい！』と喜んでいたような……うん。二人の精神的な強さ、実は俺たち以上かもしれない。

「そう。ならこの調子で進みましょ。でも、無理はしないようにね？」

「「はい（うん）！」」

このダンジョンを初心者の訓練場所として見たとき、その欠点は出てくる敵の少なさだろう。

俺の【索敵】も利用して積極的に斃しに行っているのだが、移動距離に比してその戦闘回数は少なめ。俺たちが二匹だけ残して他は斃していることも一因なのだろうが、宵闇蛇《ナイト・スネーク》や巨大蝙蝠《ジャイアント・バット》との戦いもごく短時間で終わってしまい、あまり訓練にはなっていなかった。

そんなわけで、以前、俺たちがスケルトン・キングを斃した場所に辿《たど》り着いた時、メアリとミーティアの二人はまだ随分《ずいぶん》と余裕《よゆう》を残して——いや、有《あ》り体《てい》に言えば消化不良な様子であった。

「結局、アンデッドとは遭遇しなかったな。前回ので打ち止めか？」

「かもしれないわね。あれらはダンジョンが生んだ魔物とは、ちょっと違ったんじゃない？」

所持品からも判る通り、ゾンビやスケルトンは鉱夫や騎士《きし》たちの死体が元となっていた。

ここに出てくる他の魔物と比較《ひかく》しても明らかに強かったし、俺たちが全部浄化《じょうか》してしまったことで、新たに生まれることもなくなったと考えるのが順当だろうか。

「ま、オレとしちゃ、臭《にお》いで苦しまずに済んで、ラッキーって感じだけどな」

「でも、ミーティアたちとしては、物足りないかな？」

「うん。もっと歯応えがある敵とも戦いたいの」

「戦えているのは、皆《みな》さんが場を調《ととの》えてくれてるからと解っていますが……」

ユキの言葉を肯定《こうてい》したミーティアとメアリから期待するように見られ、俺たちは揃って壁《かべ》の一角にぽっかりと空いた穴に目を向ける。

「そうなると、先に進むしかないんだけど……あれから、変化はないみたいね」

「はい。ボスの復活もないようですし……ダンジョンであることは、間違いないと思うのですが」

俺たちが先日手に入れた、ダンジョンに関するいくつかの本。

その中にはダンジョンのボスに関する記述もあり、それによるとボスを斃すと先への道が開けるという事例と共に、時間の経過と共にボスが復活するという事例も書かれていた。

「ま、ダンジョン毎《ごと》に差はあるみたいだしな。それより先に進むかどうか、だが……どう思う？」

「オレは進むに一票。一気に敵が強くなったりはしないみたいだし、準備はしてるだろ？」

「あたしも賛成～。どちらにしろ、近いうちに進むことになるよね？」

仮にメアリたちがいなかったとして。

次に俺たちが何をするかと言えば、やはりこのダンジョンの探索だろう。

一見、あまり魅力《みりょく》の感じられないダンジョンだが、それでも未踏破《みとうは》のダンジョンなのだ。

これまでに見つかった宝箱にはしょぼい物しか入っていなかったが、もっと深く潜《もぐ》れば凄いお宝が見つかるかもしれない。お金には困ってない俺たちだが、それでもお宝には憧《あこが》れるわけで。

「私も基本的には賛成ですが、やっぱりこの通路、少しだけ嫌《いや》な予感がするんですよね」

下へと続く坂道を覗《のぞ》き込み、不吉《ふきつ》なことを言うのはナツキ。

実は前回ダンジョンから戻《もど》った後、ナツキからは『何かは判らないが、罠《わな》があるかもしれない』という話は既《すで》に聞いていたし、彼女《かのじょ》は【罠知識】のスキル持ちでもある。

当然、その言葉は疎《おろそ》かにできず、俺たちもきちんと準備は整えていた。

まずは食料。

ありがちな罠は、やはり『通路が塞《ふさ》がれて戻れなくなる』であろうと、ハルカたちが作ってくれた料理に加え、いざとなれば魔物の肉で生き延びられるよう、調味料も大量に買い込んでいる。

具体的には、年単位でダンジョンに籠《こ》もれるぐらい。

不測の事態が発生しても、『焦《あせ》らなければなんとかなる』の精神である。

次に道具。

以前から持っていたショベルなどに加え、鶴嘴《つるはし》やロープ類など、使えそうな物を追加で買い込んでおいた。おまけに俺たちが以前購入し、使われることもなく死蔵している石切りに必要な道具もあるので、仮に閉じ込められても穴を掘《ほ》ることができるかもしれない。

……まぁ、魔法を使う方が余程早いとは思うのだが、何があるか判らないので。

確認するようにハルカに視線を向けると、彼女もまた小さく頷く。

「そうか。――メアリ、ミーティア、この先に進むと、場合によってはとても長い間、ダンジョンに閉じ込められることになるかもしれない。それでも行くか？」

少し脅《おど》すように真面目《まじめ》な表情でそう尋《たず》ねたのだが、メアリたちは目を瞬《またた》かせて小首を傾《かし》げた。

「えっと……それは、ナオさんたちも一緒、ですよね？　それなら問題はないです」

「お兄ちゃんたちがいたら、どこでも同じなの。心配ないの！」

二人は今日が初めての冒険。普通ならば尻込《しりご》みしそうな状況《じょうきょう》なのに、そんな様子はまったくなく、その視線から感じられるのは、俺たちに対する信頼《しんらい》。

そのことに俺は思わず笑いを漏《も》らし、二人の頭を撫《な》でた。

「うん、そうか。なら、先に進もう。――トーヤ、頼んだ」

「了解！　任せろ」

全員の意見の一致を見て、俺たちは下へと続く坂道へと足を踏み出す。

先頭はいつも通りトーヤで、襲撃《しゅうげき》を警戒して、その後ろに魔法と槍《やり》が使える俺がつく。

通路の幅《はば》は二人並ぶのも難しいほどに狭《せま》く、天井《てんじょう》の高さも二メートルあまり。傾斜《けいしゃ》は緩やかながらも、確実により深い場所へと続く通路は想像以上に長く――三分以上は歩き続けただろうか？

やがて、やや前方に浮《う》かべた『光《ライト》』に坂の終点が浮かび上がり、辿り着いたそこは、やや拍子《ひょうし》抜《ぬ》けすることに、これまでと特に変わったところのない洞窟《どうくつ》だった。

坂の上と同様に広めの部屋のようになっていて、目に付くのはやや不自然に存在する扉《とびら》のみ。

ダンジョンだけに、もう少し劇的な変化があるかとの期待もあったのだが、残念ながらそんなことはなく、周辺に敵の反応もなかった。

「本当にダンジョンなのか、怪《あや》しくなるような変化のなさだな――あの扉はあからさまだが」

「でも、異常に暑いとか、異常に寒いとか、あり得ないような環境《かんきょう》でも困るでしょ？」

「そりゃな。快適空間なら言うことない」

これまで見つかっているダンジョンの中には、ハルカが口にしたように、階段を下りると突然灼《しゃく》熱《ねつ》の空間、などという非常識な環境もあるらしい。

他にも異常に広い空間やら、何故《なぜ》か明るい空間やら、外の自然環境が再現された空間やら。

一説によると、ダンジョン内の階層は別の世界へと繋《つな》がっているとか、なんとか？

先日購入した本で紹介されていた説なので、その確度は不明なのだが、少なくともダンジョンの大きさと、その地上部の広さや地形などが一致しないのは良くあることらしい。

とはいえ、マジックバッグを作れるような時空魔法もあるわけで。

そこからいきなり『別の世界』へと飛躍《ひやく》するのは、少々行き過ぎな気もするのだが。

「しかし、罠はなかったか。結構、緊張してたんだがなぁ……」

ホッとしたような、それでいて微妙に釈然《しゃくぜん》としないようなトーヤの言葉に、ナツキが少し申し訳なさそうに口を開く。

「すみません。何分《なにぶん》、感覚的なものでしたから……」

「ないならないで良いだろ。土木工事が不要になったんだから」

正直、予想以上に長かった通路。これを掘り起こすハメになるのは遠慮したい。

ナツキの罠感知の精度がイマイチなのは気になるが、彼女のスキルは【罠知識】。

直接的な罠感知のスキルではないし、ここに関してはむしろなくて助かったと言いたい。

「同感ね。それじゃ、先に進みましょ。ユキ、面倒《めんどう》だとは思うけど、またマッピング、お願いね」

「りょーかい。スキルのおかげで、かなり楽になったから気にしなくて良いよ」

上の廃坑は完全な地図ができていたが、ここからはまた初めから。ユキがマッピング用の道具を取り出したのを確認して、部屋から出ようと俺たちが扉に手を掛けた、その時――。

ズドドドドッ!!

「にゃふっ⁉」

背後から重く鈍《にぶ》い音が響《ひび》き、ミーティアがびくんっと震《ふる》えた。

慌てて振り返れば、音の源はやはり俺たちが下りてきたあの坂道。

壁に空いていた穴から土煙《つちけむり》が溢《あふ》れ出て、部屋の中にもうもうと舞《ま》っている。

「時間差かよ……」

「やっぱりありましたか」

当たったことが嬉しい、とも言いづらいのだろう。微妙な表情のナツキの横を抜け、トーヤが坂道を覗き込むが、すぐにこちらを振り返って首を振った。

「ダメだ。完全に埋《う》まってる」

音が収まったのを確認して俺たちも近づくが、覗き込むまでもなく状況は明確だった。

崩落《ほうらく》した土砂《どしゃ》は穴の入り口にまで迫《せま》り、『光《ライト》』を少し奥へと飛ばしてみれば、天井付近まで完全に埋まり、隙間《すきま》もないことが確認できる。この坂道が少なくとも三〇〇メートルはあったことを考えれば、崩落がその一部に留《とど》まると考えるのは、楽観的にすぎるだろう。

「通路を塞ぐ罠か～。想定の範囲《はんい》内ではあるけど……」

「面倒くせぇけど、一応掘り起こしておくか？　ナオたちの魔法ならいけるだろ？」

「……いや、俺としては、このままにして探索を進める方を推《お》したい」

俺が少し考えて首を振ると、トーヤは意外そうに俺を見た。

「良いのか？　色々準備したのに」

「あぁ。いよいよとなれば掘り起こすのも手だが、これがダンジョンの罠なら、掘ってもまた埋まりそうじゃないか？　幸い、食料は十分に準備したし、水も『水作成《クリエイト・ウォーター》』で出せる」

難点は風呂《ふろ》に入れないことだが、『浄化《ピュリフィケイト》』があれば我慢《がまん》できるし、携帯《けいたい》トイレもある。

ダンジョンという閉所に耐《た》えられるなら、生きていくのにそこまで大きな支障はない。

「それに、探索を進めれば、他の出入り口や帰還《きかん》装置が見つかるかもしれないだろ？」

出入り口が複数あるダンジョンはあまりないようだが、一瞬で外に跳《と》べる帰還装置は、多くのダンジョンで見つかっている。また埋められるかもしれない通路を掘るより、そちらの方がダンジョン攻略《こうりやく》的には順当だと思うし、判りやすい進捗《しんちょく》があるので精神的にも楽だろう。

「可能性はありますね。普通の洞窟なら空気の心配をするところですが、ダンジョンであれば窒息《ちっそく》することもないでしょうし……毒ガス帯などがなければ」

そうか、洞窟だと空気の問題もあったか。

ダンジョンなら大丈夫、だよな？

「……息苦しいとかあったら、『空気浄化《ピュリファイ・エアー》』で対処だな、ハルカが」

「そういえば、ナオはまだ使えないんだったわね。構わないけど、ナオも頑張ってね？」

「俺も？　……まぁ、そろそろ風魔法のレベルを上げるのも、悪くないか」

これまでは、得意魔法があまり被《かぶ》らないようにしてきたのだが、ハルカが言うなら——。

「違うわよ。昼夜問わず特訓すれば、転移も使えるようになるでしょ？　一年もあれば」

「なんか、無茶振りが来た⁉」

当然と言うべきか、時空魔法はレベル6に『転移《テレポーテーション》』という魔法が存在する。

今の俺は【時空魔法 Lv.4】。レベル6なら十分に手も届くだろうが、これで転移できるのは自分一人という制限があり、全員で転移するにはもう一つ上の『領域転移《エリア・テレポーテーション》』が必要となる。

だが、転移系の魔法が難しいのはここから。

使えるようになっただけでは実用性は皆無《かいむ》で、覚えたばかりでは視界内に飛ぶのが精一杯《せいいっぱい》。

遠くへ転移しようと思うと、より多くの訓練が必要となる。

火魔法などであれば、どのレベルの魔法でも使えるようになった時点で活用できるのだが、時空魔法はまったく異なり、使えるだけでは使い道がないものがほとんど。そこからが長いのだ。

『稀少《きしょう》』とか『難しい』とか言われるだけあって、ある意味で他の魔法とは一線を画している。

「しかも一年とか、そんなに長くここにいるつもりかよ！」

「それはナオ次第《しだい》。あまり無理させないための心遣《こころづか》いよ？　でも、安心して？」

「……何が？」

胡乱《うろん》な目を向ける俺に、ハルカはにこりと笑って俺の肩《かた》を叩《たた》く。

「イシュカさんには一年分の管理費、追加で払っておいたから。家が荒《あ》れ果てる心配はないわ」

「わぉ、ハルカの心遣いが嬉しいなぁ！　『領域転移《エリア・テレポーテーション》』で上の階層までか……努力はする」

「大丈夫なのか？　もしこの通路が掘り起こせなかったら、ナオの魔法がオレたちの命綱《いのちづな》ってことになるんだが……なんか、使いやすくする方法とかねぇの？」

「一応、〝転移ポイント〟って魔道具があるんだが……」

自分の魔力を込めたそれを使うことで、転移が少しやりやすくなるのだが、作製には錬金術《れんきんじゅつ》が必要な上、当然だが事前に転移したい場所に設置しておく必要がある。

「つまり、今の状況では無意味、か」

「『転移《テレポーテーション》』自体、使えない状況じゃな」

今考えれば、ハルカに協力してもらい、保険として自宅にでも設置しておくべきだったのかもしれないが……いや、自宅だと遠すぎてやはり無意味か。

「大丈夫でしょ、ナオなら」

「はい。ナオくんならきっとやれると思います」

「ナオお兄ちゃん、ミー、転移するの、楽しみなの！」

「ナオさん、時間はありますから、無理せず頑張ってください」

「ガンバレ、ナオ！　応援《おうえん》してる！」

平然と言うハルカに、穏《おだ》やかな微笑《ほほえ》みで俺のことを信じてくれるナツキ。

わくわくしたように俺を見るミーティアと、気遣いつつも応援してくれるメアリ。

そしてユキも、サムズアップしてニッコリ笑うのだが――。

「期待が重い！　――つか、ユキはこっち側だろうがっ！」

「はっはっは、時空系の素質持ちでエルフのナオに敵《かな》うわけないじゃない？」

『なに言ってるの？』的な表情を向けてくるユキに、俺の表情が引きつる。

ステータス面だけを見るならその通りなのだが、ユキは案外要領が良いし、素質持ちはユキも同じ。そして何より俺一人で訓練するのは精神的にキツい。

ダンジョンに閉じ込められている今の状況。

余裕はあるとはいえ、限りのある食料。

そこから出られるかどうかが、すべて自分の肩に掛かるかもしれないというプレッシャー。

少しくらい、お付き合いしてくれても良いんではなかろうか？

いや、きっと良いはずだ。むしろ、すべき。

そんな気持ちを瞳に込め、俺は握《にぎ》り拳《こぶし》をプルプルさせつつ、笑みを浮かべる。

「訓練、付き合ってくれるよな？」

「――はい」

良かった。俺の誠意が通じたようだ。

――ユキの視線が気持ちを込めた俺の瞳ではなく、拳の方に向いていたのは、きっと気のせい。

「そんなに気負う必要もねぇよ。帰還装置が見つかれば良いんだから。行くぞ？」

苦笑と共に肩を竦《すく》めたトーヤに促《うなが》され、俺たちは改めて扉へと向かい、それを押《お》し開く。

「……お、景色が変わったぜ？　とてもダンジョンっぽい」

「わぉ、石造り。典型的でマッパーに優《やさ》しい構造だね。ユキちゃん、大喜びだよ」

そう、ユキの言葉通り、扉の先に続いていたのは石造りのダンジョンだった。

通路の幅と高さはともに四メートルほどでそれなりに広く、真《ま》っ直《す》ぐに続く道と直角の曲がり角。

坑道のように曲がりくねった道に比べれば、マッピングが楽になるのは間違いないだろう。

「それじゃ、ここを第二層と設定してマッピングしていくね。初めての所だから、護衛よろしく」

「任せろ。警戒はしっかりしておくから」

面倒なことを頼むのだから、それぐらいは俺の仕事。

俺はユキにしっかりと頷き、【索敵】に集中したのだが……。


「これは、あれだな。ルーキーの訓練場所として最適だな」

「そうね。私もそう思うわ。……ある意味、私たちにとっては幸運なことに」

一層があれだったから予想はしていたのだが、出てくる敵は大して強くなかった。

まず継続《けいぞく》して出てきたのは、見つけにくさが売りの巨大蝙蝠《ジャイアント・バット》と宵闇蛇《ナイト・スネーク》。

しかし、メアリたちは目も耳も良いようで、俺が指摘する前に宵闇蛇《ナイト・スネーク》を見つけ、トーヤ同様に超《ちょう》音波を捕《と》らえて、巨大蝙蝠《ジャイアント・バット》の不意打ちも躱《かわ》していた。

対して、新しく出てきた敵はゴブリン系。

普通のゴブリンを筆頭に、ゴブリン・スカウト、ゴブリン・ファイター、ゴブリン・アーチャー、ゴブリン・リーダーなど、とにかくゴブリンの亜種《あしゅ》ばかりが出現した。

ゴブリンなので単体ではあまり強くはないのだが、連携《れんけい》を取って襲《おそ》ってくるのが少し厄介《やっかい》。

しかし、メアリたちを交えたパーティーの連携を確認するには、ちょうど良くもあり。

俺たちは参加人数や魔法の使用量などを調整したり、メアリたちに疲労《ひろう》が見えれば俺たちがサクサク斃したりしつつ連戦を重ね——予想外に短い時間で、第三層へと続く階段を見つけていた。

「とーちゃーく、なの！」

「ふふっ、ミーティアちゃん、お疲れさま。ジュース、飲みますか？」

「ナツキお姉ちゃん、ありがとう。嬉しいの！」

その場に腰を下ろし、差し出された水筒《すいとう》を嬉しそうに受け取るミーティアとメアリを尻目に、ユキは手元の地図を見ながら少し眉根《まゆね》を寄せた。

「概《おおむ》ねマップは埋まった感じだけど……第一層と比べると、随分と狭いかも？」

「そうなの？　未踏破の場所の先が大きく広がっている、とかでなく？」

「それはないと思うよ？　ほら、踏破済みの場所でほぼ囲んでるでしょ？」

首を振ったユキがハルカに地図を差し出したので、俺も首を伸《の》ばして覗き込んでみる。

「……確かにそれっぽいな。だが、助かったとも言えるな。第一層と同等の広さがあったら、踏破するのにどれだけかかるか。できれば今日中に第二層の地図は完成させたいな」

「同感だ。――が、メアリ、ミーティア、疲れたか？」

「いえ、まだ大丈夫です。……あの、地図は全部埋めてから先に進むんですか？」

トーヤの問いにメアリはすぐに立ち上がったが、まだ小さいミーティアはやはり疲れが出たのだろう。座《すわ》ったまま、ジュースを入れたコップをペロペロとなめている。

「基本的にはそのつもりだよ？　もしかすると、宝箱があるかもしれないし。でも、今日は――」

「宝箱！　ミー、元気になったの！」

ユキが『今日はもう終わりにしようか』と言う前に、ミーティアがぴょんと立ち上がった。

「ふっ、ミーティアは宝箱が好きだな？」

「大好きなの！　宝箱には夢があるの！」

実はここ二層でも、宝箱を一つ見つけていた。中から出てきたのは一層でも見つけた微妙なポーション（話し合いの結果、今後は〝傷薬・小〟と呼ぶことにした）だったのだが、宝箱自体を初めて見たミーティアは大喜び。次の宝箱に期待するようになっていた。

「でも、そうは言っても宝箱が見つかるとは、限らないわよ？」

「それでも良いの！　見つかるかもしれない、それも夢なの！」

子供らしい笑みで顔を輝かせつつ口にする、何だか子供らしからぬ言葉。

そのことに俺たちは思わず苦笑、夢を探しに向かったのだが――。


結論から言えば、宝箱《ゆめ》は見つかった。

だが、出てきたのは錆《さび》の浮いた短剣が一つだけで戦果はしょぼかったのだが、ミーティア的には大満足だったようで、階段の所に戻ってきた後も楽しげに野営の準備を進めていた。

「……まぁ、宝箱を開けること自体が楽しい、というのは理解できるか」

「何が？　……あぁ、ミーティアね。別に悪いことじゃないとは思うけど、【罠知識】のスキルを身に付けられるなら、身に付けた方が良いかもしれないわね」

「私が教えることができれば良いのですが、まだレベル１ですから……」

「それは俺も同じだなぁ。――というか、同じレベル１でも、俺はナツキ以下だと思う」

「ミーティアちゃんも含め、一緒にレベルアップを図《はか》るしかないですね」

と、話している間に野営の準備は完了。ミーティアがたたたっと駆け寄ってきた。

「準備できたの。ご飯にするの！」

「そうだな。食事にするか」

手を引くミーティアに急《せ》かされて、俺たちは壁際《かべぎわ》へと移動、並んで簡易寝台《しんだい》に腰を下ろす。

思えば、ダンジョン内での野営の準備にも随分慣れた——いや、正確には、慣れるほどの準備も必要なくなった、と言うべきか。具体的には簡易寝台を地面に並べて、荷物を下ろすだけ。

気分次第で焚《た》き火をすることもあるが、燃料に限りがあるので毎回というわけではなく、屋根があり、警戒もしやすいのでテントを張ることもない。あえて言うなら『聖域《サンクチュアリ》』を維持《いじ》することが面倒だが、魔法なので手間がかかるわけではなく、ただ疲れるだけである。

「当面は出来合いの物になるかしら。燃料はそこまで多く持ち込んでないわよね？」

「これまでの使用実績からすれば、木炭を一ヶ月分ぐらいか？」

マジックバッグから取り出した料理を配りつつ尋ねるハルカに、俺はそう答える。

これは休憩時にお茶を沸《わ》かし、ちょっとした料理を作るのを一日分としての計算である。

「そう。こんなことになるなら、魔道具の携帯用コンロを先に作るべきだったわね」

「あったら便利なのは間違いないが、なくてもそんなには困らないだろ？」

「ミーは、美味しいご飯がなくなったら、困るの……」

手元の料理を見てミーティアが、悲しそうな顔をするので、俺は首を振ってその頭を撫でる。

「大丈夫だぞ？　お湯は魔法で沸かせるし、いざとなれば料理もできるからな」

実際、俺たちが炭を使ってお茶を淹《い》れるのは、気分をリフレッシュするため。

魔法を使えばお湯は簡単に沸くし、少々疲れるが『加熱《ヒート》』を使って鉄板を加熱すれば、料理だってできる。暖房《だんぼう》に関しても魔法があるので、俺たちに燃料は必需品《ひつじゅひん》ではないのだ。

「そうなの？　なら問題ないの！」

「もう、ミーったら、贅沢《ぜいたく》になって……。食べられるだけで幸せなんだよ？」

「解ってるの。感謝なの。……食べても良い？」

「ふふっ、はい。いただきましょう」

俺たちに倣《なら》ってメアリたちも手を合わせ、早速《さっそく》料理を頬張《ほおば》ってにっこり。

その様子からは、あまり疲れは見えないが……。

「二人とも、今日はどうだった？　疲れたか？」

俺たちからすると少しのんびりペースだったが、二人は初めての冒険。

どんなものかと尋ねてみると、メアリとミーティアは顔を見合わせて首を振った。

「少しは疲れましたけど、大丈夫です。でも、結構なハイペースで魔物を斃すんですね。他の冒険者もこんな感じなんでしょうか？」

「どうかな？　あたしたちの場合、魔物の処理をしなくていいから」

実は俺たち、斃した魔物はそのままマジックバッグに放《ほう》り込んで、解体をしていない。

ゴブリンなど、死体に価値がないものは魔石だけ取って放置しても良いのだが、この世界のダンジョン、良いのか、悪いのか、死体が一瞬で消えるような機能は備えていない。

外と比較すれば、ずっと早く分解されるようだが、それでも腐敗《ふはい》はするので、二度と来ない場所ならまだしも、再び通る可能性がある場所に死体を放置するのは悪手である。

「もし辛《つら》いようなら、ペースを落とすわよ？」

「大丈夫です。今日ぐらいなら、ついていけると思います」

「ミーも。もっとバシバシ鍛して、強くなるの！」

元気に宣言するミーティアに、メアリも同意するように頷き、「そういえば」と顔を上げた。

「ディオラさんから聞いたんですけど、皆さんって冒険者になってまだ一年ぐらいなんですよね？」

「そうだぜ？　あ、でも、一年後にオレたちみたいになろうと目指すのは――」

「はい、解ってます。年齢が違いますし、皆さんは冒険者になる前に、何年も修行《しゆぎよう》されていたんですよね？　そんなことを聞きました。他の冒険者の人たちも全然敵わないようですし」

「……そういえば、エルフの師匠《ししよう》からマジックバッグを借りていると、話した覚えがあるな」

ディオラさんも既に、俺たちがマジックバッグを作れることは知っているだろうが、俺たちのスキルを考えれば、師匠の下《もと》で修行したという結論になるのはおかしくはない。

――少なくとも、神様によって連れてこられたという発想になるよりは、余程現実的だろう。

「なるほどな。……どうする？」

俺たちの事情を二人に教えるか。暗にそう問うと――。

「……別に良いんじゃない？　メアリたちなら、言い触《ふ》らしたりもしないでしょう」

「そうだね。仮に知られても、今ならそこまで困ることはないと思うし？」

「私も構わないと思います。アドヴァストリス様は邪神じゃなかったようですから」

「オレも同意。知っておいてもらったほうが面倒もないだろ？」

ハルカたちは少し考え、やがて全員が頷いた。そんな俺たちの反応を見て、メアリが不安げに、そしてミーティアも食事を中断して俺たちの顔を見回す。

「えっと、何かあるんでしょうか……？」

「そこまで大した話でもないんだが、実は俺たち五人は、アドヴァストリス様に異世界から、こちらの世界に連れてこられたんだよ」

不安にさせないように極力軽くそう告げると、メアリとミーティアは揃って首を傾げた。

「異世界って……なぁに？」

「何というか……凄く遠いところ？」

改めて説明しろと言われると、案外難しい。色々な法則が違うから異世界と判断しているが、実は高度に発展した電脳世界である可能性や、宇宙人に連れ去られて別の惑星《わくせい》に放置された可能性だって、ゼロとは言えない。荒唐無稽ではあるが、この状況自体が既に荒唐無稽なので。

必然、ミーティアへの説明も曖昧模糊《あいまいもこ》としたものになる。

「う～ん、神様に手伝ってもらって、遠くから引っ越してきたの？」

「引っ越し……ある意味ではそうなのかな？」

とても卑近《ひきん》な喩えにユキが小さく笑うと、ミーティアは安心したように頷いた。

「よく解らないけど、お姉ちゃんたちは、お姉ちゃんたちなの！」

「私もよく理解できませんでしたけど……でも、私たちが助かったのは、アドヴァストリス様のおかげなんですね。皆さんに会えなかったら、私たちは死んでましたし」

「うん！　今度神殿《しんでん》に行ったら、ちゃんとお礼を言っておくの」

「そうね。しっかりお礼を言っておいて。色々助けられているから」

拍子抜けするような二人の反応に俺たちは苦笑しつつも、少し心が軽くなるのを感じる。

あまり心配はしていなかったが、それでも多少は……な。

「それじゃ、明日からは次の階層に進むか」

「明日も頑張るの！」


翌朝から第三層の攻略に取り掛かった俺たちだったが、その第三層、そして更に進んだ第四層もゴブリンエリアだったようで、敵にあまり大きな変化はなかった。

一応、先に進むにつれて、普通のゴブリンの割合が減り、ゴブリン・リーダーのような上位種の割合が増え、更には一度に出てくる敵の数も増えていたが、俺たちからすれば誤差の範囲。

むしろ段階的なステップアップは、メアリたちを鍛えるには都合が良く、二人はどんどん実戦に慣れて、普通に戦力として数えられるほどに成長していた。

そして第四層の最後。そこにあったのは階段ではなく、一つの扉だった。

「雰囲気《ふんいき》が変わったな。これまでこの階層に、扉付きの部屋なんて存在しなかったが」

ゲームだと、こういうタイプのダンジョンには扉付きの小部屋が定番。

その中に敵がいたり、宝箱があったりするものだが、ここでは部屋のようになっている場所はあっても、扉はなかった。

「ん～、なんか、扉の向こうに敵がいる感じ？」

「ユキ、判るのか？」

「うん、何となく――って、【索敵】スキルが生えてる！　やったね！」

自分のステータスを確認したのだろう。空中に視線を走らせて歓声《かんせい》を上げるユキを、俺が思わず振り返ると、やや遠慮がちにナツキも小さく手を挙げた。

「実は私も、少し前に【索敵】スキルが増えました」

「マジで？　なら、教えてくれても――」

「ナオがアイデンティティとか言うからよ。ちなみに私も持ってるわよ？」

ハルカが微笑み、俺の肩にポンと手を置く。

「のぅ、優しい気遣い……。でも、これで全員、【索敵】スキル持ちかぁ。良いことではあるんだが……。いや、もっとレベルアップを図れば良いだけだよな」

俺の今の【索敵】はレベル5。怠《おこた》らなければ、そう簡単に抜かされるようなことはないだろう。

そう考えて、『うんうん』と頷いていると、メアリが遠慮がちに口を開いた。

「……あの、皆さんが言っているスキルって何ですか？」

「お姉ちゃん、スキルは特別な技術のことなの。ミー、知ってるの」

姉に向かって自慢げに胸を張るミーティアの頭を、メアリが苦笑しながら撫でる。

「ミー、それはお姉ちゃんも知ってるよ？　でも、ちょっと違うような話し方だったから……」

「ふふっ、どちらも正しいですよ？　二人には先日話したと思いますが、私たちはアドヴァストリス様に連れてこられました。その際、自分の能力を数値として見られる能力を頂いたんです」

ナツキのその言葉を吟味《ぎんみ》するようにメアリは考え込むが、やがて窺うように俺たちを見る。

「えっと……それは、結構便利なのでは？」

「そうね。自分の技術のレベルを客観的に見られるわけだから。下手に過信することはないわね」

「ですよね。ちょっと羨《うらや》ましいです」

「う～ん、そうなの？　ミーはよく解らないけど……お姉ちゃんにもその能力を貰えないか、神様に頼んでみるの！」

メアリとは違い、ミーティアにはピンとこなかったようだが、まるで知り合いにでも頼むかのように、そんなことを口にする姉思いの妹。あの神様なら可能性はゼロではないだろうが……。

俺たちは顔を見合わせて苦笑する。

「ははは、聞き入れてくれるかは判らないが……今は、扉の向こうの敵だな」

「あ、そうだったの！　きっとボスなの。きっちり斃してやるの！」

むむっと眉根を寄せ、鼻息の荒いミーティアが力強く拳を握る。

その表情がちょっと不機嫌《ふきげん》そうなのには、実は理由がある。

まず一つ目は、進むにつれて宵闇蛇《ナイト・スネーク》と巨大蝙蝠《ジャイアント・バット》——正確には、後者が出なくなったこと。

理由は言うまでもなく、肉。

二層以降で食べられるのは巨大蝙蝠《ジャイアント・バット》のみであり、ゴブリンは斃しても魔石しか得られない。

今のところ食料には困っていないのだが、ミーティア的には『狩り』という感じじゃないのが気に入らないらしい。メアリはそうでもないので、獣人の本能というわけでもなさそうだが。

二つ目は、宝箱が一つも見つかっていないこと。

あったとしても、どうせ大した物は入っていないと思うのだが、それでもミーティアとしては、非常に残念だったようだ。

「ミーティア、落ち着いて。さすがにボスはまだ早いわよ。——そうよね？　ナオ」

「だな。複数の反応があるが、強いものはゴブリン・リーダー以上だぞ？」

窘《たしな》めるように言うハルカに俺が頷くと、ミーティアは耳をピクピクッと震わせて腕《うで》を組んだ。

「むむっ、リーダーはまだ厳しいの。今回は勘弁《かんべん》してやるの」

その可愛《かわい》くも偉そうな仕草に、俺たちは揃って噴き出すが、すぐに笑いを収めて、真面目な表情で額を付き合わせる。

「それでナオ、どんな感じなの？　リーダー以上となると……何がいたっけ？」

「キャプテン、ジェネラル、キングですね。キングだと、今の私たちでも強敵でしょうか？」

「オークに倣うなら、一万匹以上を率いるんだよな？　さすがにゴブリン一万匹分の強さってことはないと思うが……ジェネラルやら、キャプテンを引き連れていたら厳しいいんじゃね？」

ハルカたちの問いに、俺は感覚を研《と》ぎ澄《す》ませて扉の向こうを探《さぐ》り、首を振る。

「そこまでじゃないな。リーダーがあの程度だから……感覚としてはジェネラルを筆頭に、キャプテンとリーダー、その他の雑魚《ざこ》って感じか？」

「それならいけそうね。でも、誰《だれ》かが無理と判断したら、異論は挟《はさ》まず即座《そくざ》に撤退《てったい》。良い？」

「問題ないよ。それじゃ、他はいつも通りで、あたしはメアリたちのフォローで良いかな？」

「それで良いだろう。強敵には魔法で先制して、トーヤは――」

俺たちもパーティーを組んで一年経《た》ち、普段はあまり打ち合わせもしないのだが、今回はメアリたちと一緒に戦う初めての強敵。少し詳《くわ》しく話し合ってから、扉の前に立った。

先頭はトーヤ。俺たちの方を振り返り一つ頷くと、一気に扉を開く。

「――っ！　ジェネラル一、キャプテン三、リーダーが五にその他が八！　右を殺《や》る！」

「左に行きます！」

部屋の中を見たトーヤが叫《さけ》び、動き出すのとほぼ同時、ナツキも走り出す。

敵の種類は【看破】するまでもない。

中央の奥にいる四匹は、いずれも普通のゴブリンよりも体格が良く、中でも一匹は大きめの剣を構えており、これがジェネラルなのは明白。つまり残りの三匹はキャプテンなのだろう。

「「『火矢《ファイア・アロー》！』」」

三本の『火矢《ファイア・アロー》』が同時に飛ぶ。狙《ねら》いは言うまでもなく、ゴブリン・ジェネラル。

威力《いりょく》よりも速度優先のそれらは瞬く間に敵に到達《とうたつ》、ゴブリン・ジェネラルを貫《つらぬ》く――と思った次の瞬間、ゴブリン・ジェネラルの持つ剣が鋭《するど》く振り抜かれ、『火矢《ファイア・アロー》』が一本、消滅《しょうめつ》する。

そのことに俺たちは目を見開くが……そこまで。

放たれた『火　矢《ファイア・アロー》』は三本。一本を切り払おうとも、時間差なく到達する残り二本には対処できず、一本が肩口を抉《えぐ》ってその腕を落とし、もう一本は顔の三分の一ほどを消し飛ばす。

当然ながら、そんな状態で生きていられるはずもなく、ゴブリン・ジェネラルは剣を振り抜いたその体勢のまま前のめりに倒れ、動かなくなる。

それを確認するや否《いな》や、ユキがメアリたちを率いてナツキの援護に向かう。

彼女の前にいるのは、リーダー二とファイター二、スカウトとアーチャーが一ずつ。さすがに一人で対処するのは難しいだろうし、その判断に異を唱えるつもりはないのだが――。

「キャプテン三匹が俺の担当か⁉」

右手で戦うトーヤは、ナツキの敵にリーダーが一匹追加された状態。それを一人で抑《おさ》えているのだから文句は言えないのだが、初見の敵三匹に、ガチの前衛じゃない俺一人というのは――。

「文句を言わない。私が付き合ってあげるんだから。というか、すぐに減るでしょっ！」

言いながらハルカが放った矢が、トーヤの方で弓を構えていたアーチャーを射貫《いぬ》き、それと時間をおかずに発動された『火　矢《ファイア・アロー》』もキャプテンに突き刺《さ》さる。

「そだねー、ナオはちょっと踏ん張るだけで良いよ？」

ナツキの隣《となり》で小太刀を振るいつつ、器用にユキが飛ばした『火　矢《ファイア・アロー》』も、キャプテンへ。

ハルカの魔法で死にかけていた個体に止《とど》めを刺す。

「むっ、確かに、残り一匹になったなっ！」

俺の『火矢《ファイア・アロー》』も発動。

残ったキャプテンの内、一匹の頭を吹き飛ばし、動揺《どうよう》する残り一匹と俺は槍で切り結ぶ。

「ハルカ、余裕があるなら、こっち手伝ってくれねぇ？　オレだけ負担が多い！」

ちらりと横目で見れば、確かにトーヤは苦戦していた。

ハルカの援護でリーダー一匹を切り伏《ふ》せたようだが、まだリーダーは二匹残っていて、他のゴブリンも三匹は健在。それらがちょっかいを掛けてくるので、決定打が与《あた》えられていないようだ。

「え、でも、ナオが、『俺に付き合ってくれないと泣く』って……」

「言ってねぇ！　手伝ってやれ。俺は大丈夫だから」

「そう？　なら……『火矢《ファイア・アロー》』」

ハルカから複数の『火矢《ファイア・アロー》』が飛び、こちらに背を向けていたリーダー一匹が斃れた。

そうなると後は簡単。俺がキャプテンを斃す間にトーヤも残りを斃しきり、ナツキたちの方はというえば、メアリとミーティアにリーダーと戦わせる余裕までみせて、戦闘は終了したのだった。

「怪我《けが》は……ないな。『火矢《ファイア・アロー》』を斬《き》られた時には、ちょっと焦ったが」

「ミーでもリーダーを斃せたの！　お姉ちゃんも！」

踏ん反り返ってとても満足げなミーティアだが、メアリは嬉しそうながらも、それを窘める。

「ナツキさんが与えた傷があったからでしょ？　ミー、驕《おご》っちゃダメ」

「解ってるの。いつもありがとうございます、なの！」

『うん』と頷いたミーティアがぺこりと頭を下げ、ナツキが目を細める。

「ふふっ、良いんですよ。二人とも、随分と成長したのは間違いないですしね？」

「そう言ってくれると……嬉しいです」

遠慮がちに頬《ほほ》を緩めるメアリと、穏やかに頷くナツキ。

とても微笑ましく眼福なのだが……それと裏腹なのは、地面に転がるゴブリンの死体。

それらを製造したのが誰なのかなど、言うまでもない。

言うまでもないので、俺とトーヤは無言でマジックバッグに回収し、錆《さ》びた剣三本とゴブリン・ジェネラルが持っていた剣を拾い集める。

「こっちの剣は……ゴミだな。クズ鉄。こっちは……『ゴブリン・ジェネラルの剣』か。魔法を斬れるんだから、価値はあるのか？」

「属性鋼《こう》――俺たちの剣でも斬れるだろ？　白鉄製だと難しいが……それより良い剣なのか？」

「わわっ！　それならちょっとしたボーナス？　やったね」

「名前がイマイチですけどね」

「うん、ちょっと格好《かっこう》悪いわよね。トーヤ、使う？」

「何でだよっ！　使う必要性が一切《いっさい》ないわ！」

見た目は普通の剣――いや、ちょっと見窄《みすぼ》らしい上に、性能は俺たちの剣に劣《おと》るだろう。

普通にギルドへ売却《ばいきゃく》することとして、マジックバッグへ放り込み、改めて部屋を見回す。

「階段はなく、奥には先ほどまではなかった扉がある、と。階段はあの先か？」

さすがはダンジョン。ボスを斃したからか、新たな扉が出現していた。

目に付くのはそれぐらいで、残念ながら他には何もない。

「だろうな。もしかすると、帰還装置があったりするかもしれねぇぜ？」

「かもしれないが……トーヤが言うと、なさそうな気がするんだよなぁ。フラグ建築士だし」

「酷《ひで》ぇな、おい」

俺の言葉にトーヤが苦笑し、扉の向こうの気配を探った後、取っ手に手を掛けて開ける。

「――お、小部屋か。奥にあるのは階段で……帰還装置はないが、宝箱があるな」

「宝箱！」

トーヤの言葉をキャッチしたミーティアが、しゅたたたっと走ってきた。

そして、そのまま部屋の中に飛び込もうとしたので、俺は慌ててそれを抱《だ》き留める。

「ミーティア、一応、警戒、な？」

「う、そうだったの。ごめんなさい」

「うん。解れば良い。おそらく大丈夫だとは思うけどな」

しゅんとしたミーティアに頷き、俺は改めて部屋の中を探る。

大きさは八メートル四方ほどで、中央には宝箱が一つ。その奥には階段が見えた。

敵は存在しないが、それでも罠はあるかもしれず、俺たちは慎重《しんちょう》に中に入り、宝箱を見る。

「これは、ゲーム的に言えば、初回討伐報酬《とうばつほうしゅう》か？」

「だと良いがな。ここに来てミミックとかだったら、最悪だよなぁ」

「さすがにそれは……大丈夫じゃないか？」

【索敵】に反応はないが、偽装《ぎそう》が命のミミックだけに、高レベルの【隠形《おんぎょう》】持ちで、判別できていない可能性も当然ある。だが、この場面でミミックなんて、性格悪すぎだろう。

しかし、警戒するに越したことはなく、ナツキと俺、そしてミーティアは慎重に宝箱を調べる。

「罠は……なさそうだな」

「はい、私もそう思います」

「開けて良いの？」

わくわくした様子でこちらを見上げるミーティアに頷くと、彼女はバンッと蓋《ふた》を開けて宝箱を覗き込み、半ば身体を入れるようにして中にあった物を取り出した。

「これがあったの！　なんか、綺麗《きれい》なの」

そう言ってミーティアが掲げたのは、小さなペンダントが一つだけ。金属のチェーンに親指の爪《つめ》ほどのペンダントトップ。薄《うす》い青――やや水色に近い宝石が台座に固定されている。

「宝物は嬉しいが、なんかショボいなぁ。取りあえずトーヤ、【鑑定《かんてい》】よろしく」

「えーっと……コランダムのペンダントだと」

「コランダム？」

「サファイアの一種ですね。正確にはサファイアがコランダムの一種ですけど」

「ルビーなんかもコランダムの一種だね」

「あぁ、そういえば聞いたことあるな」

確か、不純物の種類によって色が変わるんだっけ？

「えっと、高いんですか？　とても綺麗ですけど」

「値段は判らん。ついでに言えば、魔道具っぽいぞ、これ。ハルカたちの担当だな」

メアリの問いにトーヤは首を振る。彼《かれ》の【鑑定】では、そこまで詳しいことは判らないようだ。

やはり、この世界の【鑑定】スキルはシビアである。

「残念ながら、私の【錬金術】のレベルだと、詳しくは判らないわね」

「魔道具か。……身に着けると呪《のろ》われるとか？」

俺の言葉にペンダントを持つミーティアがぴくっと震えるが、ハルカは笑ってその頭を撫でる。

「可能性はゼロじゃないけど、たぶん、良い効果だと思うわよ？　感覚的にだけど」

「あたしも同意。だから、単なるアクセサリーよりは価値も高いよ？　あたしたちは苦労しなかったけど、適正レベルの冒険者なら十分な稼ぎかも？」

ゴブリン・キングを苦労しながらも斃せるぐらいの冒険者か。つまり——。

「俺たちのパーティーからすると、不十分な稼ぎ、と」

「見方によっては？　それもペンダントの効果次第だけどね。呪いなら問題外、良い効果ならあたしたちでも大儲《もう》けという可能性もあるから」

俺の言葉に、ユキは少し困ったように小首を傾げて苦笑する。

「確か、冒険者ギルドで調べてもらえるんですよね？」

「一応ね。ラファンで対応できるかは判らないけど」

ダンジョンで見つけた物は、冒険者ギルドで料金を払えば鑑定してもらえる。

そのサービス自体はどこの支部でも受け付けているのだが、実際問題としてラファンのような町で鑑定が必要なことなどほとんどなく、大抵《たいてい》は鑑定ができる人材も配置されていない。

結果、実際に鑑定を行うのは別の町のギルドとなり、結果が出るまで時間がかかるらしい。

「ちなみに、鑑定料金は？　まさか買い取り価格と同じってことはねぇよな？」

「そんなボルタックな――もとい、ボッタクリなことはないだろ」

鑑定したら売り払っても利益が出ないとか、冒険者にとって厳しすぎる。

まぁ、それならそれで、鑑定料金の見積もりを訊くことで、そのアイテムを鑑定する価値があるかどうかの目安にはなるだろうが。

「正確には覚えてないけど、定額だったはずよ？　逆に言うと、赤字もあり得るってことだけど」

「なるほど、安い物だと……厳しいなぁ」

「鑑定する人も仕事だからね」

どんな物でも、鑑定する以上はコストが掛かるか。その場で鑑定できるならまだしも、別のギルドに持っていく場合は、行き帰りの輸送費も必要だろうし。

「ま、ペンダントの扱いは帰ってからで良いよね。ここは安全そうだし、野営の準備をしよ？」

「そうですね。おそらく、そんな時間ですよね」

「だな。今日はここまで。明日からは次の階層だな」

第二層からこの第四層まで、一層あたりにかかった時間はおよそ二日間。半分ぐらい踏破したときと、次の階層へと続く階段を見つけたとき。二回の野営をするのがパターンとなっていた。

第一層に比べて狭いとはいえ、二日という短期間で踏破できているのは、主にマッピングしやすいことが要因だろう。ユキが慣れたこともあるとは思うが、自然風の洞窟に比べると、やはり石造りの通路は方角などが判りやすく、立ち止まって確認することもほぼなかったほどである。

ちなみに、『およそ』なのは、時間が判らないから。

腹具合と野営の回数で判断しているのだが、太陽が見えないので、どの程度正確かは判らない。

ハルカとユキが『時計の作製は急務』と言っていたので、次回のダンジョン探索では改善されているかもしれないが……まず俺たちが、無事に帰れるか、だよなぁ。

そんな不安が心をよぎるが、もちろん口に出したりはせず、俺は野営の準備を進めるのだった。

◇　◇　◇

「ボス部屋だな」

「だな。第六層も、これでやっと終わりか」

少し疲れたように息を吐《は》くトーヤに、メアリとミーティアもため息をつく。

――え？　話が飛んでる？　第五層と第六層はどうしたのかって？

それは語るまでもない――というか、語りたくない。アンデッド階層だったので。

スケルトンだけならまだしも、ゾンビも結構な数出てくるものだから、階層自体に腐《ふ》敗《はい》臭《しゅう》が漂っていて、特に鼻の良い獣人たちには厳しい環境な上、当然ながら斃してても肉は得られない。

しかも、宝箱の一つも見つからなかったものだから、ゴブリン・リーダーを斃して上がっていたミーティアの機嫌は急降下である。『アンデッドなんて、クソなの』などと吐き捨て、汚《きたな》い言葉遣いをメアリに叱《しか》られていたが、気持ちはよく解る。

出てくるのもゾンビとスケルトン。スケルトン・ナイトすら出てこないから、稼ぎも悪い。

そんなわけで、ハルカとナツキを押し立てて大半のアンデッドを一瞬で灰燼《かいじん》に帰し、一部は俺の光魔法の練習台として活用して、俺たちはボス部屋の前まで駆け抜けたのだった。

「でも、ボス部屋の中は、なーんか嫌な予感がするよ？　あたしの【索敵】、レベル不足？」

「いや、正しいな。俺も感じてるから。これまでとは一線を画する強さだと思うぞ？」

感じ取れる強さは、スケルトン・キング以上。

普通のスケルトンとゾンビしか出てこなかった階層としては、強すぎるボスの反応だが、これまで幾度《いくど》となく俺たちを救ってくれた【索敵】スキルだけに、間違いということはないだろう。

「やっぱボスもアンデッドだよなぁ。ゾンビ系じゃなけりゃ良いんだけどよ……」

「ミー、臭《くさ》いのは嫌なの……」

「それは儚《はかな》い希望、ってヤツじゃないか？　これだけゾンビが出てきてるんだから」

「はかないか……オレとしては『吐きたい』だが」

「そりゃ『吐かない』だ！　下らんツッコミを入れさせるな！」

――いや、吐きたいのは俺も同じだけどな。ゾンビの臭い、キツいし。

「素敵《すてき》なシャレを聞かせてくれたトーヤに、お礼としてボス部屋の扉を開ける権利を贈呈《ぞうてい》するわ」

「いや、その権利、貰わなくても、いつも開けてるよな？　別に良いんだけどさ」

ハルカの言葉にトーヤは苦笑しつつ、素直に扉に手を掛け、開ける。

それと同時に目に飛び込んできたのは、巨大な爬虫類《はちゅうるい》の姿。

そしてもちろん、腐《くさ》っている。

「なっ⁉」

「まさか、ドラゴン・ゾンビ⁉」

いくら何でもレベル差ありすぎ、と叫んだ俺に、トーヤは一瞬沈黙《ちんもく》して、言葉を続けた。

「――いや、安心しろ。リザード・ゾンビだ」

「安心できる敵なのか⁉　――って言いたいところだが、安心した」

初見、且《か》つ初耳の魔物だけに、普通なら安心材料は何もないのだが、いくら何でもドラゴン・ゾンビよりも強いってことはないだろう。俺も【看破】を発動してみると――。

種族：リザード・ゾンビ
状態：健康
スキル：【チャージ】【臭い息】【毒の牙《きば》】

体長は頭から尾《お》までで六メートルほど。やや不格好な西洋竜《りゅう》という感じだが、ドラゴンではなくリザード――つまりはトカゲらしい。腐敗具合はなかなかに酷《ひど》く、下手すると戦っているうちにリザード・ゾンビがリザード・スケルトンにクラスチェンジしそうな感じである。

そして、スキルも地味に危険そうだ。

ただでさえ腐敗臭がキツいのに、それ以上と思われる【臭い息】、腐った身体から繰《く》り出される【チャージ】は、どう考えても悪夢である。

「ち、近づきたくねぇ……」

鼻を押さえて扉の前から後退《あとずさ》るトーヤに、ユキもまた同意するように頷き、その場所を譲る。

「同感！　ってことで、ハルカ、ナツキ、お願い！」

「「了解（はい）。『浄化《ピュリフィケイト》』！」」

こちらへ向かってゆっくりと動き始めたリザード・ゾンビに対し、二人から魔法が放たれる。

この世界のダンジョン、『ボス部屋の中に入らないと攻撃《こうげき》できない』みたいな不思議システムは存在しないので、攻撃手段さえあれば扉の外からでも自由に攻撃可能なのだ。

その代わり、ボスの移動制限もないので、状況次第ではボス部屋の外まで追いかけてくるそうだが、このリザード・ゾンビの体格では、扉を通ることは難しいだろう。

二人分の『浄化《ピュリフィケイト》』に曝《さら》され、その身体の端《はし》から少しずつ消滅していくリザード・ゾンビだが、それでもズリズリとこちらに近づいてくる。

「結構、消耗《しょうもう》するわね」

「ですね。魔力的には少し辛いですが……一気に決めましょう」

他の魔法と同様に、『浄化《ピュリフィケイト》』も使用魔力と威力は比例している。

例えば汚れた洗濯物《せんたくもの》に対して、普通に使うと『そこそこ綺麗に』って感じだが、二倍ほど魔力を注ぎ込めば『驚きの白さに！』って感じになる、らしい。

そしてそれは、アンデッドに使用する場合も同じ。雑魚ゾンビなら普通の『浄化《ピュリフィケイト》』で瞬く間に消滅するが、少し強いアンデッドなら、魔力を多めに使わないと消滅まで時間がかかる。

当然今回はかなり多めに魔力を使っているはずだが、それでも動ける程度にはリザード・ゾンビは強かったようだ――が、それもハルカたちの魔法に抗《あらが》えるほどのものではない。

ハルカたちが改めて魔力を注ぎ込んだのか、その消滅速度は一気に上がり、結局リザード・ゾンビは、元の場所から二メートルすら移動できずに消え去ることになる。

そしてその跡《あと》には、少し大きめの魔石が一つ、地面に転がるのみであった。

「ふぅ……ちょっと疲れたわね、あのサイズのアンデッドは」

「体感的には全魔力の三分の一……いえ、四分の一ぐらいは消費した感じです」

ハルカとナツキはそう言って、共にホッとしたように息を吐く。

同じだけの魔力を使うにしても、少しずつ何度も使うのと、一度に大量に使うのでは、圧倒的に後者の方が疲れるんだよなぁ。下手をすると、気分が悪くなるほどに。

「お疲れさまでした。ハルカさん、ナツキさん」

「あんなにおっきなゾンビを……お姉ちゃんたち、凄いの！」

メアリたちの労《ねぎら》いにハルカたちは頬を緩めた後、地面に転がる魔石に目を向ける。

「ありがと。でも、あれがたくさん出てきたら、対処は難しいわね。ナオの『浄化《ピュリフィケイト》』だと、あのレベルのアンデッドは、まだ止められないと思うし」

「ですね。私とハルカで、一匹ずつは止められると思いますが……」

「なるほど～、三匹以上出たら、トーヤが腐肉に塗《まみ》れるわけかぁ。ガンバ！」

笑顔でサムズアップするユキに、トーヤが驚愕《きょうがく》の表情を浮かべて自分を指さす。

「オレだけ⁉　ユキ、お前だって対処できるだろ⁉」

「さすがに小太刀では厳しいよ、あのサイズは。下手に『火球《ファイアーボール》』とか使ったら、きっと腐った肉とか、汁《しる》とか飛び散るよ？」

「うっ……」

その光景を想像したのか、トーヤだけでなくハルカたちもまた顔を顰《しか》める。

『火球《ファイアーボール》』って、着弾《ちやくだん》した後で爆発《ばくはつ》するから、ユキの言い分は決して間違ってはいないのだ。

『火矢《ファイア・アロー》』ならそれはないのだが、逆に貫通力《かんつうりよく》が高すぎて、あのリザード・ゾンビだと多少身体に穴があいてもどれほど効果があるのか、という疑問が出てくる。

ついでにゾンビは燃やすと臭いので、できるだけ火魔法は使いたくないという理由もある。

「俺もそれは同じだしなぁ。『聖火《ホーリー・ファイア》』を使えるまではトーヤ頼み？」

「いや、お前の武器は槍だろ！　もちろん手伝ってくれるよな⁉」

ガシリと俺の肩を掴《つか》むトーヤに、俺はニッコリと微笑みを向ける。

「おっと、トーヤ。魔石が落ちているぞ。回収しないと」

「いや、なに、そのわざとらしい笑み！」

トーヤの横をするりと抜けて、床《ゆか》の上から魔石を回収、奥に出現した扉に向かう。

「いやー、良かった良かった。これできっと、アンデッドエリアも終わりだなぁ」

「返事、返事は⁉　つか、お前は光魔法のレベルを上げろ！」

何やら後ろから声が聞こえる気がするが、きっと気のせいだろう。

俺は罠がないか軽く調べてから、扉を開けて中を覗き込む。

「予想通り、小部屋か。――おっ、やったな。宝箱があるぞ？」

「宝箱！　ミーが開けるの！　このクソみたいな階層にも、ちょっとは良いこともあるの！」

「こら、ミー！　だから、汚い言葉遣いはダメって……」

嬉しそうに駆け寄ってくるミーティアと、叱りながら後をついてくるメアリ。

その二人を見て、トーヤは諦《あきら》めたようにため息をつく。

「……はぁ。もう良い。そのときになったら突っ込ませてやる」

おっと、トーヤが何やら不穏《ふおん》なことを口にしている。

大型のゾンビが出てきたときには、背後に注意せねば。

「まぁまぁ、トーヤくん。その時は私たちが頑張りますから。ね？　ナオくんも冗談《じょうだん》ですよね？」

「おう。程々に頑張る」

「なら良いけどよー。結構キツいんだぞ？　獣人的に」

ナッキに宥《なだ》められてはそれ以上言えなかったのか、トーヤはため息をついて肩を落とした。

ま、俺も冗談だったたし。でも、ゾンビと接近戦をしたくないのは本当なので、できるだけ早く光魔法のレベルアップか、『聖　火《ホーリー・ファイア》』を使えるように努力しようとは思う。

――もっとも今は、時空魔法の方に力を入れないとマズいのだが。

「エルフ的にも臭いはキツいし、消臭マスクでも作った方が良いかしら？」

「ん？　そんなのがあるのか？　オレとしてはとても欲しいぞ？」

「確かあったはず……よね？　そんな機能がある物が」

「うん。あるよ。ガスマスクみたいな密閉タイプじゃなくて、普通のマスクに使う物だから、どれだけ効果があるのかは、判らないけどね」

実質は消臭スプレーみたいな物で、それを布に染《し》み込ませ、口元を覆《おお》って使用するらしい。

「わ、私もできれば欲しいです……」

「すっごく、くちゃいの！」

「作製希望！　是非《ぜひ》に！　作ってくれるなら、材料費、オレの金で出しても良い！」

「全員使うだろうし、それぐらいは共通費で出すけど……了解。近いうちに作っておくわ」

「さんきゅー！　ハルカ、愛してる！」

「はいはい、ありがと」

ハルカは軽く手を振って苦笑を浮かべ、わざとらしくハグしようとしたトーヤを避けて、部屋の中へ。宝箱の傍にいた俺とナツキ、ミーティアの方へと近付いてきた。

「それで、宝箱に良い物は入っていた？」

「ランプがあったの！　便利そうなの。……あ、でも、ウチだと使ってないの」

「私たちは『光《ライト》』を使いますからね。ただのランプではないと期待したいですが……」

「普通のランプだと、使い道がないからなぁ」

見た目は特徴《とくちょう》のないランプなのだが、初回討伐報酬と考えるなら、少しは期待したいところ。

ちなみに、メアリたちの元の家では、基本無灯火。

どうしても必要な場合は、油皿を使ったり、薪《まき》を松明《たいまつ》にしたりして凌《しの》いでいたらしい。

「しかし……帰還装置はなし、か」

部屋を見回して呟く俺の背中を、ハルカがポンと叩く。

「まだ六層目じゃない。ダンジョンに入ってから、二週間も経っていないわよ？」

「ですね。でも、ボスの間隔《かんかく》も短いですし、案外早く見つかるかもしれませんね」

「あ、それはあたしも思った。第四層に続いて、この第六層。本で読んだのより多いよね？」

俺たちが持っている本に依《よ》れば、ダンジョンでは数階層毎に強敵が配置され、斃さなければ先に進めないようになっていると記されていた。

その間隔は多くのダンジョンで一〇階層毎、たまに五階層毎。

それ以外のケースはあまり多くないが、『多くない』だけで存在はするようだ。

ちなみに、一度斃してもボスは一定期間で復活するので、素通りはできないし、仮に斃したことがなくても、他の誰かが先に斃してまだ復活していなければ、普通に先に進めたりもする。

「一層のスケルトン・キングも入れれば三体目。少し特殊なダンジョンなのか……？」

であれば、ナツキの言う通り、帰還装置は案外浅い階層に存在するかもしれない。

当面、食料に不安はないとはいえ、気になるのはストレスだが……。

「メアリとミーティアは問題ないか？　それなりに長くなったが」

「まったく問題ないの。ご飯もたくさん食べられるし、毎日清潔で、ベッドも寝心地《ねごこち》が良いの」

「私も大丈夫です。陽《ひ》の光には当たれませんけど、気になるほどでは。正直に言えば、ケルグで暮らしていた時の方がよっぽど……」

一番慣れていないだろう二人に訊いてみたのだが、返ってきたのは頼もしい答え。

ある意味では、元軟弱《なんじやく》な現代人である俺たちよりもタフな二人かもしれない。

「まだまだ大丈夫だろ。他の冒険者と比べれば、オレたち、ダンジョン内とは思えないほど、めっちゃ良い生活してるぜ？　オレの作ったベッドのおかげでな！」

「自慢かよ！　けど、ま、否定はできないな。寝心地が良いのは確かだし」

ニヤッと笑ってサムズアップするトーヤにツッコミを入れつつ、俺は苦笑して肩を竦めた。

「そうね。地面に寝るのと比べて、体力の消耗は段違いよね」

「家と同等とは言わないけど、それに近いよね。さすがだね！　トーヤ。匠《たくみ》の技《わざ》だよ！」

「な、なんだ？　素直に褒めてくれるとか、今日はオレ上げのターンか？　なんか裏でも……」

冗談半分で言ったにも拘わらず、俺に続いてハルカとユキにまで褒められ、トーヤが警戒するような目を向けるが、主にそれが向けられたユキは、にっこりと可愛く笑う。

「ううん、ぜーんぜん！　ユキちゃんのこの可愛い笑顔に裏なんて、そんな、そんな」

「そ、そうなのか？　ま、まぁ、結構苦労して作った――」

「適当に煽《おだ》てておいて、リザード・ゾンビの相手は任せてしまおうとか、思ってないよ？」

「どうせ、そんなことだろうと思ったよっ！　くそっ！」

ペロッと舌を出したユキと、大袈裟《おおげさ》に地団駄《じだんだ》を踏むトーヤ。

それを見て、俺たちは声を出して笑うのだった。

◇　◇　◇

階段を下りた第七層。そこは再び、洞窟型のダンジョンだった。

「うげー、またマッピングが面倒だよ～。……ま、レベルが上がったから、多少はマシだけど」

「もうレベル2なの？　――いえ、『もう』じゃないかしら？」

「あたしも六層分の地図を描《か》いたからねぇ。むしろ、そろそろ上がってくれないと悲しい」

確かにこれまでは、ずっとユキにマッピングを任せてしまっていたわけで。

「いつもすまないねぇ、ユキさんや」

「それは言わない約束だよ、おとっつぁん――って、別にナオも覚えても良いんだよ？」

冗談にきっちり乗ってくれた後、ユキは俺の顔を見上げて小首を傾げる。

その言葉通り、本来なら俺たちも【マッピング】スキルを身に付けるべきなんだろうが――。

「でも、ユキと分かれて行動することって、まずないだろうしなぁ」

それに効率の面でも、移動中のポジションの面でも、ユキが一番適役ということもある。

そんな意味合いも込めてそう言うと、ユキは口元に手を当て「むふふ」と笑う。

「おっと。それはもしかして、プロポーズだったりする？　あたしと一生、離《はな》れたくないって？　仕方ないなぁ。そこまで言われちゃ、ユキちゃんとしても――」

「言ってねぇ！　一言も言ってねぇ！」

「あれ？　行間を読んだんだけど……？」

「そんな行間は存在しない！」

「えー、そうだったかなぁ？　――っと、真面目にやろうか」

俺の背後にちらりと目を向けたユキが急に真顔になったので、俺も後ろを振り返るが、そこにいるのは穏やかに笑うハルカだけ。……ふむ。まぁ、いいか。

「取りあえず、環境が変わったってことは、敵の変化にも気を付けないとな」

「だな。ありがたいことに腐敗臭はしねぇぞ？　どんな敵が出てくるか、ちょっと楽しみだ！」

上二層では戦えなかったからだろうか。トーヤは腰の剣に手を置いてニヤリと笑い、メアリとミーティアの二人も、それに同意するように『ふん！　ふん！』と頷いている。

「そうか。ちょうど良かったな。早速お出まし――案外速いな？」

俺の【索敵】が急速に近付いてくる敵の反応を捕らえる。

トーヤたちに注意を促してその場で待ち受けていると、通路の先から顔を覗かせたのは――。

「おっと。良かったな、トーヤ、親戚《しんせき》がやって来たぞ？」

「誰が親戚だっ、コラァ⁉」

それは、狼《おおかみ》の群れ——いや、正確にはパックと言うんだったか？

やや身体の大きい一匹を中心とした六頭のグループは、走ってこちらに近付いてきたが、ナツキが飛ばしていた『光《ライト》』の範囲内に入ると、警戒するように足を緩めた。

その体毛はダンジョンの闇《やみ》に紛《まぎ》れるほどに黒く、聞こえる足音は極僅《ごくわず》か。移動速度と併《あわ》せてかなり厄介そうな敵であり、俺はすぐに【看破】スキルでステータスを確認する。

種族：咆吼狼《ハウリング・ウルフ》
状態：健康
スキル：【噛《か》み付き】　【爪撃《そうげき》】　【咆吼《ほうこう》】

「コイツら、【咆吼】のスキルを——」

「ガウッ！」

俺が言い切る前に先頭の咆吼狼《ハウリング・ウルフ》が咆吼を放ち、俺たちの動きが一瞬止まるが——。

「グワォォッ‼」

やり返すようにトーヤがすぐさま声を上げ、咆吼狼《ハウリング・ウルフ》たちが目に見えて怯む。

「やっぱ、トーヤの親戚じゃん！」

「ちゃうわっ！」

トーヤが対抗《たいこう》するように叫んだ声も、おそらく【咆吼】。敵を怯ませるこのスキル、使いようによっては便利だと思うのだが、俺たちにはちょっと不評で、普段はあまり出番がない。

味方に『怯み』の影響は出ないのだが、傍で使われると単純にうるさいのだ。

特にこんなダンジョン内だと、よく響いて……。

まぁ、あまり使わない理由は、森の中で大声を上げると魔物を呼び寄せてしまうからなのだが。

目の前の敵を多少楽に斃せても、後から後から敵がやって来ては本末転倒《ほんまつてんとう》である。

経験値稼ぎならそれもありだろうが、銘木《めいぼく》の伐採《ばっさい》や素材採取などではただ邪魔なだけである。

「来るぞ！」

魔物故《ゆえ》か、怯みはしても退《ひ》くという選択肢《し》はないのだろう。

六匹が同時に走り出し、先頭の二匹が前に出たトーヤとナツキの正面へ。そして残りが――。

「――なっ⁉」

ほぼ垂直に近い壁面《へきめん》。そこに張り付くように四匹の咆吼狼《ハウリング・ウルフ》が走る。

狙いは……メアリとミーティアか！

弱そうな所を狙うのは理に適っているのかもしれないが、当然、それを許すわけがない。

俺が素早くミーティアの隣に移動すると、ユキもまたメアリの方へ。

そしてハルカも一矢《いっし》。それは一匹の咆吼狼《ハウリング・ウルフ》の眉間《みけん》に突き刺さり、その命を絶つ。

「多少素早いだけね。そこまで強くはないわ」

「そっか。じゃあ、毛皮のコートとか良いかな？　メアリ、綺麗に斃そうね！」

「ええ⁉　き、斬らないように頑張ります！」

ハルカのおかげで一匹になったユキの方は、メアリに任せる様子。

対してこちらには二匹向かってきているのだが……一匹は任せてみるか。

「ミーは……首を狙ってみるの！」

「無理はしないようにな？　どうせ、また出てくる。斃す機会は何度でもあるからな」

俺は石突き《いしづ》で咆吼狼《ハウリング・ウルフ》を打ち倒しつつ、小太刀を構えるミーティアに声を掛ける。

彼女の俊敏《しゅんびん》さとは相性の良い武器だと思うが、接近する必要があるのがちょっと怖《こわ》い。

「無理はしないの！　うー……、えいっ‼」

咆吼狼《ハウリング・ウルフ》と接触《せっしょく》する、その一瞬前にミーティアが踏み込み、小太刀を振った。

タイミングはバッチリ。咆吼狼《ハウリング・ウルフ》の首から血が噴き出るが——少し浅いか。

よろけつつも壁から地面に下り立つ咆吼狼《ハウリング・ウルフ》の脚を槍で払い、石突きで地面に押さえつける。

「パーティー戦としては及第点《きゅうだいてん》だな。……止め、刺すか？」

「むぅ……。次はもっと上手《うま》くやるの」

役割は十分に果たしているが、ミーティアとしては一撃で斃しきれなかったことが不満なのだろう。少し頬を膨《ふく》らませて戻ってくると、再度咆吼狼《ハウリング・ウルフ》の首を切り裂いた。

「それで終わりですね。慣れれば大した脅威《きょうい》にはなりそうにないです」

見れば、その言葉を口にしたナツキはもちろん、一番大きな個体の相手をしたトーヤを含めて全員が咆吼狼《ハウリング・ウルフ》を斃し終わっており、戦闘は終了していたのだが――。

「んー、でも、トーヤは落第！　一番汚い！」

全体を見回したユキが、非難するような口調でビシッとトーヤを指さす。

実際、トーヤの斃した咆吼狼《ハウリング・ウルフ》だけ首元から腹に掛けてバッサリと切り裂かれていて、毛皮の価値という点では確かに落第。しかし、トーヤは少々不満を顕《あら》わにする。

「マジかよ。けどオレ、ユキが毛皮とか言う前に斬っていたんだが？」

「それでも！　冒険者なら素材の価値も考えて斃すべき。先輩《せんぱい》として範を示さないと！」

「む、そう言われると反論できねぇ。――コイツ、毛皮に価値があるみたいだし」

おそらく【鑑定】したのだろう。ちらりと咆吼狼《ハウリング・ウルフ》を見てトーヤが苦笑する。

「ま、余裕がないなら話は別だけどね？　トーヤならまだまだ大丈夫でしょ」

「まぁな。次からは気を付ける――が、コイツをコートにするのはどうなんだ？　真っ黒だぞ？」

「黒い毛皮のコートも別に悪くないと思うけど？　――トーヤ、魔石の価値は？」

ハルカがトーヤに渡したのは、彼女が一番大きな咆吼狼《ハウリング・ウルフ》から取り出した魔石。

トーヤはそれを【鑑定】して、小さく頷く。

「これで二二〇〇レアだな。他はもう少し安そうだから……ゾンビと同じぐらいか」

「手間と不快感の差は大きいがな。ゾンビは『浄化《ピュリフィケイト》』を使えて、臭いを我慢できれば稼げる」

「こっちは不快感がないけど、手間はかかる、と。あ、毛皮という付加価値もあるね」

「ついでに言うと、咆吼狼《ハウリング・ウルフ》は、誰にでも斃せるほど弱くもないけどね？」

ハルカがそう付け加えると、メアリも深く頷く。

「同感です。あそこまで気配がないと不意打ちが怖いですし、あの叫び声だって……」

気配を殺して接近、そこから【咆吼】で動きを止めて首筋に噛み付く。

おそらくそんなのが、咆吼狼《ハウリング・ウルフ》の狩りの仕方なのだろう。

俺たちに【咆吼】の効果は小さかったが、それでも戦闘中に一瞬でも動きを阻害《そがい》されるのは危険だし、もしもラファンの一般的な冒険者程度の強さなら……。

「これまで使ってこなかったが、案外【咆吼】って便利なのか？」

咆吼狼《ハウリング・ウルフ》の【咆吼】なら、心構えがあれば対抗できるレベルだと思うが、もう少し強い魔物が『こそ』という場面で不意に使ってきたら、その一瞬が生死を分けるかもしれない。

そしてそれは、俺たちが使う場合も同じなわけで。

問うようにトーヤを見ると、彼は困ったように肩を竦めた。

「接近戦をしながら【咆吼】を使うのは、そう簡単じゃないぞ？　集中が必要だし、声を出せば呼吸も乱れる。たぶん、お前たちが戦いながら魔法を使うような感じじゃないか？」

「――なるほど。それは確かに難しいかもな」

ただ大声を上げるだけではなく、何らかの溜《た》め――魔力的なもの（？）が必要なのだろう。

魔法だって、派手に身体を動かしながら使うのは結構難しい。

もしそれが簡単にできるなら、俺だって槍で戦いつつ、『火矢《ファイア・アロー》』で攻撃している。

「でも、戦闘開始時に多少硬直《こうちょく》するだけでも意味はあるし、訓練しておくか？」

「んー、そうだなぁ……」

「使える場面が限られるというのも、変わりませんしね」

そう。うるささは我慢するにしても、魔物を呼び寄せる危険性はどうしようもない。

タスク・ボアーを狩っていた頃であれば、周辺に魔物が少なかったのであまり問題はなかったし、強敵だったヴァイプ・ベアーにしても分類としては『動物』。

人を襲うために、わざわざ遠くから近づいてくることはない。

対して魔物は、人を襲うのが生き甲斐なのか、あえて人のいる方に近づいてくる。

「あと、どこで訓練するかも問題よね。いくら庭が広くても、家でやるとご近所迷惑《めいわく》だし」

「犬の鳴き声って、ご近所トラブルになるもんねぇ」

「犬じゃねぇ！」

「うん、犬より迷惑だよね」

トーヤの抗議にユキは『うんうん』と頷きつつ、酷いことを言う——が、実際、犬の鳴き声よりも迷惑なのは否定できない。精神的ダメージを喰《く》らうようなスキルなので。

朝早くからそんな声が聞こえてきたら、苦情の一つや二つは入れたくもなるだろう。

「まぁ、今後、【咆吼】のスキルアップを図るかどうかは、トーヤの自主性に任せましょ。でも、庭での訓練はなしで。ご近所さんとは仲良くやりたいからね」

「一戸建て、買ってしまいましたからね」

「そうそう。簡単には引っ越せないから」

「理由が理由だけに、反論できねぇなぁ……了解。考えてみる」

別に意地悪というわけではない。

それを理解しているトーヤは、不承不承ながら頷くのだった。

◇　◇　◇

第七層に下りて、一〇日以上が経過していた。

それだけの日数を経過しても、俺たちは未《いま》だ第八層に辿り着けていなかった。

ユキのおかげでマッピングは順調に進んでいるのだが、それでも第七層の終わりは見えず、第二層から第六層まではもちろん、それらよりも大幅に広かった第一層以上にこの階層は広大。

帰還装置も見つかっていないため、普通であればストレスでギスギスとしたパーティーになりそうなものだが、俺たちは楽しくパーティーをやっていた。

――パーティーはパーティーでも、それは焼き肉パーティーであったが。

「ウマ、めっちゃウマ！」

「お肉、蕩《とろ》けちゃうの！」

「こ、こんなお肉が、この世に存在したなんて……」

「ナオくん、そのお肉、もう良い感じですよ？」

「ナオ、肉だけじゃなくてお野菜も食べなさい」

「こっちの野菜って、苦いんだよなぁ」

「あ、解る。味付けの薄い料理だと、ちょっと苦みが気になるよね」

今日の夕食はのんびりと、焼き肉パーティー開催《かいさい》中、である。


こんなことになった原因は、今日の昼過ぎに初見の魔物と遭遇したこと。

その魔物は〝ピッカウ〟という名前で、外見は短足メタボになった牛。

体長は五〇センチほどしかないが、頭には鋭いナイフのような角が一本生えていて、その外見からは想像できない俊足で突撃してくる微妙に危険な魔物なのだが、刺突兎《スタブ・バローズ》に比べれば大した速度でもなく、事前に警告すればメアリたちでも十分に躱せる程度でしかない。

見た目的にも少しコミカルなので、ハルカたちは最初『可愛い～』とか言っていたのだが、攻撃してきた時点で何の躊躇《ちゆうちよ》もなく斬首《ざんしゆ》していたので――まぁ、うん。問題はない。

本によると、このピッカウから得られるのは角と肉。

黒い鉱石のようなその角はそれなりに高く売れるが、肉は『脂《あぶら》っぽくてあまり人気はない』上に、身体の小ささから一匹から取れる量が少なく、稼ぎとしては微妙らしい。

そんなわけで、例の如《ごと》く死体はマジックバッグに放り込んでおいて解体は帰ってから、と思っていたのだが、ハルカが『気分転換《てんかん》に食べてみましょう』と言い出したのだ。

ダンジョンに入ってこれまでの食事は、基本的にストックしてあった料理だけ。

気分転換に反対する理由もなく、早速解体して食べてみたのだが……これが大当たり。

メタボっぽい体形は伊達《だて》ではなかったようで、確かに脂は多いのだが、良い感じにサシが入っていて柔《やわ》らかく、霜降《しもふ》りの好きな日本人の口には合った。

ナツキ曰く、『霜降りの高級和牛に近い』味で、鉄板焼きにするとかなり美味《うま》い。

さすがに大量に食べるのは厳しいが、炭火で網焼《あみや》きにすれば程良く脂も落ち、こちらもまた美味しい。あえて欠点を挙げるならば――。

「あんまり肉が取れないことだよなぁ」

「はい。小さいですからね」

ピッカウから内臓を抜き、皮を剥《は》ぎ、皮下脂肪《しぼう》と骨を取り除くと、得られる肉はかなり少ない。

その中で霜降り的な美味しい部分は更に限られ、大食いなトーヤであれば、体長五〇センチほどしかないピッカウなど、一人で一頭分食べてしまいそうである。

しかも、脂を落としてしまうと随分と量も減ってしまうので、『人気がない』というのも、味よりもこちらが原因なのかもしれない――霜降りでも、メアリとミーティアには好評だし。

「ミーティアちゃんは、このお肉、お気に入りですか？」

尋ねるナツキに、ミーティアは眩《まぶ》しい笑顔で頷く。

「うん！　ミーはこのダンジョンを見直したの！　〝お肉のダンジョン〟と改名しても良いの！」

ゴブリン、アンデッド、宝箱少なめと不満が溜まっていたらしいミーティアの機嫌は、肉のおかげでマックスである。正直、俺たちとしてもイマイチだったので、気持ちは解らなくもない。

「さすがにその名前は、アレだが……。名前から興味を持った冒険者が来るかもしれないし」

「……はっ⁉　それは困るの！　〝避暑のダンジョン〟のままで良いの！」

「もぅ。ミー、あんまり適当なことを言わないの」

あっさり意見を翻《ひるがえ》したミーティアの頭をメアリが困ったように撫で、俺たちは揃って笑う。

「ふふっ。あまり高く売れないお肉なら、取っておきましょうか？　赤身肉も使い道があるし」

「賛成！　霜降りはたまにで良いが、オレも食べたい！」

「そうね。別に良いんじゃない？」

「もっと狩るの！　いつでも食べられるように、たくさん溜めておくの！」

豚《オーク》も美味いが牛《ピッカウ》も美味い、ということで、全会一致でピッカウはキープとなった。

閉じ込められているのに平和である。

「ところでナオ、転移の魔法はどんな感じなんだ？」

平和と思った瞬間にツッコまれた。

「む。少し離れた場所までなら転移できるが……安全に帰るのは厳しいな」

普通なら『転移《テレポーテーション》』を習得してから『領域転移《エリア・テレポーテーション》』、という順で練習していくのだろうが、一番の問題は、『ダンジョンの外に転移できるか、実験ができない』点にある。

仮に、俺が『転移《テレポーテーション》』で外に出ることに成功したら？

ここに戻れれば良いが、失敗すれば、ハルカたちはダンジョン内に取り残されることになる。

なので、もし実験をするのなら、『領域転移《エリア・テレポーテーション》』を使えるようになった後だろう。

「まぁ、そうよね。ユキはどう？」

「あたし？　さすがにナオより上手くは使えないよ～。練習には付き合ってるけどさぁ」

「現状だと、少し離れた通路に転移できるってレベルだよな」

ちなみに俺の方は、数百メートル離れた場所から野営している場所まで転移できる、というレベル。あまり一人で離れるのは危険なので、それ以上は実験がしづらいのが難点。

なので今は『領域転移《エリア・テレポーテーション》』の練習に移っているのだが、こちらはユキを連れて視界内に転移できる、という初歩の段階でしかない。

「一ヶ月足らずでそれなら、順調――なのかしら？」

「時空魔法は難しい魔法みたいですし……」

そう、難しいんだよ？

なのでプレッシャーはノーサンキュー。

「ハルカたちはどうなんだ？　お前たちも魔法の練習してるよな？」

「うん。音を立てずにできる訓練なんて、限られるからね」

メアリたちが加入したことで、俺たちの見張りは三交替制になった。

一日に最低六時間の睡眠《すいみん》時間は確保するようにしているので、一回あたりの見張りは三時間ほどなのだが、その時間にやることはあまりない。

ドタバタしていては他のメンバーが眠《ねむ》れないので、できるのは音を立てない訓練や読書など。

なので、俺を含め、大半の時間は魔法の訓練をしながら過ごしているのだ。

「基本的には光魔法の訓練をしてるんだけど……」

「上手くできているかは判らないんですよね。なんとなくの手応え、程度で」

ハルカとナツキが顔を見合わせ、困ったように苦笑する。

「あー、それは判る。効果が見えないからなぁ……。光の宝珠《ほうじゅ》のありがたみが解るよな」

「ちなみに『浄化《ピュリフィケイト》』などならまだしも、レベル7の『解呪《リムーブ・カース》』、レベル8の『中毒治癒《キュア・アディクション》』、レベル9の『狂気治癒《キュア・インサニティ》』など、健康な人に使っても何の効果もない魔法は多い。

「ちなみに『精神回復《メンタル・リカバリー》』、『病気抵抗《レジスト・ディジーズ》』、『祝福《ブレス》』、『回復睡眠《リカバリー・スランバー》』は、寝ているナオくんたちに使っているんですけど、気付いていましたか？」

「え、マジで？　全然気付かなかった」

ちなみに『祝福《ブレス》』は毒などの状態異常になりにくくなる魔法で、『睡眠回復《リカバリー・スランバー》』は睡眠による回復力が肉体的、精神的、病気や怪我なども含めて大幅に上がる魔法である。

「もしかして、オレたちが閉じ込められていてもイライラしてないのは、その効果か？」

「それはあるかもな。それなりに快適、ということを差し引いても」

俺たちが精神的に強いわけではなく、魔法の補助があったと考えれば、納得《なっとく》できる部分もある。

帰れるかどうか判らないまま一ヶ月って、普通に考えれば極限状態だし。

「でもそれらって、レベル6とか7の魔法だよね？　使えるようになったの？」

「だから練習段階だって。上手く使えてるか判らない部分はあるし」

「回復魔法は、発動すれば良いわけじゃないですからね」

どの魔法でも同じなのだが、特に光魔法と時空魔法は『発動する』と『使える』の差が大きい。

例えば『再生《リジェネレイト》』。その熟練度によって、『僅かに欠けた指を治せる』程度から、『なくなった腕を再生できる』まで、効果はピンキリ。

俺の『転移《テレポーテーション》』が、最初は視界の範囲内でしか転移できないのと同じである。

故に、もし【光魔法 Lv.10】になったとしても、『光魔法をマスターした』とはとても言えず、見方によっては『光魔法の基礎《きそ》をマスターした』程度なのかもしれない。

「メアリたちは、勉強してるんだよな？」

「はい。ナオさんたちに教えてもらったり、買って頂いた本を読んだりして」

「うん！　頑張ってお勉強して、文字を読めるようになるの」

「ミーティアは向上心があって偉いわね。それに比べてトーヤは……」

ハルカがにっこりとミーティアの頭を撫でてから、トーヤに胡乱な視線を向ける。

「いや、オレもぼけーっとしてるわけじゃねぇよ？　確かに魔法は使えねぇけど、本を読んだり、筋トレしたりしてるからな？　おかげで【筋力増強】がレベル4まで上がったし」

俺とトーヤは別の組なので知らなかったが、そんなことをしていたらしい。

なら頑張っているじゃないか、と俺は思ったのだが、ハルカとナツキは微妙な表情。

「微妙に暑苦しいのよ、隣でやられると」

「ひどっ⁉　音を出さないように苦労してんのに！」

「だってトーヤってば、逆立ちしてプッシュアップしながらニヤついてるのよ？　嫌じゃない？」

「あー、それはちょっと……」

隣でそれをやられると、確かに嫌かもしれない。

「私もそれは思ってました。頑張ってるので口にはしませんでしたが……」

「うぐっ……」

ハルカと交代でトーヤと組むナツキにも言われ、トーヤがヘコむ。そして、同じようにトーヤと一緒になることがあるメアリとミーティアの反応は……あぁ、うん。あえて言うまい。

ちなみに、時空魔法の練習があるユキは毎回俺と一緒なので、トーヤの痴態《ちたい》は見ていない。

「いや、だってさ！　できなかったことができるのって嬉しくないか⁉　向こうでは逆立ちした状態でそんなことできなかったし」

「む……」

男としてそれはちょっと理解できるかも。

だが、そんな男の主張は、ナツキとハルカの共感を得られなかったらしい。

「せめて汗臭《あせくさ》くないように、定期的に『浄化《ピュリフィケイト》』を飛ばしてましたけど」

「あ、それ私も」

「アレ、そんな理由だったのか⁉　二人とも気が利《き》くなぁ、とか思ってたのに……」

二人の遠慮のない言葉に、更にヘコむトーヤ。

そんなトーヤに対し、ハルカが手を翳《かざ》して呪文《じゅもん》を唱えた。

「はいはい。『狂気治癒《キュア・インサニティ》』」

その言葉と共にトーヤの頭がぼんやりと光を放ち、彼は驚いたような表情を浮かべた。

「あ……なんか気持ちが楽になった。え、こんなのにも効果があるのか？　その魔法」

「実験だったけど、一応効いたみたいね。やっぱり、精神衛生《メンタルヘルス》に使えるのね」

『狂気《きょうき》』まで至っていなくとも、感情的な起伏《きふく》に対しても効果があるってことか。

俺たち自身が本格的に精神疾患《しっかん》に罹《かか》る可能性は低いと思うが、不安感や恐怖《きょうふ》感《かん》を取り除けるだけでも魔法の意味はありそうだ。

「あ、もしかして、さっきまでの言葉は、この実験のため？」

「いえ、本心だけど？」

「ぐはっ！」

トーヤの『本当は暑苦しいとか思ってない？』との期待を、ハルカはバッサリ切り捨てた。

「ははは……いえ、トーヤくん、半分冗談ですから。実験の方がメインで」

そんなことを言ってトーヤを宥めるナツキだが、半分は本心と言っているよな、それ？

「普段はあまり使い道のない魔法ですけど、今は閉所に閉じ込められている状況ですから、頑張って練習してるんです。誰かが錯乱《さくらん》したときに回復できるように」

「私たちは大丈夫、って思いたいけど、パニックムービーなんかだと、ストレスで切れちゃった人から崩壊《ほうかい》が始まるからねぇ」

「あぁ、あるね。ホラーとかサスペンスでも」

誰かが『こんな所にいられるか！』とか言って一人になると、その人から殺されたり、ストレスからおかしな行動を取って、他の人を窮地《きゅうち》に陥れ《おとしい》たり。

今のところ俺たちに問題は起きていないが、状況としてはパニックムービーさながらである。

誰かが錯乱して自暴自棄《じぼうじき》になる可能性もゼロとは言えない。

そんなとき、ハルカたちが『狂気治癒《キュア・インサニティ》』を使えるか、そしてそれは精神を落ち着かせるためにも効果を発揮するのか、という実験の意味もあって、トーヤを揶揄《からか》ってみたらしい。

「いきなり野獣になられても困るからね。獣人だけに！」

「ならねぇーよ！」

拳を握って親指をピクピク動かすユキの手を、トーヤが叩き落として強く否定。

しかし、ユキはニヤニヤ笑いながら、何故か俺の方にも視線を向けて――。

「解らないよ～？　極限状態でつい、とか。ナオも襲う場合は順番を守るんだよ？」

「何だよ、順番って!?」

「それはもちろん、最初は告白からでしょ？　……何を想像したのかな？　かな？」

「何も想像してないっ！」

悪戯《いたずら》っぽい笑みで顔を近づけてくるユキを押し返し、俺は嘆息《たんそく》する。

そりゃ、そういう気持ちがないと言えば嘘《うそ》になるが、くっつくのはまだしも、もし破綻《はたん》でもしたらギクシャクしそうだから、踏み込みづらいんだよなぁ……俺たち、運命共同体だし。

幸い、俺たちはまだまだ若い。冒険者は（この世界の基準では）晩婚《ばんこん》なので、先送りする余裕は

ある。それぞれが自立できるようになれば、また状況も変わる可能性もあるしな。

「――意気地《いくじ》なし」

何か聞こえたような気もするが、俺は難聴《なんちょう》系主人公の如く、その言葉を頭の片隅《かたすみ》に追いやった。

◇　◇　◇

状況が変化したのは、焼き肉パーティーから三日後のことだった。

「扉……だな」

「ええ。不自然なほどに扉ね」

洞窟の壁にドンと設置された金属製の扉。

高さは四メートルほどで、横幅も三メートルはありそうな大きな扉。

洞窟といえば、第二層の最初の部屋、石造りへと変わる場所にも扉はあったが、あれは普通の部屋と同じぐらいの大きさ。それに対してこちらは、明らかに立派な造りである。

「ある意味、ダンジョンっぽいけどねー。ついにボスまで来ました！　的な？」

「はい。ユキさんの言う通り、上の階層よりもちょっと豪華《ごうか》ですよね、この扉」

「だな。豪華な敵とか出てくるんじゃね？」

「なんだよ、豪華な敵って……」

意味の解らないことを言うトーヤに俺が呆れた目を向けると、彼は少し考えてニヤッと笑う。

「……リッチなリッチーとか？」

「なるほど、金持ちな高位アンデッド――って、解りづらいわ！　ついでに出てきても困るわ！」

「『浄化《ピュリフィケイト》』で斃せるなら構わないけど、あえて試したいとは思わないわね」

「そんなのがいたら、さすがに撤退も視野に入れるべきだと思うけど、あたしの【索敵】だと、そこまで強そうじゃないかな？　……ま、開ければ判ることだよね。ってことで、トーヤ」

「了解。それじゃ、開けるぞ？」

敵の強さに関しては俺も同意見。確認を取るトーヤに頷くと、彼はゆっくり扉を開け――。

「「おおっ（あわわっ）!!」」

そんな、どこか嬉しさの混じった声を上げたのは誰だったか。

部屋の中にいたのは、巨大なピッカウだった。

ずんぐりむっくりした体形はそのままに、普通の牛よりも二回りは大きくなっていて、かなりの重量感。【看破】によると、名前は〝暴君《タイラント》ピッカウ〟らしいが……やや微妙？

部屋の奥からこちらを睨み付ける眼光と身体の大きさは、その名前に恥《は》じぬ迫力なのだが、見た目が変わっていない分、どこか愛嬌《あいきよう》もあって憎《にく》めない感じ。

ただし、頭の角は三本に増えていて、片手剣ほどの大きさになっているので、かなり凶悪《きようあく》。

あの角で突進されると、トーヤのブレストプレートですら耐えきれるかどうか。

だがトーヤは、そんなことは関係ないとばかりに嬉しそうな声を上げた。

「霜降りだぜ、霜降り！」

「美味しいお肉がいっぱいなの！」

「……確かに豪華ではあったな、見方によっては」

部屋の中にいたのは、暴君《タイラント》ピッカウだけではなかった。

まるで暴君を守るように、普通のピッカウが一〇匹。一匹、一匹は強くないが、広い部屋の中で一斉《いっせい》に突進されると厄介だし、暴君《タイラント》ピッカウと連携を取られると危険かもしれない。

【看破】では、あまり脅威を感じないが、一応、初見の敵なんだ。あまり油断は――」

「このサイズなら、皮も売れそうね」

「タンもいけるんじゃないかな？　ピッカウのタンは輪切りにするには小さすぎたからね」

お気楽なのはトーヤとミーティアだけではなかったようだ。

「二人とも、それは文字通り、皮算用ですよ？　斃してから考えましょう」

「はい！　頑張ります！」

ハルカとユキの言葉に、ナツキが呆れたように息を吐いて薙刀《なぎなた》を構え、メアリも力強くそれに応じると、まるでそれを待っていたかのように、暴君《タイラント》ピッカウが走り始めた。

「ピギュゥゥゥ‼」

「「「ビギャァァ――――！」」」

――周囲にいたピッカウを蹴散《けち》らして。

その様は正に暴君。速度も十分に速いのだが、脅威かと言われると……そこまでもないな？

短足なのは如何《いかん》ともしがたく、その巨体から生まれる慣性は急な停止、方向転換を阻害する。

「豚《ぶた》か牛かはっきりしろ！」

そんな理不尽《りふじん》なことを言いながら、トーヤは突進を躱し、剣を振るう。

しかし、剣が叩きつけられたのは暴君《タイラント》ピッカウの首元。皮下脂肪がたっぷりと付いたその場所の衝撃《しょうげき》吸収性はかなり高く、トーヤの攻撃は致命傷には程遠い。

「クソッ、豚《とん》トロかっ！」

「いや、関係ないだろ⁉」

確かに首回りの太さと脂の多さは、部位的に豚トロっぽいけどさ。

あえて言うなら、ピッカウ・トロ？

元々脂の多いピッカウ。身体には悪そうである。

「ギュギュギュギュギュゥゥゥゥ！」

ダメージは大きくなさそうだが、首を攻撃されたのは看過できなかったのだろう。

蹈鞴《たたら》を踏んで足を止めた暴君《タイラント》ピッカウは、トーヤに向かって頭を振り、怒《いか》りの声を上げる。

「良かったなトーヤ。『牛《ぎゆう》』らしいぞ？」

「いえ、それは違うと思いますが……ふっ‼」

所詮《しょせん》は獣《けもの》か。一番ヤバいナツキから目を逸《そ》らし、トーヤにだけ注意を向けたのは明らかに悪手。

トーヤの剣とは切れ味が違うナツキの薙刀は、暴君《タイラント》ピッカウの首に向かって振り抜かれ――彼女が素早く退いた次の瞬間、その首元から血を噴き出させた。

「ギュ、ゴブ、ゴボ、ゴボ……」

そんな音を出しながら地面に崩れ落ち、そのまま動きを止める暴君《タイラント》ピッカウ。

実質的にナツキの一撃だけ。俺も槍を構えていたのだが、出番すらなかった。

ちなみに、理不尽な暴君に蹴散らされた普通のピッカウたちであるが、ピッカウの唯一《ゆいいつ》の取り柄《え》は突進力である。その体形から、一度転《こ》けてしまうと起き上がるのも苦手。

つまり、転がされてしまっては、ただの雑魚に成り下がる。

俺たちが暴君《タイラント》ピッカウと対峙《たいじ》している間に、他四人によってきっちり止めが刺されていた。

「そっちもあっさり？　うーん、今回は、お肉たっぷりのボーナスステージだったね」

「これならお腹いっぱい食べられるの！」

「ミーは今もお腹いっぱい食べてるでしょ？　でも、大きなボスだったのに、予想外に……いえ、ナツキさんだからだとは思うんですけど」

「トーヤくんの剣が通っていませんから、それなりだとは思いますよ？」

相性もあるので、魔物の強さを定量的に評価するのは難しいのだが、トーヤの剣で致命傷を負わない装甲《そうこう》と鋭い角、その質量から生まれる突進力は、状況次第では結構な脅威である。

また、後から確認すると、魔石には六〇〇〇レアの価値があったので、ポテンシャルとしてはオークリーダーに近く、下手な冒険者では踏み潰《つぶ》されていただろう。

——もっとも俺たちの場合、ナツキのおかげであっさり食肉と化したわけだが。

「ま、それはそれとして。次の扉はどこに……」

このボス部屋はこれまでのボス部屋よりも明らかに大きく、学校の体育館ほど。

周囲を見回していると、正面の壁からじわりと染み出すように、一つの扉が現れたのだが――。

「大きさは普通だけど、なんか豪華だね？　こっちの扉も」

「はい、これまでのボス部屋とは違いますね。次の階段がある部屋じゃないのでしょうか？」

少し不思議そうなユキとナツキに、トーヤが笑いながら指を二本立てる。

「たまに、ボス連戦タイプのゲームもあるぜ？　中ボス、ラスボスってな」

「不吉なことを言うなぁ。けど、たぶん大丈夫だろ。【索敵】に反応がないしな」

一応罠の有無《うむ》も調べ、やや慎重に扉を開けてみるが、その先にあったのは、やはり小部屋。

奥にはこれまで通り下へと続く階段があり、部屋の奥右端には宝箱。

しかし、それよりも俺の目を引いたのは――。

「宝箱なの！」

ミーティアが部屋の中に入って、宝箱に駆け寄る。

近くでじっくり観察するだけで触《さわ》ったりしないのは、教育の成果と言うべきか。

「あっ、ミー！　……すみません、ナオさん」

「ははは……、まぁ、構わない。先に宝箱を調べるか」

いつものように宝箱の罠を調べ終わると、ミーティアが嬉々《きき》として蓋を開けて中を覗き込む。

「んー、なんか、小さい玉？」

「毎度の如く、宝箱が無駄におっきいねぇ。水晶玉《すいしょうだま》かな？　濁《にご》ってるけど」

ユキが宝箱から拾い上げたのは、ピンポン球サイズの乳白色の珠《たま》。

「宝飾品《ほうしょくひん》か、何らかの効果があるアイテム？　トーヤ、判る？」

ハルカの問いに、トーヤがじっとそれを見つめて困ったように首を振る。

「あ～～、『宝珠』だな。詳細《しょうさい》は不明。すまん」

宝珠といえば、イシュカさんが貸してくれた光の宝珠を思い浮かべるが、感じられる雰囲気からして、そこまで凄い物ではないだろう。だが、ただの宝飾品とも思えず――。

「これもギルドで鑑定してもらわないとダメか。【鑑定】スキルが、もうちょい使い勝手が良ければなぁ……。まぁ、【ヘルプ】スキルに比べればマシだが」

「あれは、最初の地雷避《じらいよ》けがメインの用途《ようと》でしょ。一応、今でも使えるし」

「頼《たよ》る機会は減ったけどな。俺もある程度の常識は覚えたし」

知らない野菜の名前を教えてくれたりするので、たまには便利な【ヘルプ】だが、【鑑定】スキルの超劣化版《れっか》という感じなので、用途は限定的。神殿詣《もう》でをしたおかげか、魔物の名前も判別できるようになったが、トーヤかユキがいたら別に必要ないんだよな。

「――まぁ、それより今は、あっちの方が問題なんだが」

俺の言葉で全員が揃って目を向けたのは、部屋の左奥。

そこには直径二メートルほどの魔法陣《じん》が描かれ、よく見るとほんのりと光を放っていた。

「待望の帰還装置、かしら？」

「う～ん、なんとなーく、時空系の魔法っぽい雰囲気は感じるけど……ナオ、どう思う？」

「俺も同意見だ。転移トラップという可能性もゼロじゃないが――」

「それなら隠《かく》すだろ？　普通に気付くぜ、こんな風に光ってたら」

「だよな？」

俺たちは『光《ライト》』を使える人材が三人もいるので、かなり明るくして探索しているが、普通の冒険者はランタンなどを使う。その程度の灯《あか》りなら、『ほんのり』でも十分に目立つだろう。

「たぶん大丈夫でしょ。……たまに、より深い場所へ飛ぶショートカットもあるみたいだけど」

「悪意がないなら、隠す必要もないと？　大丈夫じゃないだろ、それは」

帰りたい俺たちからすれば、上に行くのか、下に行くのか、是非とも明記をお願いしたい。

「何かヒントは……う～ん？　時空魔法っぽいけど、ちょっと違うんだよね」

「俺たちの勉強不足もあるとは思うが……。これを使うべきか、どうか」

帰還装置を見つけるのが目的ではあったが、考えてみれば、そう書いてあるわけじゃないんだよなぁ……。これまでのダンジョンでは、使った人がいたから判っているだけで。

「とはいえ、これを使わないという選択をするなら、二層まで戻ることになりますよ？　あの通路が元に戻っていることを期待するか、自力で掘り起こすか、ナオくんの転移に頼るか」

「ミーはあんまり戻りたくないの……」

「この魔法陣が許容できるリスクか、よね。……多数決。これを使うのに反対の人は？」

明確に『戻りたくない』と口にしたのはミーティアだけだったが、他もやはり似たような表情であり、ハルカがそう尋ねると、誰も手を挙げることはなかった。

「それじゃ、みんなで手を繋いで、同時に入ろっか？」

「ですね。万が一、別々の場所に飛ばされでもしたら、事《こと》ですから」

「そこまでヤバい物じゃないと思いたいが……」

もしこれがゲームなら、敵の強さ的にもそこまで難易度が高い罠はなさそう、とか判断できるのだが、この世界は現実。ダンジョンについても、判っていないことの方が多いからなぁ。

俺たちはやや緊張気味に魔法陣を囲んで輪になり、全員で手を繋ぐと――。

「それじゃ、いくよ？　せーのっ！」

ユキの掛け声と同時に魔法陣の中に足を踏み入れる――が、何も起こらない。

「………不発？」

まるでハルカのその言葉を待っていたかのように、魔法陣が突然、強い光を放った。

視界が白く染まり、俺はあまりの眩しさに目を閉じる。

そして、数秒後。再び目を開けた俺の視界に飛び込んできたのは――緑の森と太陽の光だった。

「ここは……廃坑の入り口か！」

辺りを見回すと、溶岩猪《ラーヴァ・ボアー》によってなぎ倒された木々や、荒らされた広場が目に入る。

振り返ればそこにあるのは廃坑――いや、今となってはダンジョンの入り口と言うべきか。

「やったぁ！　大勝利！」

「ふぅ……」

喜びと共に声を上げるユキと、安堵《あんど》したように息を吐くハルカ。

「うぅ～、うっ！　森の空気が気持ち良いの！」

ミーティアはぐぐっと身体を縮めてから、大きくぴょんと両手両脚を広げて深呼吸をしている。

「太陽を見られるのは、落ち着きます」

「あぁ。久しぶりの太陽だ！　日差しはまだ強いが、今ならこれもまた良し！」

メアリはホッとしたように息を吐き、トーヤは空を見上げて声を上げる。

ダンジョン内ではそれぞれが互《たが》いに遠慮してか、不平不満を漏らすようなことはなかったが、やはりストレスは抱《かか》えていたのだろう。久しぶりに全員が心からの笑みを浮かべている。

「はぁ……ホッとはしたけど、魔法陣は一方通行だったみたいね」

「あの魔法陣みたいな、時空魔法の雰囲気みたいなものも感じないな」

暫《しば》しの喜びを噛み締《し》めた後、改めて俺たちが転移してきた場所を調べてみるが、そこには何の痕《こん》跡《せき》もなく、当然ながら、その場所に立っても何も起こらない。

「つまり、ピッカウを狩るためには、また何日もかかるわけか。……めんどいな？　ナオ、転移魔法の実用化を、オレは切に望むぞ？」

「ミーも！　ミーもまた、あそこに行きたいの！」

出てきたばかりなのに、早速次のことを考える元気な獣人組である。

「努力はする――が、次は転移ポイントの魔道具を作ってからだな」

「だよね～。ま、地図はできてるから、最短距離を通れば前回よりは短期間で行けるけどね？」

「でも、あの坂道、通れるようになっているんでしょうか……？」

そんなメアリの問いに、ハルカとユキがあっさり首を振る。

「それは大丈夫じゃない？　普通の洞窟ならともかく、これ、ダンジョンだし」

「うん。ダンジョンの罠は復活するみたいだし、入れなくなったらダンジョンじゃないし」

よく解らない存在だよな、ダンジョン。

ゲーム的ダンジョンとは一致しない部分もあれど、不思議な部分もやっぱり存在するわけで。

「ま、それはまた今度確認するとして。まずは一度帰ろう。だいぶ家を空けてしまったからな」

「そうですね。ディオラさんとか、心配されているかもしれません」

「ダンジョンに行くとは伝えてるけど、逆にそれが心配させてるかもしれないわね。——あ、ディンドルも採っておかないとマズいわね。下手したら、季節が終わっちゃうわ」

ディオラさんの名前で思い出したのだろう。ハルカがディンドルの木がある方に視線を向けてそう呟くと、メアリが遠慮がちに声を掛けた。

「あの、ハルカさん。ディンドルって何なんでしょうか？　名前だけは何度か聞きましたが……」

「メアリたちは食べたこと、なかったかしら？　この時季にこの森で採れる果物よ。私たちの今があるのは、この果物のおかげと言っても過言じゃないわね」

「それじゃ解らないだろ？　高い木に生《な》るこれぐらいの赤い果物で、甘くて美味しいんだ」

俺が手で大きさを示しつつ補足を入れると、ミーティアが身を乗り出した。

「甘い果物！　ミーも食べてみたいの！」

「もちろん構わないぞ。——というか、採ってから帰るか？」

今の俺たちであれば、あの辺りの森は身構えるようなエリアではない。

去年は普通のバックパックで頑張ったが、今年はマジックバッグがある。

特に問題はないのではと、主に頑張ることになるハルカに目を向ければ、彼女はすぐに頷いた。

「良いんじゃない？　また採りに来るにしても、食べ頃《ごろ》の物をできるだけ多く採りたいし」

「ナオくんとハルカが問題ないのなら、賛成です。できるなら手伝いたいですが……」

「いや、大丈夫だ。たぶん、俺たちだけの方が危険性も低いし」

申し訳なさそうなナツキに、俺は首を振る。

普段はあまり意識しないが、去年のアエラさんの動きを見ても、やはり種族特性みたいなものは存在するのだろう。木の上で活動するなら、エルフである俺とハルカの方が良いだろうし、あんな高い木の上に何人も登るのは、それはそれで怖い。

「オレたちの役目は、木の下で荷物を守ることだな――って言っても、今年は楽そうだが。去年の今頃はオレは一人だけ。少しビクビクしながら、枝の上に避難《ひなん》していたけどな」

「トーヤお兄ちゃんでも、そんな時期があったの？」

「そうだぜ？　だから、ミーティアたちも気を付けるんだぞ？　今のお前たちだとゴブリン程度は斃せるが、もしヴァイプ・ベアーに遭遇すると危険だからな？」

去年、ロープで寝床《ねどこ》を作っていたトーヤが、ビクビクしていたかについては、大いに議論の余地があるが……ミーティアたちが素直に頷いているので追及はすまい。

「解ってるの！　ちょーしに乗った冒険者から死んでいくの。戦えると思った頃が危ないの」

訳知り顔で得意げなミーティア。間違ってはいないと思うが――。

「誰に訊いたんだ？　それ」

「すみません。この前の歓迎会《かんげいかい》の時、ディオラさんに冒険者の心得を尋ねたみたいで……」

「ディオラさんなら問題ないわ。——あまり変な知識を身に付けたら危険だから」

「うんうん、こっちでも情報リテラシーは重要だね」

おかしな冒険者から聞きかじったのなら、と不安だったのか、メアリの説明にハルカとユキが安堵も顕わに頷く中、トーヤは先導するように歩き出す。

「よっしゃ！　それじゃ、早く行こうぜ！　たくさん採って帰らないといけないからな！」

「行くの！　美味しい果物、たくさん採るの！」

それから俺たちは、複数の木を巡《めぐ》って大量のディンドルを無事に収穫《しゅうかく》。

ホクホク顔で、ラファンの町へと帰還したのだったが——。

第四話　帰還。そして、その先へ

俺《おれ》たちが何日ダンジョンに籠《こ》もっていたのか。

その正確な日数は判《わか》らなかったが、外に出てきたのは午前中だったらしい。

久し振《ぶ》りの日光浴を楽しみながらピクニック気分で昼食を摂《と》り、ディンドルの実も採取する。

アエラさんの軽快さには未《いま》だ敵《かな》わないものの、俺とハルカの能力は去年より向上しており、更《さら》に今年はマジックバッグのおかげで、実質的に持てる量に制限がない。

であれば、採れる物は全部採ってしまおうと熱中した結果、俺たちがラファンに戻《もど》ったのは夕方近く、ギルドが忙《いそが》しくなる時間帯だった。

今行くのは迷惑《めいわく》かと思いつつも、『せめて一言挨拶《あいさつ》だけでも』と、顔を出してみたところ――。

「皆《みな》さん！　ご無事だったんですね‼」

椅子《いす》を蹴倒《けたお》して立ち上がるディオラさんという、珍《めずら》しい光景を目撃《もくげき》することになった。

「はい、見ての通り、特に怪我《けが》もなく」

「よかったです。ダンジョンに行くと聞いた後、連絡《れんらく》が取れなくなってしまったので……」

俺がやや戸惑《とまど》い気味に答えると、ディオラさんはホッとしたように胸を撫《な》で下ろし、少し恥《は》ずかしそうに倒れた椅子を起こして、改めて俺たちの顔を見回した。

「もしかして、ずっとダンジョンに潜《もぐ》っていたんですか？　メアリさんたちも連れて？」

「はい。少しトラブルがありまして。まぁ、詳《くわ》しくはまた後日ということで、良いですよね？」

「良いわけありません。もちろんお疲《つか》れなら考えますが……そういう感じではなさそうですし？」

俺の『お忙しいでしょうし、今日はこのへんで……』という雰囲気《ふんいき》の言葉を、ディオラさんはぴしゃりと否定、胡乱《うろん》な視線で俺たちを見る。

まあ今の俺たち、控《ひか》えめに言っても元気いっぱいである。

久し振りの青空、久し振りの太陽、そして凄《すご》く久し振りの新鮮《しんせん》なディンドル。

それらを堪能《たんのう》した俺たちは、不調とはまったくの無縁《むえん》であった。

「でも、今から忙しくなる時間ですよね？」

「そんなの、どうとでもなります。ちょっとこっちに来てください」

他の受付嬢《うけつけじょう》が向ける『マジですか⁉』という視線など何のその。

カウンターから出てきたディオラさんは、俺の手を引っ張って個室に連れ込《こ》むと、やや強引《ごういん》にソファーに座《すわ》らせ、『さあ、話してください！』と仁王立《におうだ》ちになった。

「詳しく聞かせてください。何があったんですか？」

「何というか、ダンジョンに入ったら、戻れなくなっただけなんですが。実はですね……」

そうして俺が、ダンジョンで経験したことを大まかに話し終えると、途中《とちゅう》、心配そうな表情を浮《う》かべていたディオラさんは、ホッとしたように息を吐《は》いた。

「そうですか……。無事に戻ってこられて良かったです」

「オレたちが戻ってこないと、ディンドルが入荷《にゅうか》しないもんな？」

トーヤのその言葉は、ちょっとした軽口。

しかしディオラさんは、初めて見せるとても迫力《はくりょく》のある笑《え》みを彼《かれ》に向けた。

「トーヤさん？　いくら私でも、ディンドルよりも皆さんの安全の方を心配しますよ？」

「ですよね。もちろん俺は解《わか》ってます。トーヤ、冗談《じょうだん》でも言うべきじゃないことはあるだろ？」

「だ、だよな。すみません、ディオラさん」

すぐにトーヤが頭を下げると、ディオラさんも穏《おだ》やかな表情に戻って小さく頷《うなず》く。

「いえ、解って頂ければ。……私も大人げなかったですね。ここしばらく不安だったので」

「心配してくれてありがとう。でもそうなると、ついでに採ってきたディンドルは——」

ハルカがお礼を言いつつ、『これは納品用に』と抱《かか》えていたバックパックを床《ゆか》に置こうとするが、その手を力強くガシッと掴《つか》む人がいた——言うまでもなく、ディオラさんであるが。

「それはそれ、これはこれ。採ってきて頂けたのなら、もちろん受け取りますよ？　ギルドへの納品でも——私への心遣《こころづか》いでも」

「露骨《ろこつ》に要求してきたわね……？」

呆《あき》れの混じったハルカの視線を受け、ディオラさんは「あはは」と笑う。

「ルーキーの冒険者《ぼうけんしゃ》には言ったりしませんよ？　でも皆さん、もう中堅《ちゅうけん》以上じゃないですか」

「まぁ、お世話になってるから、あげるのは別に問題ないんだけど……」

ハルカがディンドルを五つ取り出してテーブルの上に並べると、ディオラさんの顔が輝《かがや》く。

「ありがとうございます！　ギルドへの納品もして頂けるんですよね？」

「もちろん。――今年は消費する人が多いから、そこまで多くはならないと思うけど」

露骨に不安げなミーティアの表情が見えたのだろう。ハルカがそう付け加えると、ミーティアの顔がパッと輝き、それに気付いたディオラさんも、苦笑《くしょう》するだけで何も言わなかった。

実際、今の俺たちからすると、ディンドルで稼《かせ》げる額はそこまで大きなものではなく、どちらかといえば冒険者ギルドに対する貢献《こうけん》という面が強い。

言い方は悪いが、副支部長であるディオラさんの機嫌《きげん》さえ取れるなら、なんでも良いのだ。

「それで、ダンジョンで得た魔石《ませき》と素材の買い取りと、アイテムの鑑定《かんてい》もお願いしたいんですが」

「かしこまりました。皆さんはランク五ですから、鑑定費用は一つあたり金貨一枚ですね」

「ランクによって違《ちが》うんですか？」

「はい。鑑定は基本赤字なので、ギルドとしては無駄《むだ》に引き受けたくはないんです」

苦笑するディオラさんが教えてくれたところによると、ギルドの鑑定は冒険者に対するサービスという面が強く、それ単体で利益を出すことは考えていないらしい。

とはいえ、あまり赤字が膨《ふく》らむのも困るので、料金はランク三以下で金貨一〇枚、ランク四で金貨三枚、ランク五と六で金貨一枚。ランク七以上は一律で大銀貨五枚。

はっきり言うなら、『低ランクが持ち込む物なんて、価値がねーだろ』ということである。

ランク七以上が一律なのは、そのランクになると大銀貨五枚程度は端金《はしたがね》、あまり安くする意味もないし、大量のアイテムを纏《まと》めて持ち込むことも多いので、そのぐらいの手数料でも案外、黒字になったりするんだとか。

「少しお待ちください。道具を持ってきますので」

そう言って部屋を出たディオラさんが持ってきたのは、二つの道具。

一つは普段《ふだん》よく目にする魔石の魔力量を測る魔道具、もう一つは本ぐらいの大きさの黒い板。

ディオラさんはそれらをテーブルに置くと、俺たちが出した魔石を手に取る。

「まずは、魔石から調べますね。……ふむふむ、判ってはいましたが、あまり高い物はありませんね。予想通り、ダンジョンとしては微妙《びみょう》な感じですね」

「稼ぎという点では、ダンジョンの周りの方が稼げますよねぇ……。あ、以前言われていたあのダンジョンの名前ですが、〝避暑《ひしょ》のダンジョン〟でお願いします」

「〝避暑のダンジョン〟……涼《すず》しかったんですか？」

苦笑して訊《き》き返すディオラさんに、俺たちは頷く。

「ええ。夏場の活動場所としては適してますね。その点では森以上です」

「承《うけたまわ》りました。それで登録しておきます。でも、それが売りでは、入る人はいないでしょうね」

「そうか？　オレたちとしては、案外悪くない印象だったんだが」

「それは皆さんだからですよ。この町の冒険者はゴブリンの相手がせいぜいというレベル。ダンジョンに着く前に死にますし、頑張《がんば》って辿《たど》り着いても効率の良い魔物がいるわけじゃなく、得られる素材もそこそこ。これでは、他の町から腕利《うでき》きの冒険者が来ることもないでしょうね」

まぁ、確かに。涼しい以外のメリットと言えば、美味《おい》しい肉が得られることぐらい。

俺たちからすると、メアリたちの訓練としてちょうど良い場所だったが、アンデッドがいることも含《ふく》めて考えれば、普通の冒険者にはあまり人気が出ないダンジョンだろう。

「しかも、二層目に入るなり閉じ込められてしまいますし。並の冒険者なら死んでますよ？　あとはその罠《わな》が何度も作動するかですね。一定期間で元に戻るタイプだとは思うんですが……」

「そういうものですか？　誰《だれ》かが掘《ほ》らないと塞《ふさ》がったまま、とかではなく？」

「それじゃ、誰も入れなくなるじゃないですか。不思議とダンジョンは、そういうものなんです」

訳知り顔で説明するディオラさんの言葉を聞き、ミーティアがにぱっと笑う。

「良かったの！　お肉、また狩《か》りに行けるの！」

「ふふっ、そうですね。またナオさんたちに連れて行ってもらうと、良いですよ？」

「うん！　楽しみなの」

ディオラさんは深く頷くミーティアを微笑《ほほえ》ましそうに見つつ、計測の終えた魔石を一纏めにすると、もう一つ持ってきていた黒い板を手に取り、その表面を布で拭《ぬぐ》った。

「次は宝箱のアイテムですね。滅多《めった》に使わないので、ちょっと埃《ほこり》が……」

「ディオラさん、その板は……？」

おそらくは金属製。表面に描《えが》かれている二重の円が見て取れたが、用途はさっぱり判らない。

「魔道具を簡易的に判定する物です。ハルカさん、この円の中心にアイテムを置いてください」

「えっと……じゃ、ペンダントから。——これで良い？」

ハルカがペンダントを板の上に置いて待つこと暫《しば》し、描かれた円が薄《うす》ぼんやりと光を放った。

「はい、大丈夫《だいじょうぶ》です。ただのアクセサリーを鑑定しても、お金と時間の無駄ですからね。こんな風に光ると、少なくとも何らかの魔道具である可能性が高いと判ります。もっとも、そのペンダントに付いている宝石なら、宝飾品《ほうしょくひん》としてもそれなりの価値はあると思いますけど」

続いてランプ、宝珠《ほうじゅ》も載《の》せてみるが、こちらも同様に光を放つ。この道具が埃を被《かぶ》っていたのは、付近にダンジョンが存在せず、鑑定を希望する冒険者もいなかったかららしい。

「便利ですねぇ。それでは、鑑定は引き受けてもらえると？」

「はい。お預かり致《いた》しますね」

ただし、鑑定結果が出るのは早くても数日、遅《おそ》ければ数ヶ月単位と幅《はば》があるらしい。

ちなみにその『数日』は、同じ町にいる錬金術師《れんきんじゅつし》が鑑定できた場合の話。

ラファンの町にはリーヴァしかいないので、残念ながら可能性は低そうである。

「もしこれらが非常に高価なら、冒険者が押《お》し寄せるかもしれませんが……」

ディオラさんは『まずないだろう』という表情で小さく首を振り、言葉を続ける。

「あえて良い点を挙げるとするならば、帰還用の魔法陣《じん》があることでしょうか」

「確かにあれは便利でした。同じ距離《きょり》を歩いて帰ってくることを考えると……厳しいです」

ナツキがしみじみと言葉を漏《も》らし、それに同調するように俺たちも『うんうん』と頷く。

地図を埋《う》めながらとはいえ、あそこまで辿り着くのに掛《か》かった日数は二〇日以上。

最短の経路を選んで帰るにしても、少々うんざりするような距離なのは否《いな》めない。

「儲《もう》かるダンジョンであれば、ギルドが転移装置を設置するんですけどね」

「そんなことができるんですか？」

「簡単にはやりませんよ？　凄くコストが掛かりますから」

ディオラさんによると、時空魔法使いや錬金術師を動員すれば、ダンジョンの特定の階層へ移動できる転移装置も作れるらしい。だが、設置コストと維持《いじ》コストがかなりの額となるため、余程《よほど》利益になるダンジョンでなければ設置されることはないようだ。

「ま、ラファンでは関係のない話ですよ。ダンジョンの場所は悪く、敵や宝箱もイマイチ。潜るメリットがありませんし、メリットがない以上、整備されることもありません。ダンジョンも場合によっては町の発展に寄与《きよ》するんですが、今回のは……」

「放置ってこと？」

ハルカの確認《かくにん》に、ディオラさんは苦笑しつつ頷く。

「そうなると思います。おそらく、大きく告知されることもないでしょう」

新発見のダンジョンには、大きなリスクと共に一攫千金《いっかくせんきん》の夢がある。

その上、ギルドの管理下にないダンジョンであれば、ランクに関係なく入ることができるため、低ランクで燻《くすぶ》っている冒険者でも挑戦《ちょうせん》することだけはできる。

本来であれば、そんなランクで入ること自体が自殺行為《こうい》なのだが……夢見がちな冒険者は『一攫千金』だけに目を向けて、『リスク』からは目を背《そむ》けてしまうのだ。

「そんな冒険者が死んでも自業自得《じごうじとく》ではあるんですが、無駄に死者を増やしたいわけじゃないですからね。情報は出しますが、大半の人は気付きもしないと思いますよ？」

「そうですか。まぁ、俺たちとしては余計な警戒《けいかい》をせずに済むので、好都合ですが」

「皆さんは、今後もあのダンジョンの探索《たんさく》を続けるんですか？」

「えっと、時季によって銘木《めいぼく》の伐採《ばっさい》や、オーク狩りなどもすると思いますが……」

そういえば、明確には話し合っていなかったな、とハルカたちを見回すとメアリたちも含め、全員が小さく頷くなど、肯定《こうてい》的な様子。俺自身、先が気になっていたのも事実で——。

「おそらくは探索を続けることになると思います。——もちろん、無理をしない範囲《はんい》で」

「解りました。ですが、本当に気を付けてくださいね？　今のナオさんたちは、メアリさんたちにも責任を持つ立場なんですから」

普段とは少し違う大人の顔でそう言われ、俺たちは改めてしっかりと頷くのだった。

◇　◇　◇

久し振りに戻った我が家は、予想以上に綺麗《きれい》に保たれていた。

孤児院《こじいん》の子たちがサボるとは思っていなかったが、これならばエディスの家の方も安心である。

「すっきり！　草刈《くさか》りを頼《たの》んでおいた甲斐《かい》があるね！」

「そうね。イシュカさんにお礼を言いに行かないと」

「神様にもお礼を言いに行くの！」

「ふふっ、そうですね。でも今日は、久し振りのお風呂《ふろ》に入って、ゆっくり寝《ね》ましょう？」

「お風呂！　お風呂も楽しみなの！」

「ミーティアたちは、お風呂を嫌《いや》がらないのね？」

猫《ねこ》のイメージがあるからか、ハルカがそんなことを訊くが、メアリとミーティアは揃《そろ》って不思議そうに首を傾《かし》げた。

「え？　なんで嫌がるんですか？　昔の感覚で、ちょっとお湯が勿体《もったい》ないな、とは思いますけど」

「とっても贅沢《ぜいたく》気分なの」

「子供は嫌がったりするのよ。……あれは、暑いからなのかしら？」

「温かくて気持ちいいですけど……。夏でも、水で身体《からだ》を洗うより良いと思います」

「汚《よご》れは魔法で綺麗になるんだが、やっぱ違うんだよなぁ～ってことで、行くぞ、ミーティア！」

「解ったの！　久し振りに楽しむの！」

「あ、ちょっと！　二人が先に行っても、仕方ないでしょ！」

風呂を入れるのはハルカかユキ、もしくは俺の魔法。

駆《か》け出すトーヤたちをハルカが追い、残った俺たちも軽い足取りで後に続いた。


ダンジョンから戻ったばかりということもあり、翌日の早朝訓練は休みとなった。

意識はしていなかったが、気を抜《ぬ》けない場所での睡眠《すいみん》が続き、疲れが溜《た》まっていたのだろう。

俺が目を覚ましたのは太陽が完全に昇《のぼ》り、昼食まで幾《いく》ばくもない頃《ころ》だった。

しかし、そんな時間にも拘《かか》わらず、居間を覗《のぞ》いても誰もおらず、食堂に行ってもやはり人影《ひとかげ》はない。疲れていたのはみんな同じだったかと、俺は一人薬缶《やかん》を火に掛け、揺《ゆ》れる炎《ほのお》を眺《なが》める。

やがて、ブクブクと水が沸騰《ふっとう》し始めるのと前後して階段を下りる足音が聞こえ、さほど間を置かず台所に顔を出したのはハルカだった。

「おはよう、ナオ。早い――ことはないわね」

「ふっ、そうだな。今日はみんなゆっくりみたいだな」

朝の訓練がないからか、今のハルカはラフな部屋着。

髪《かみ》も編まずに下ろしていて、油断のできない宿屋暮らしでは見せることのない格好《かっこう》である。

「私が着替《きが》えてたら隣《となり》の部屋から音が聞こえたし、もうすぐ起きてくると思うけどね。私もナオが起き出した音で目が覚めたからね」

「すまん、起こしてしまったか？」

殊更《ことさら》ドタバタしたつもりはなかったが、あまり気にしてもいなかった。

ハルカの部屋は俺の隣。もう少し注意すべきだったかと尋《たず》ねるが、ハルカはゆったり首を振り、俺が沸《わ》かしていたお湯を使って、二人分のお茶を淹《い》れ始めた。

「別にうるさかったわけじゃないわよ？　単にもう起きるような時間だったってだけ。何かお茶菓《ちゃが》子《し》でも出そうか？」

「いや、もうすぐ昼食だろ？　温かいお茶だけで十分だ」

「そう。……お昼、久し振りに作ろうかしら」

ハルカは俺にカップを渡《わた》すと、自分もお茶を一口飲み、台所に立つ。

俺は壁《かべ》に寄りかかり、お茶で喉《のど》を潤《うるお》しつつ、何とはなしにその背中を眺める。

「ねぇ、ナオ。何か食べたい物ってある？」

「そうだなぁ、ハルカが作るなら何でも美味しいとは思うが、あえて言うなら味噌汁《みそしる》――っぽいスープとか？　ダンジョン内だと、汁物はあまり食べなかっただろ？」

今俺たちの手元にあるのは、ナツキが造った味噌っぽいが味噌ではないソース。

あれを指して俺がそんなことを言うと、ハルカは苦笑しながら頷く。

「そこはもう、お味噌汁で良いでしょ。了解《りょうかい》、それも作るわ。汁物に関しては何か考えたいわね」

色々と詰《つ》め込んでおけるマジックバッグだが、欠点もある。

それはいくら不思議なバッグでも、袋《ふくろ》なのは同じということ。

具体的に言うなら、水の入ったお椀《わん》をマジックバッグに入れて振り回せば普通にこぼれる。

それを避《さ》けるためには、水筒《すいとう》みたいに密閉できる容器に入れるしかないのだが、鍋《なべ》のような器《うつわ》ならまだしも、密閉容器を日曜鍛冶《かじ》師のトーヤが量産するのは、ちょっと難しい。

必然、手持ちの容器も限られ、ストック料理は、あまり汁気のないものが多かったのだ。

「フリーズドライのスープでも作れたら便利かしら？　私たちなら、お湯には困らないんだし」

「そりゃ、あればありがたいが……大変じゃないか？　新しい魔法が必要だろ？」

「『乾燥《ドライ》』が作れたんだから、なんとかなるんじゃない？　あの魔法でもいけるとは思うけど……美味しさを求めるなら改良は必要でしょうね。――どう思う？　ナツキ」

ハルカがそう問いかけると、台所の扉《とびら》が開いて苦笑を浮かべたナツキが入ってきた。

「気付いていましたか。二人きりで、なんだかいい雰囲気だったので、遠慮《えんりょ》していたんですが」

「【隠形《おんぎょう》】まで使って？　確実に覗き見しようってスタイルじゃなかった？」

事実、ナツキの気配は非常に薄く、【索敵《さくてき》】を持つ俺ですら、彼女《かのじょ》が扉のすぐ傍《そば》に来るまで気付けなかった。ハルカが気付いたのも、扉が少しだけ開けられたからだろう。

「――まぁ、いいけどね。それに別に珍しいことでもないわよ？　結構日常よね」

「こっちに来てからは機会もなかったが、前は時々家に来て作ってくれてたもんな」

「へー、そうなんですか。まぁ、そこについては、あえて詳しくは訊きませんけど」

何だか、しらーっとした目を俺たちに向けたナツキだったが、すぐにいつもの穏やかな笑みを浮かべて、言葉を続ける。

「フリーズドライですか？　あれは食材の風味や栄養価を保つことを目的に、加熱を避けて乾燥させる方法です。ハルカの『乾燥《ドライ》』は熱を持ちますよね？　その熱の発生をなくして、水分だけ奪《うば》うことができれば、フリーズドライと同等以上の結果が出るんじゃないでしょうか？」

「……ああ、そっか。真空も、凍結《フリーズ》も、水を短時間で昇華《しょうか》させることが目的なのよね」

「はい。水を沸騰させないように、ですね。ナオくんなら水魔法と時空魔法を組み合わせて、食材の水分を外に転移させる魔法を作れるかもしれませんよ？」

「なかなか難しそうだが……練習してみる価値はあるか」

必要性はそこまで高くないが、魔法の訓練にはなるし、最近は『転移《テレポーテーション》』の練習ばかりで飽《あ》きてきていたところ。目先を変えるのも良いだろう。

「フリーズドライの食品、あったら便利ですからね。いくらマジックバッグがあるとはいえ、荷物が少ないに越《こ》したことはありません。今後もダンジョン探索を続けていくなら、戦闘《せんとう》中も身に着けておけるマジックバッグも検討すべきだと思いますし」

「……なるほど。常にマジックバッグを回収できるとは、限らないか」

今の俺たちは戦闘前にバックパックを置いて、戦闘後に再度背負うという運用をしている。

今後も余裕《よゆう》のある戦いが続くならこれで問題ないのだが、万が一、敵から逃《に》げる場合や、何らかのアクシデントで一人だけ逸《はぐ》れてしまった場合など、荷物が失われる状況《じょうきょう》もないとは言えない。

「例えばウエストポーチとか？　戦闘中も身に着けたままなら、極力軽い方が良いわよね」

「だな。食べ物以外も必要だろうし……。案外重要だな、フリーズドライ」

「普通の携帯食《けいたいしょく》もありますが、美味しくないですからね、あれ」

ナツキがどこか遠い目をするが、きっと俺の目も似たような感じになっていることだろう。

「そういえばあったなぁ、そんな物も。……あれ、どうしたっけ？」

「まだ残ってるわ。紙粘土《かみねんど》みたいと言ったのはナオでしょ？　誰も食べないわよ」

当然か。飢《う》えているならまだしも、美味しい料理がいくらでもあるのだから。

「あれを思えば、やはりフリーズドライは欲《ほ》しいですね。でも、二人は何故《なぜ》そんな話に？」

「ダンジョンではあまり汁物が食べられない、という話になってね」

ハルカが簡単に経緯《けいい》を話すと、ナツキも納得《なっとく》したように頷く。

「なるほど。確かにそれはありますね。ちょっと贅沢な話ですけど」

「本当にね。まぁ、そんなナオのリクエストで、今日のお昼はお味噌汁になったわけ」

「ほほぅ！　『お前の味噌汁が飲みたい。俺のために一生作ってくれ』と？　やったね、ハルカ」

突然《とつぜん》口を挟《はさ》んだのは、まるでタイミングを計ったかのように台所に飛び込んできたユキ。

俺の隣に滑《すべ》り込むと、ニヤニヤ笑いながら俺の脇腹《わきばら》を突《つつ》く。

「そんなことは一切《いっさい》言っていない！　つーか、ユキ、突然入ってきて、いきなりぶっ込むな⁉」

「なんか面白《おもしろ》そうな気配がしたので走ってきました！　ユキちゃんの嗅覚《きゅうかく》に間違いはなかったね！」

「異常があるのは目と鼻のどっちだ？　ハルカに治療《ちりょう》してもらえ」

「私の『狂気治癒《キュア・インサニティ》』で治せるかしら？　手遅《ておく》れだったら――」

「正常だよ⁉　頭も五感も！」

目を剥《む》いたユキに、ハルカが小さくため息をついて二階を指さす。

「なら、変なこと言ってないで、トーヤたちを起こしてきて。もう少しでお昼ご飯ができるから」

「はーい。トーヤ、メアリ、ミーティア、ご飯だよ～」

そう言いながら出ていくユキを見送った直後、とたとたと軽い足音が聞こえてきて――。

「ご飯なの！」

飛び込んできたのは、予想通りミーティア。

だが、起きたばかりなのか、服は寝間着のままで、髪には寝癖《ねぐせ》までついている。

それを見たナツキは、苦笑しながらミーティアの身体をくるりと回転させて、その背中を押す。

「あらあら、ミーティアちゃん、寝間着は着替えましょうね？」

「あ！　着替えてくるの！　――ん～、何着よっかなぁ～」

注意されながらも、戻っていくミーティアがどこか嬉《うれ》しそうなのは、ナツキたちが作った服が色々あるからか。以前は服を選ぶ余地もない暮らしだったみたいだし。

「はよ～、っと。なんか美味《うま》そうな匂《にお》いがしてるなぁ……ふわぁぁあ～、ふぅ」

次に現れたのは、寝間着で大欠伸《あくび》をしているトーヤ。もう大人だから、こっちについてはナツキもスルー。料理を運ぶように指示しているので、俺も一緒《いっしょ》に食堂へ運んでいく。

「す、すみません、寝坊《ねぼう》してしまいました！」

食堂に料理を並べ終えた頃、ミーティアの手を引いて下りてきたのはメアリ。

二人ともきちんと普段着に着替え、今度はミーティアの寝癖も直っている。

「構わないぞ。別に時間を決めていたわけじゃないしな。それじゃ、食べるか」

全員が椅子に座り、俺たちが『いただきます』と手を合わせると、メアリたちも俺たちに倣《なら》って声を揃え、昼食に箸《はし》を付ける――二人に関しては、フォークとスプーンだが。

「さて。やっぱり最初は……味噌汁だな」

温かな湯気が立つ味噌汁を一口――うん、美味い。

久し振りということもあるだろうが、ホッとする味に息を吐くと、ふと視線を感じた。

そちらに目を向ければ、俺の方――いや、俺の持つ味噌汁を見るハルカ。

そんな彼女に俺が小さく笑って頷くと、ハルカも微笑んで味噌汁に口を付けた。

「ふーん、今日の料理は、ハルカが作ったのか」

「判るのか？　ハルカたちレベルになると、全員の料理が美味いと思うが……」

何か含みがあるようなトーヤの言葉に、俺は首を傾げる。

一応【調理】のスキルレベルはハルカが一番高いが、ユキたちもプロレベルだからなぁ。

「お前の反応でな。かーっ！　なんつーかぁ……」

トーヤがニヤニヤ笑いながら顔にぱしんっと手を当て、何か言いかけるが――。

「そういえば、携帯食の処分に困ってたのよね。トーヤ、私の料理が不満なら――」

トーヤの言葉を遮《さえぎ》るようにハルカが口を挟み、彼の背筋がピンと伸《の》びる。

「なんでもありません！　いつも感謝しております!!」

「そう？　なら良いのよ。静かに食べましょうね？」

ハルカがにこりと笑い、トーヤも笑う――乾《かわ》いた笑いで。

まぁ、あれだ。雄弁《ゆうべん》は銀、沈黙《ちんもく》は金。

俺は静かに食事を進め、半分ほど食べたところで全員に話しかけた。

「食べながらで良いから、ちょっと聞いてくれるか？　今後の主な活動は、ダンジョン探索を進めていくということで、みんな良いんだよな？」

昨日のギルドで同意は取れたと思うが、再度確認すると、全員が何となく頷く。

「そうだな、特にすることもないしな。どこか他の町に行くって方法もあるが……」

「う～ん、絶対反対とは言わないけど、折角他の冒険者がいないダンジョンがあるんだから、行けるところまで行ってからで良いんじゃないかな？　独占《どくせん》だよ？」

「私も同意見ね。少なくとも真夏や真冬に関しては、あそこの環境《かんきよう》はありがたいわ」

「はい。メアリちゃんたちを鍛《きた》えるのにも、ちょうどいい場所ですしね」

「えっと、私たちは皆さんが良いのであれば……」

凄く積極的というわけではないが、やっても良いという感じか。ご飯に夢中のミーティアからは特に意見はないが、耳はピクピク動いているので、ちゃんと聞いてはいるのだろう。

「それじゃ、しばらくダンジョンに潜るための準備をして、再度アタックってところか？」

「そうね、今回足りなかった物を用意しましょう。具体的には時計と転移ポイントかしら？」

「オレとしては、メアリたちへの報酬《ほうしゅう》の分配についても、決めておくべきだと思うが？」

「え、私たちは報酬なんて……こうして色々なものを与《あた》えてもらっていますし」

トーヤの提案にメアリが驚《おどろ》いたように顔を上げるが、ハルカがすぐに首を振った。

「いいえ、トーヤの言う通り、一緒に活動する以上、無報酬というわけにはいかないわ」

「でも、この家も、私たちの装備も、皆さんが稼いだお金で買ったんですよね？　稽古《けいこ》もつけてもらっていますし……それを考えると、半人前以下の私たちが報酬をもらうなんて……」

無報酬というわけにもいかないが、対等ではないというメアリの言い分にも一理ある。

それらを踏《ふ》まえて相談した結果、二人が成人するまでは半人前として扱《あつか》い、報酬は俺たちの半分。

ただし、この家の購入費《こうにゅうひ》や装備の費用などは請求《せいきゅう》しないという形となった。

これでもメアリは恐縮《きょうしゅく》していたのだが、今後鍛えていけば二人が十分な戦力になることは確実。

育成コストを考えたとしても、それぐらいは払《はら》うべきだと俺たちの考えが一致《いっち》したのだ。

「あとはディンドルの採取も必要ですね。この時季だけの物ですから」

「たくさん採ったけど、まだ熟《う》れてない物が残ってたもんね。全力で確保しないと！」

「それについては、アエラさんも誘《さそ》うべきだと思うんだが……どうだ？」

この時季にディンドルが採れることはアエラさんも知っているし、去年は一緒に採りに行っている。それにも拘わらず、俺たちが何も言わずに採り尽《つ》くすのは、あまりにも不義理である。

「別に良いんじゃない？　足手纏いになるような人じゃないし」

「むしろ、木の上だと俺たち以上だよなぁ。――さすがは生粋《きっすい》のエルフ」

その上、あの外見で、俺たちの倍ぐらいの年齢《ねんれい》……やっぱエルフである。

「他にも雑用はいくつかあるけど……必須《ひっす》なのはこれぐらいかしら？　他に何かある？」

「あどばしゅ……アドヴァストリス様にお礼を言うの！」

微妙に噛《か》みつつ、手を挙げたのはミーティア。

ハルカとしては、それは雑用の範囲だったのだと思うが、優《やさ》しく微笑んで頷く。

「ふふっ、言いづらい名前よね。それじゃあご飯を食べ終わったら、神殿《しんでん》に行きましょう」

「うん！　たくさんお願いするの！」


神殿はいつものように静寂《せいじゃく》に包まれていた。

決して寂《さび》れているわけではないが、盛況《せいきょう》というわけでもない。これがこの神殿の日常である。

今日はメアリたちもいるし、無事に戻れた感謝を込めて少し奮発、金貨を一枚。

賽銭箱《さいせんばこ》にチャリンと投げて、祈《いの》りを捧《ささ》げる。

《ナオは現在レベル20です。次のレベルアップには9,080の経験値が必要です》

おっと。ダンジョンに入る前が19だったから、レベルが上がってる。

あまり強い敵を斃《たお》した記憶《きおく》はなかったが、いつもと違う環境が訓練になったのだろうか？

それとも、時空魔法の特訓が効果を発揮したのかも、とか考えていると――。

「えっ！」「にゃっ！」

メアリとミーティアが同時に声を上げ、ハルカが心配そうに二人に声を掛ける。

「どうしたの、二人とも？　大丈夫……？」

「んっと、んっと……なんか、変な声が聞こえたの！」

「え⁉　……もしかして、レベルとか、経験値とか、そんな声かな？」

「はい。これって、なんでしょうか？」

ユキの問いをメアリが肯定し、俺たちは顔を見合わせる。

この可能性も考えはしたが、実現性は低いと思っていたのだが……。

「えっと、神様の加護と言えば良いのかな？　あたしたちと同じだから、心配しなくて良いよ？」

「そんな感じね。でも、あまり人には話さない方がいいと思うから、二人とも、秘密ね？」

「解りました」「うん」

二人は神妙に頷くが、しかしステータスの確認と二人への説明は必要だろうと、俺たちはイシュカさんへの挨拶もそこそこに自宅に舞《ま》い戻り、検証を始めた。

「まず……レベルと経験値だよな。いくつって言ってた？」

「レベルは8でした。経験値は――すみません、覚えていません」

「ミーは6だったの」

「あぁ、すまん。経験値は大して影響《えいきょう》がないから、別に構わない。しかし……意外に高いな？」

俺が最初に神殿を訪《おとず》れた時が13。あの頃の俺たちはオークの巣の殲滅《せんめつ》を終えた後だった。

年齢差を考えると、メアリたちって随分《ずいぶん》と優秀《ゆうしゅう》なのでは……？

「二人は頑張ってるもの。それじゃ、心の中で自分の能力を見たい、と願ってみて？」

「はい……あ！　何か目の前に……」

「ミーも！　でも……むー、ちょっと難しいの……」

やはりレベルだけではなく、ステータス確認の能力も得られていたらしい。

まだしっかりと文字が読めない二人に、試行錯誤《さくご》しながら聞き出してみたところ――。

名前：メアリ
種族：獣人《じゅうじん》・虎系《とら》（9歳《さい》）
状態：健康
スキル：【短刀術 Lv.1】　【回避《かいひ》 Lv.1】　【頑強《がんきょう》 Lv.2】　【忍《しの》び足 Lv.1】

【解体 Lv.1】

名前：ミーティア
種族：獣人・虎系（7歳）
状態：健康
スキル：【短刀術 Lv.1】　【回避 Lv.1】　【頑強 Lv.2】　【忍び足 Lv.1】
【解体 Lv.1】

こんな感じのステータスだった。同じように訓練をしていたからか、とてもよく似ている。

意外と【頑強】が高いのは、元の生活環境が影響しているのだろうか？　あと――。

「種族は、やっぱり虎系の獣人か。オレの鑑定ミスじゃなかったみたいだな」

「え……？　あぁ、そうですね。そうなっているみたいです」

「あれ？　あんまり気にならない感じ？」

メアリの凄くあっさりした反応にユキが不思議そうに尋ねるが、逆にメアリは目を瞬《またた》かせた。

「えっと……はい。貴族は血筋を気にするそうですが、私たちには関係ありませんし。祖先が判ったところで、私たちのこの耳と尻尾《しっぽ》が変わるわけじゃないですから」

そう言いながらメアリがミーティアの耳をモフモフと撫でると、ミーティアは少し擽《くすぐ》ったそうに耳を動かし、メアリを見上げた。

「でも、お姉ちゃん。結婚《けっこん》して子供を産むときには、影響があるかもしれないの」

「あ、そうですね。そう考えると、知れたのはちょっと良かったのかも……？」

思った以上に反応が軽い。メアリの言う通り、普通の獣人はあまり気にしないのだろうか？

ただ、彼女は周囲に獣人がいない環境で育っている。それは一応、心に留めておくべきだろう。

「しかし、メアリたちのステータスも確認できるようになったのは、助かるな」

「きっと、ミーが頑張ってお願いしたから、叶《かな》えてくれたの！」

ミーティアは自慢《じまん》げに胸を張るが、あの神様だからなぁ……。

案外、お賽銭を奮発したからという理由だってあり得そうだが、水を差す必要もない。

「そうだな。きっとミーティアが良い子だからだな」

そう言って俺が頭を撫でると、ミーティアは「にゅふふ」と笑い、機嫌良さそうに尻尾を振る。

「でも、強さの目安ができたのは、ありがたいですね。私たち、指導には慣れていませんから」

「だよね～。ちゃんと教えられているか、はっきり判るんだもん」

「私にこんなスキル？　があったなんて……訓練にも力が入ります！」

「うん！　頑張って、どんどんレベル？　を上げていくの！」

そう言ったメアリたちは決意を示すかのように、揃って両手の拳《こぶし》をギュッと握《にぎ》った。

◇　◇　◇

メアリたちがアドヴァストリス様の加護（？）を得た翌日から、俺たちは予定通りにやるべきことを熟《こな》していった。具体的には、アエラさんとディンドル採取に行ったり、時計や転移ポイントなどの魔道具を作ったり、そしてとても重要な『領域転移《エリア・テレポーテーション》』の訓練に明け暮れたり。

もちろん普通の戦闘訓練も続けており、メアリたちもあの日の決意が嘘《うそ》ではないと示すかのように、それなりに厳しい俺たちの訓練にも文句を言わずについてきた。

子供には辛《つら》いと思うのだが、きっと生きていく決意というか、必死さが全然違うのだろう。

とはいえ、訓練だけの子供時代を過ごさせるのは、さすがに保護者としては問題。

『レミーと遊んでこい』とか、『アエラさんの所でおやつでも食べてこい』とか、適度に二人が息抜《いきぬ》きをする時間も作りつつ、ダンジョンから戻って一ヶ月ほど経《た》った頃――。

「あの、そろそろダンジョンに行かなくても、良いんでしょうか……？」

そんなことを言い出したのは、やや意外、メアリであった。

「もちろん、近いうちに行くつもりだが……どうしたんだ？」

「えっと、前回は利益が少なかったんですよね？　最近、消費ばかり多いのが気になって……」

言い出すならばミーティアの方かと考えていただけに、その理由を尋ねてみたのだが、言いづらそうながらも、しっかりとしたメアリの指摘《してき》に、俺は『なるほど』と頷いた。

確かに最近大きく稼いだのは、ケルグでの一件のみである。

ネーナス子爵《ししやく》から褒美《ほうび》も貰《もら》ったが、あれもケルグの件に絡《から》んでのこと。

以降はダンジョンの魔石と肉、それにディンドルを少々売ったぐらいで、なんだかんだでここ一、二ヶ月の収入は金貨にして百数十枚程度。普段の俺たちからすれば少なめである。

対して支出の方はといえば、前回ダンジョンに入る前に全員の装備を調《ととの》えたのに加え、それに比べれば微々たる額だが、大量の食材も買い込んでいる。

更には戻ってきてからも、魔道具の作製に大量の資金を投入したり、興が乗ったらしい女性陣がたくさんの布地や糸、綿などを仕入れてきて、メアリたちをメインとして、俺たち全員の冬服作製に没頭《ぼっとう》したり、毎日のように神殿でお賽銭を放《ほう》り込んだりしているわけで。

それを見ているメアリとしては、不安になるのも当然かもしれない。

「お金についてはまだ心配はないが、訓練ばかりも飽きるか。ハルカ、残りは？」

「ナオの転移に問題がないのなら、ギルドに頼んだアイテムの鑑定結果だけね。もっとも、あれに関しては別に結果が出るのを待つ必要もないんだけど」

「単に気になるってだけだもんねぇ。次に戻ってきた時に訊けば良いだけではあるよね」

剣《けん》やポーションのような微妙な物だけではなく、初めて手に入れたそれっぽい宝物。

結果として『やっぱり微妙な物だった』となるかもしれないが、これが気にならないのであれば、俺たちは既《すで》に冒険者など辞《や》めているだろう。

だからこそ、ユキだけではなく、ハルカも、そしてナツキも残念そうだったのだが――。

「あ、それなんだけどよ、ディオラさんが鑑定が終わったって言ってたぜ？　――一昨日《おととい》」

ポロリとそんなことを言ったトーヤに、全員の冷たい視線が突《つ》き刺《さ》さるのも当然だろう。

「――ちょっと、トーヤ。早く言いなさいよ、それを」

「トーヤお兄ちゃん、それはダメだと思うの」

「あたしたちが楽しみにしてるのを知ってて、それはどうなのかなぁ？　かなぁ？」

「す、すまん。うっかり忘れてた」

三人からは視線だけではなく言葉でも責められ、たじろいだトーヤが素直《すなお》に頭を下げると、ナツキが取り成すように口を開いた。

「まぁまぁ。緊急《きんきゅう》という話でもありませんし。折角ですから、今から訊きに行きましょう？」

言われれば、その通り。実際には、そこまで目くじらを立てる話でもない。

そんなわけで、トーヤは無事に無罪放免《ほうめん》。揃ってギルドに顔を出すと、ディオラさんはすぐに察して俺たちを以前と同じ部屋に通し、先日預けた三つのアイテムを持って戻ってきた。

「アイテムの鑑定結果ですよね？　すぐに来られるかと思ったんですが……」

「すみません。トーヤが忘れていたみたいで」

俺がそう言うと、ディオラさんは小さくなっているトーヤを見て苦笑、言葉を続けた。

「こちらとしては、別に問題はありませんよ。気になっているかな、と思っただけですから。それでは早速《さっそく》。まずはこちらのランプから。これは結構有名で〝虫除《むしょ》けランプ〟と呼ばれる物です」

「とても解りやすい名前ね？」

「はい。効果もその名の通りです。魔力を注ぐと光が灯《とも》り、その光が届く範囲から虫を遠ざける効果があります。冒険者にも人気の魔道具ですね。ナオさんたちぐらいになれば、刺されることもないかもしれませんが、近くに虫がいるだけでも鬱陶《うっとう》しくて不快ですから」

俺たちは『聖域《サンクチュアリ》』を虫除けとして使っているが、当然ながらこの魔法を使える人はかなり稀少《きしょう》。

虫除けランプが冒険者に人気なのも頷ける。

なお、ディオラさんの言う『刺されることもない』とは、この魔法のことではなく、普通の虫では冒険者の防御力《ぼうぎょりょく》を突破できないという意味である。包丁、刺さらなくなるらしいからなぁ。

かといって、虫に集《たか》られても大丈夫とならないのは当然。

刺されはせずとも、精神的には致命傷だ。

「もっとも、持っている冒険者は少ないんですけどね。大抵《たいてい》はお金持ちが買い取るので」

不快なだけで刺されない冒険者とは違い、所謂《いわゆる》『レベル』を上げていないお金持ちや子供にとって、虫刺されは現実的な脅威《きょうい》である。

それ故《ゆえ》、赤ん坊《ぼう》がいるお金持ちや、子供の出産祝いなどに非常に喜ばれる魔道具らしい。

錬金術でも作れるらしいが、効果はダンジョン産の方が高く、当然に値段も高いようだ。

「もちろん、ギルドとしても高く買い取らせて頂きますが……売却《ばいきゃく》されますか？」

「お金には困ってないし、簡単に買えない物なら持っておきたいわ」

すぐにそう言ったのはハルカだったが、ユキやナツキも同調して頷く。

「賛成～。赤ちゃんできたら、あたしたちだって欲しいし。――ハルカさん、ご予定は？」

「そんなものはない。――けど、ヤスエに貸してあげても良いかもしれないわね」

むふふ、と笑うユキにハルカはぴしゃりと答え、しかしすぐに言葉を付け加えた。

「そういえば、ヤスエさんにはその可能性がありましたね。良いと思いますよ？」

「俺も賛成かな。特に俺たちの場合は……な」

マラリアのように、虫が感染させる病気の怖《こわ》さは知っている。更に俺たちは別の世界から転移してきたわけで。母子間の免疫《めんえき》の移行がどうなるのかなど、不安材料も多い。

「んじゃ、キープってことで。メアリたちも良いか？」

「もちろんです」「構わないの！」

トーヤの確認にメアリたちが声を揃え、ディオラさんが小さくため息をつく。

「売ると金貨一〇〇枚を超《こ》えるんですが……皆さんだと関係ないですね。では、これはお返しするとして、次はペンダント。これはかなり強力な抗魔《こうま》のペンダントでした」

「抗魔ってことは、魔法を防げるってこと？」

「防ぐというより、『威力《いりょく》を弱める』ですね。こちらも良いお値段が付きますが……？」

ハルカの問いにそう答え、『どうしますか？』と尋ねるディオラさんに、俺たちは首を振る。

「持っておくべきだろうな。安全性を考えると」

俺たちの基本方針は『命大事に』。多少の金銭と仲間の安全は同じ天秤《てんびん》に載らない。

仮に生活が苦しかったとしても、これを売る選択肢《せんたくし》はないだろう。

「やはりそうですか。あと、一応の注意点ですが、抗魔の効果はすべての魔法が対象になります。支《し》援《えん》魔法や回復魔法も同じように弱まりますから、ご注意ください」

「……あぁ、攻撃《こうげき》魔法だけじゃないんだ？」

ハルカがディオラさんの言葉について一瞬《いっしゅん》考え込み、すぐに納得したように頷く。

「そうですね。今のところ、そんなに都合の良い物は見つかっていません」

攻撃魔法が普通に味方も巻き込むのと同様、魔道具もそれが味方が使った魔法か、敵が使った魔法かなんて区別してはくれないようだ。魔法自体に敵味方識別信号でも組み込めれば話は別かもしれないが……まぁ、現実的には不可能だろう。

抗魔の魔道具自体を自作でき、且《か》つ魔法を使う方にも滅茶苦茶《めちゃくちゃ》高い技量が求められるわけで。

そんな高度なことをやるぐらいなら、運用方法を変える方が絶対に楽である。

ちなみに俺たちの【魔法障壁《しょうへき》】のスキルも選択的には使えず、敵の攻撃魔法を防ぎつつ、味方の回復魔法は受け入れるという器用なことはできない——少なくとも今のところは。

「特定の属性——例えば火魔法などに特化した抗魔の魔道具もありますから、そういうタイプであれば、回復魔法にはほとんど影響がないですが——」

「別属性で攻撃されると効果がない？」

「はい。ただ、攻撃によく使われる火属性の抗魔の魔道具は、特に高値で取引されています」

俺たちも火魔法をメインで使うしな。他の属性でも攻撃はできるが、使い勝手が良いから。

だが、今後は火魔法に耐性《たいせい》を持つ魔物が出てくるかもしれない。

ダンジョン探索を進めるなら、そのあたりも考えておく必要があるだろう。

「もう一点、注意が必要なのは、相手に接触《せっしょく》して魔法を使うと、抗魔の効果が出ないことです」

「つまり、直接手を握って回復魔法を使えば、魔道具の影響を受けないのね？」

「はい。ですが、これは攻撃魔法でも同じです。接触して魔法を使う敵がいると危険ですね。まぁ、接触されている時点で、魔法以前の問題として危ないですけど」

「手で触《さわ》れるなら、魔法よりもナイフでぶっ刺すわな」

肩《かた》を竦《すく》めてトーヤが苦笑するが、実際、魔法を使いながらの接近戦は非常に難しい。

多少なら俺たちもできるが、近距離ではなく接触しての魔法攻撃となると……かなり難しいだろう。特に火魔法とか、下手したら自爆《じばく》になりかねないから。

図《はか》らずもメアリのおかげで、指ぐらいなら『再生《リジェネレイト》』で回復可能なことが証明されたが、そんな攻撃が必要な時点で、『命大事に』の俺たちとしては戦略的に敗北である。

「でも、上手《うま》く使えば有効な魔道具です。――どなたが使うかは、難しいかもしれませんが」

にこりと微笑むディオラさんから、ペンダントが俺に手渡され――俺の手に視線が集まる。

それを感じてハルカ、ナツキ、ユキに目を向けるが……全員がさり気なく目を逸《そ》らす。

「……ふむ。体力面で弱いのは、メアリかミーティアだが」

「さ、さすがにそれは受け取れません！」

「強い敵と戦ってるのは、お兄ちゃんたちなの！」

二人は慌《あわ》てたように否定。そして、その言葉には一理ある。

ボス戦で前に出るのは俺たち。メアリたちは後方だったし、今後もそのつもりである。

「となると、より攻撃を受けやすい前衛――トーヤ、使うか？」

「オレ？　ナツキの間違いだろ、体力面を考えれば。ついでに言うなら……そのペンダント、オレとナツキ、どっちが似合うと思う？」

「答えるまでもないな」

「だろ？　それにナツキが無事なら、魔法で癒《い》やしてもらえるしな」

なるほど。自分にかける魔法なら抗魔のペンダントの影響もない。

ナツキが崩《くず》れなければ、トーヤとしても助かるわけだ。

「それじゃ、ナツキ、ほい」

「良いんですか？」

俺が差し出したペンダントを見て、ナツキは少し遠慮がちにハルカとユキに視線を向けるが、二人は特に反対することもなく頷く。

「やっぱ、あたしよりナツキのほうが、前に出るしね」

「万が一、状態異常系の魔法がかけられた場合を考えても、順当でしょ」

「解りました。それではありがたく。……折角ですから、ナオくん、着けてくれますか？」

「俺が、か？　まぁ、良いけど――」

「ちょっと待って」

差し出していたペンダントを引き戻そうとした俺の手を、ハルカがガシリと掴んだ。

「おや、どうしました？」

「ペンダントは譲《ゆず》ったけど、それはどうなのかしら？　かしら？」

やや引きつったような笑みを浮かべるハルカに、ナツキは悪戯《いたずら》っぽく微笑む。

「ふふふっ、それでは、ハルカ、着けてくれますか？」

「くっ……仕方ないわね」

俺の手からペンダントを取ったハルカがナツキの後ろに回り、その首にペンダントを掛ける。

――いや、別に良いんだが……ハルカに掴まれていた腕がちょっと痛いぞ？

「ふふ、無事に纏まって安心しました。高価な品の分配を巡《めぐ》って大喧嘩《げんか》を始める冒険者も、稀《まれ》にいますので。皆さんの修羅場《しゅらば》なんて、私、見たくありませんから」

「本当かしら……？　あえてナオにペンダントを渡したことに――」

「他意はありません。最後の宝珠ですが、これは〝恩恵《ギフト》の宝珠〟と呼ばれる物でした」

ハルカの胡乱な視線を嘘臭《くさ》い笑顔で受け流し、ディオラさんはやや強引に話を先に進める。

「……まぁ、良いわ。アイテム名の方が気になるし。それで、恩恵《ギフト》の宝珠って？」

「その名の通り、この宝珠を手に持って魔力を込めると、恩恵《ギフト》を得られるというアイテムです」

武器を扱う能力だったり、料理や鍛冶などの技術だったり、もしくは身長などの外見的変化を伴《ともな》うものだったり。極《きわ》まった物では、性別すら変化させる宝珠もあったらしい。

それは明らかに、これまで手に入れた魔道具とは一線を画する効果。ゲームではありそうなアイテムだが、びみょーに現実的なこの世界に於《お》いては、意外なほどの不思議さである。

「なかなかに凄いアイテムですね。それで、これで得られる恩恵は？」

「申し訳ありません。我々にはそこまで調べることができません」

「……え？　調べられない？」

では何のための鑑定なのかと、詳しく訊いてみると、通常の鑑定で調べてもらえるのは基本的な情報まで。詳細《しょうさい》な情報に関しては、『調べてもらえたらラッキー』という感じらしい。

さすがに金貨一枚の鑑定料金では、そこまでのコストは掛けられないようだ。

なお、追加料金を払えば詳細な鑑定も頼めるようだが、必要な費用と期間は大幅アップ、下手をすれば、アイテムを売却しても利益が出ないほどの金額となる。

正にボッタクルな感じの道具屋みたいであるが、ギルドも外部の専門家に報酬を払って調べることになるため、決してぼったくりというわけではない。

「どんな恩恵か調べられるのは、高位の神官だけなのです。依頼《いらい》すれば調べてもらえますが……」

「お布施《ふせ》が必要ですか」

「はい。それもなかなかに高額な。ご希望でしたらご紹介《しょうかい》致しますが？」

「いえ、取りあえずは持ち帰って、心当たりを探します」

「解りました。ただ、老婆心《ろうばしん》ながら、調べずに使うのは控えることをお勧《すす》めします。恩恵《ギフト》のすべてが誰にとってもありがたいとは、必ずしも限りませんので」

「そうでしょうね。忠告、ありがとうございます」

地雷《じらい》スキルの怖さは、俺たちもよく知っている。

――いや、俺たちこそよく知っていると言うべきか。

俺たちが好き勝手言ったからという面もあるだろうが、アドヴァストリス様が凶悪《きょうあく》な地雷スキルをたくさん見せてくれたから。

まぁ、初っ端《しょぱな》から『邪神《じゃしん》』と名乗る相手に都合の良い力を願ったら、碌《ろく》なことにならないのは当然と言えば当然。怪《あや》しげな声に誘われて力を求めれば、最後に破滅するのがテンプレである。

今度は【ヘルプ】で回避もできないし、『取りあえず使ってみる』なんてギャンブルをするはずもない。さすがに【強奪《ごうだつ》】スキルはないと思いたいが、【魅力《みりょく》的な外見】ですら、俺やハルカが得てしまったら面倒《めんどう》なことになるのだから。

そんなわけで、俺たちはディオラさんにお礼を言ってギルドを辞し、次に訪れたのは――。


「これは……恩恵《ギフト》の宝珠ですね」

「判るんですか？」

「はい。これでも私、神官長ですよ？」

その心当たり――当然、イシュカさんの所である。

俺たちが宝珠を取り出すなり看破したその眼力、神官長は伊達《だて》ではなかったらしい。

「見ただけで、簡単に判るものなんですか？」

「そうですね、アンジェ――正神官ではまだ難しいかもしれませんが、神官長ぐらいになれば、それなりに。何故判るかと訊かれると、困りますけど」

うーむ、それなら今後、こんな形の宝珠を見つけた場合、ギルドに持ち込む前にここに持ってくるべきかもしれない。金貨一枚はともかく、一ヶ月以上待たされることもなくなるし。

「ってことは、この宝珠の効果も調べられますか？」

「はい。神官長なら誰でも、とはいきませんが、私であれば。調べましょうか？」

高位神官しか無理という話だったが、俺の問いにイシュカさんが平然と頷く。

「是非《ぜひ》お願いしたいですが、おいくらぐらい……？」

「そうですね、普通は金貨一〇枚以上ですが……鑑定証は必要ですか？」

「鑑定証？」

「はい。どのような宝珠かを証明する物です。売却するときには必須ですね。ただし、それを発行すると、神殿上層部への報告が義務づけられていますので、必然的に……」

言葉を濁《にご》すイシュカさんだが、おそらく支払ったお布施も同時にそちらに流れるのだろう。

逆に発行しなければ、お布施はすべてこの神殿――延《ひ》いては孤児院に使えるということか？

俺が相談するようにハルカたちの方を振り返ると、ハルカは軽く頷き、お財布《さいふ》から金貨を一〇枚ほど取り出してイシュカさんに差し出した。

「鑑定証なしでお願いします」

「ありがとうございます」

ハルカのその言葉に、イシュカさんはニッコリと笑ってお布施を受け取った。

どうせ払うなら、よく知らない所へ吸い上げられるより、ここの孤児院に使われる方が俺たちとしても嬉しいし、自分たちで使うつもりなので、鑑定証なんて無用の長物。

もし俺たちが使えないような物で、売ることになれば鑑定証も必要となるが……そのときはそのとき。そもそも使えないような恩恵《ギフト》の宝珠が高く売れるとも思えないしな。

「それでは、お預かりします」

イシュカさんは俺から受け取った宝珠を恭《うやうや》しく神殿の祭壇《さいだん》に置き、その前に跪《ひざまず》いて祈り始めた。

そして数分ほど。何事もなく祈りを終えたイシュカさんが立ち上がる。

別に神秘的なエフェクトを期待していたわけではなかったが……とても地味である。

「この宝珠は力を増す効果があるようです」

地味でも効果の判定は、きちんとできていたようだ――予想以上に曖昧《あいまい》だったが。

「力、ですか……？」

「はい。攻撃力とか、筋力とか、そんな感じですね」

もう少しスパッと『剣術のスキルが得られます』的な回答が得られると思ったのだが……いや、この世界の人はステータスの確認ができないし、スキルも認識していないから仕方ないのか？

そんな疑問を持ったのは俺だけではなかったようで、ナツキが少し困ったように尋ねる。

「あの、明確に『これ』と判るわけでは？　先ほど祈っておられましたが……」

「そうですね、言葉では伝えづらいのですが、イメージが浮かぶという感じですね。判りやすいもの――例えば剣を扱えるようになる、などは剣のイメージなので簡単ですが、中には判りづらいものもあります。今回のものは、まだ判りやすい方ですね」

「そうなのですか……」

いや、考えてみたら曖昧なのも当然か？

スキルならまだしも、『攻撃力が一〇上がります』的なことを言えるはずもないし、仮に言われても、俺たちだって自分の攻撃力を把握《はあく》していないのだから、その価値すら解らない。

もし、今の攻撃力が一〇しかなければ二倍に急上昇《きゅうじょうしょう》だが、一万以上あれば誤差である。

「……解りました。少なくとも使って不利益はないのですね？」

「はい。それは大丈夫です」

それだけ訊ければ安心。

最初で地雷を回避したのに、こんなところで踏んでしまうとかシャレにならないし。

「ありがとうございました」

「いえいえ。いつでも持ってきてください。特に、鑑定証不要な物は大歓迎《かんげい》です」

イシュカさんはそう言って、少し悪戯っぽく微笑んだ。

◇　◇　◇

「どう思う？　何のスキルが――いや、そもそもスキルなのか……？」

「筋力や攻撃力……【筋力増強】とかでしょうか？」

「もしくは、ナオが言うように、スキルじゃないのかも？　ステータスで能力値は見えないけど、ゲームで言うところのSTR《ストレンクス》がアップするのかもね」

神殿から自宅に戻った俺たちは恩恵《ギフト》の宝珠を前に、その使い道を話し合っていた。

攻撃力アップはありがたいが、最も効果的な使い道となると難しい。

「問題は、誰が使うかだよな」

そう言って周囲を見回すと、何故か全員の視線が俺に向いていた。……おや？

「いや、筋力が上がるなら、ナオが使うべきじゃない？　最近、あたしにも負けてるよね？　たぶん。このままだと、メアリたちにも抜かれかねないよ？」

「うっ！」

ズバッと本当のことを言うユキに、俺は言葉に詰まる。

そうなのだ。同じような訓練をして、レベルもほぼ同じなのに、最近の俺の筋力は、メアリとミーティアを除くと、下から二番目。ハルカ以外には負けている気配が濃厚《のうこう》だったりする。

ユキたちと模擬《もぎ》戦をすると、押し負けてしまうことがあって……。

最初の頃には、少なくともナツキやユキとは、ほぼ差がなかったはずなのに。

これが種族特性というヤツだろうか？

魔力面では勝ててるから、おかしくはないんだろうが、男としては正直、複雑である。

「確かにナオは非力になったよな。前はオレと変わらなかったのに」

前というのは元の世界での話だろう。今となっては比較《ひかく》する気にもならない。

見た目はそんなマッチョでもないのに、馬鹿《ばか》力《ぢから》になってるからな、トーヤは。

もっとも、パーティー内では非力な俺ですら、元の世界とは比較にならない筋力があるのだが。

「だが、筋力が高いトーヤを強化するって方法もあるだろ？」

「いや、オレの場合、普通に上がるから」

「ハルカは――」

「さすがに、ナオよりも力があるっていうのはちょっと……」

視線を向けた俺に、ハルカは苦笑しながら首を振った。

――まぁ、さすがに一番非力というのは、俺の精神的ダメージがちょっと大きい。

ミーティアなんてまだ幼女なわけで……種族の違いがあるとはいえ、それ以下となるとさすがにキツいし、本気で【筋力増強】スキルのレベルアップを図るべきかもしれない。

だが、それにしても、元の筋力が多い方が有利なのは間違いない。

「それじゃ、使っても良いか？」

「ええ。恩恵《ギフト》の宝珠は今後も自分たちで使うことになると思うし、今回はナオで良いでしょ」

全員が頷くのを確認し、俺は恩恵《ギフト》の宝珠を両手で握って魔力を込める。

《力が上昇しました》

そんな声が聞こえると同時、俺の手の中にあった宝珠がふわりと仄《ほの》かな光を放って消える。

「おっ！　使えた、らしい……？」

「みたいね。何も残らないのね……。判りやすくて良いのかしら？　詐欺《さぎ》も防げるし」

「空《から》の宝珠が存在しないのは、確かに良いのかもしれませんね」

ちなみに後で知ったのだが、神殿の発行する鑑定証は宝珠が使用されると一緒に消えるという不思議機能が付いているので、それを使っての詐欺はできないらしい。

逆に言うと、鑑定証のない恩恵《ギフト》の宝珠はほぼ偽物《にせもの》。手を出すのは馬鹿だけなんだとか。

「それで、何か違いはあるか？」

「いや、さっぱり解らん。ただ、声は聞こえた」

「声？　誰の？」

普通なら、『声が聞こえる』とかヤバいヤツだが、この世界ならあり得る現象である。

トーヤも特に不思議そうな表情を浮かべることもなく、普通に訊き返してきた。

「少なくとも、アドヴァストリス様じゃなかったな」

経験値確認の度《たび》に聞いているので、さすがに聞き間違えたりはしない。

アドヴァストリス様は少年のような声なのだが、今回は少し女性的に感じる声だった。

「声が聞こえる、ね。やっぱりこれって、神様が作っているのかしら？」

「そうじゃないか？　宝箱から出てくる他の物ならともかく、これは錬金術では作れないだろ？」

「作れたら正にチートになるわよ」

「錬金術師の最強伝説が始まっちゃうね」

ユキがそう言いながら、ちょっと困ったような、それでいて残念そうな表情で首を振る。

作れたなら凄く便利なのは間違いないが、それを許すほどこの世界は甘《あま》くないだろう。

「神様じゃない可能性もありますが……神様であってほしいですね」

「いるかどうかは知らねぇけど、悪魔とか？　そんなん使ったら、破滅が待ってんじゃね？」

「いや、俺、今使ったんだが？」

神官が鑑定できる物だし、普通に使われているみたいだから、大丈夫だとは思うが。

「キリスト教的悪魔なら大丈夫じゃないですか？　キリスト教が悪魔と言っているだけで、基本的には元々、別の宗教の神様ですし」

神様でもローカライズしてしまう日本とはそのへん、違うよなぁ。

日本の七福神なんて、実在の人物から破壊《はかい》神までバリエーション豊かだし。

懐《ふところ》が深いというか、節操がないというか……。それで無駄な争いがなくなるなら、俺としてはありだと思うけどな。宗教戦争の歴史を知っていると。

「もし日本もキリスト教に征服《せいふく》されてたら、天照《あまてらす》様も悪魔になってたのかねぇ」

「どうでしょうか？　日本は天皇陛下との関係もありますから……ないとは言いきれないですが」

「この世界が宗教的に厳しくないのは、私たちにもありがたいわよね。普通に信仰《しんこう》されているアドヴァストリス様が、『邪神』とか名乗っちゃうぐらいに緩《ゆる》いみたいだし？」

「メアリたちも、特に信仰している神様っていないんだよね？」

「はい。近くの神殿にお祈りに行くことはありましたが……」

「今は、あどばすとりしゅさまを信仰しているの！」

ユキの確認に二人はそう答えるが……ミーティア、微妙に言えていない。

「ふふっ。ま、緩い代わりに、直接的な天罰《てんばつ》があるわけだが……俺たちには関係ないだろ」

「そうね。今後とも程良く、品行方正に生きましょ」

「「「さんせーい」」」

全員が声を揃えると、ハルカも頷き、「さて」と言葉を続ける。

「これでダンジョンに行く準備は——ナオとユキは、転移できるようになったの？」

そういえば、という感じに訊いてくるハルカに、ユキが力強く頷く。

「問題ないよっ！　少なくとも、前回ぐらいの距離なら脱出《だっしゅつ》できるから！　そう、ナオならね‼」

「ユキ、あなたはどうしたのよ、あなたは」

ハルカが呆れ気味に再度訊くと、ユキは小さく笑って確認するように俺を見た。

「あたしも転移ポイントをちゃんと設定してれば大丈夫かな？　やっぱり、転移可能な距離はナオに負けるけどね。あたしも頑張ったんだけど……。ね？　ナオ」

「そうだな。ユキはかなり頑張っていたと思うぞ？　——他人様《ひとさま》に見せられないぐらいに」

魔力を無理に使うと気持ち悪くなる。つまりは、まぁ、そういうことである。

「うん！　あたしとナオのイチャイチャっぷりは、他人様には見せられないねっ！」

「むしろ、病人の看護だったと思うが？　おかげで、光魔法のレベルが上がったぞ？」

結構な頻度《ひんど》で、『小治癒《ライト・キュアー》』と『浄化《ピュリフィケイト》』を使っていたから。

もっとも、『浄化《ピュリフィケイト》』はともかく、魔力消費による体調の悪化に『小治癒《ライト・キュアー》』は大して効果がないので、気分的なものでしかなかったとは思うのだが。

「そう。頑張っていたのなら、何も言わないわ。で、具体的な成果は？」

「俺が転移ポイントを併用《へいよう》した場合でも、パーティー全員で一キロの転移が限界だな」

ハルカのやや冷たい視線に促《うなが》されて俺がそう答えると、ナツキが意外そうに目を瞬かせた。

「えっと……それは、凄いのでは？」

「だが、それで俺の魔力はほぼ枯渇《こかつ》だぞ？　当分休まないと動けないぐらいに」

「あたしはそれの半分ぐらいかな？　自分一人なら、一キロ以上跳《と》べるけどね」

なお、転移ポイントがなくても跳べる距離は変わらないのだが、精度が変わり、これが地味に重要。魔法自体に多少の補正機能があるし、転移不可な場所は魔法の失敗という形で結果が表れるのだが、運が悪いとごく稀に『石の中にいる』みたいなことも起こりうる。

余程の初心者、そして余程運が悪くない限りあり得ないらしいが、なかなかに怖い。

「どっちにしろ、前回の罠で閉じ込められる心配はねぇってことだな。じゃ、明日から行くか？」

「行くの！　今回も、お肉をたくさん狩ってくるの！」

「まだ暴君《タイラント》ピッカウは残ってるけど……お肉がだいぶ減ったのは間違いないわね」

俺たちが食べる量もそれなりに多いのだが、一番の原因はアエラさんのお店に卸《おろ》していること。

ケルグの騒乱《そうらん》前からあまりオークを狩っていないこともあって、在庫も少なくなり、最近は卸す肉の種類もバラバラになっているのだが、実はそれが『飽きが来ない』と好評らしい。

もちろん、どんな肉でも美味しく調理できる、アエラさんの腕があってこそだとは思うのだが。

「むむっ、お肉が少ないのは一大事なの！　今から行くの！」

「えぇ？　今から……？　んー、今日は、その予定じゃなかったけど……」

慌てたように立ち上がるミーティアを見て、ユキが苦笑、メアリも窘《たしな》めるように口を開く。

「ミー、あまり我が儘《まま》を言うのは――」

「いや、ちょうど良いから行くか？　俺も宝珠の効果を確認したかったし」

「そう？　……まぁ、良いかもしれないわね。どうせ、日帰りするわけじゃないし」

メアリの言葉を遮って俺が賛成すると、ハルカも少し考えて頷く。ユキにしても反対というわけでもなかったため、俺たちの遠征は決定され、早速ダンジョンに向かったのだが……。


「ナオ、どんな感じ？　宝珠の効果は実感できた？」

ダンジョンに着いたところでハルカにそう尋ねられ、俺は眉根《まゆね》を寄せて唸《うな》った。

「う～ん、できたと言えば、できたが……。ユキ、ちょっと」

「おっ、力比べをご所望《しょもう》かな？　どぅれ、儂《わし》がちょっと揉《も》んでやろう」

俺が小太刀《こだち》を鞘《さや》ごと抜いたのを見て、ユキもどこぞの腕利きみたいなことを言いながら小太刀を抜き、暫しの鍔《つば》迫《ぜ》り合い。以前だとこれが厳しかったのだが……ギリ押し返せるか。

「むっ、確かに少し強くなったみたい？　劇的とは言えないけど。ユキちゃん、潰《つぶ》れちゃう～」

ずずっと押されながらも笑っているユキに、俺はため息をついて小太刀を引く。

「軽口、叩《たた》ける程度《ほど》だよなぁ。これ、またすぐ抜かれるんじゃないか……？」

なんとか面目《めんぼく》を施せた気もするが、種族特性を考えると、不安しかない。

「単純な筋力じゃなく、成長特性みたいなものが上がったのなら……どうかしらね？」

「だとすれば凄いと思いますが……。あるとも、ないとも言えませんね。作ったのが神様なら」

そうなんだよなぁ。神様だけに、嘘偽《いつわ》りなく何でもあり。そのことを俺たちは体験している。

筋力の弱さは俺の弱点。できればハルカの言うような効果があればありがたいが……。

と、そんなことを考えていると、トーヤが俺の肩をポンと叩いた。

「ナオ、あんま細かいこと考えても仕方ねぇぞ？　普通に訓練をした結果、どんな成果が出るかは神のみぞ知る。それで良いんじゃね？」

「……そう言われると、その通りだな。別に、俺たちがやることに変わりはないか」

詳細な効果が判ったところで、それで訓練内容を変えるわけでも――。

「そうそう。仮にミーティアよりひ弱でも、ナオには良いところもあるんだから！　ね？」

ユキからそう同意を求められたミーティアは、にぱっと笑って頷く。

「うん！　ミーの方が力持ちになっても、ナオお兄ちゃんはナオお兄ちゃんなの！」

……やっぱり、筋トレの時間は少し増やすことにしよう。

「ははは……。で、でも、ナオさんには私たちにはない、魔法という能力があるじゃないですか。私たちとしても、今後もずっと、何一つ勝てないのでは情けないですから」

「メアリは良い子だなぁ。――あ、もちろんミーティアもな？」

可愛《かわい》いことを言ってくれるメアリの頭を撫でると、彼女は恥ずかしそうに俯《うつむ》き、逆にミーティアが不満そうに頬《ほほ》を膨らませるので、そちらの頭も撫で撫で。笑顔になったミーティアは可愛いが、保護者としては、成人するぐらいまでは勝っていたいものである。

「だがまずは、得意分野をきっちりしないとな。ユキ、転移ポイントはどこにする？」

「う～ん、やっぱり平らな場所が良いよね？」

「そうだな。転移した途端《とたん》、地面の凹凸《おうとつ》で足を挫《くじ》くとか、馬鹿みたいだしな。とはいえ――」

溶岩猪《ラーヴァ・ボアー》との激闘《げきとう》の痕跡《こんせき》が残るこの周辺、あまり適当な場所は見当たらない。

「仕方ない。土魔法で平らにしよっかな？　この辺で良いよね？」

入り口の左側の地面、そこにユキが手を置いて魔力を込めると、見る見るうちにその周辺が均《なら》され、それを見たナツキが大袈裟《おおげさ》に目を丸くして口に手を当てた。

「まぁ！　墓穴《ぼけつ》を掘るのがせいぜいだったユキが、成長しましたね」

「ん？　――あ。い、一年越《ご》しでギャグを引っ張ってくるの、止《や》めてくれるかな!?」

「いえ、笑ってほしそうだったので。フフフ」

「めっちゃ、冷笑！　もー、あたしだって、ちゃんと練習してるんだから！」

俺に心当たりのないことで二人が盛り上がっているが……合流する前の話か？

「よく解らないが、ユキが土魔法の練習を頑張ったのは確かだな」

「そうそう。お風呂を作ったり、花壇《かだん》を整備したり……おや？　あんまり戦闘に使ってないぞ？」

「溶岩猪《ラーヴァ・ボアー》ではそれなりに活躍《かつやく》したけどな。だが、今後は鍛える必要もあるだろうな」

小首を傾げたユキに先日考えたことを伝えると、ユキだけではなくハルカも同調して頷く。

「確かに私たち、攻撃は火魔法偏重《へんちょう》ではあるわよね」

「だね～。日常では別の系統をよく使うけど……。よし！　それじゃ今回――少なくとも、前回の所までは、火魔法禁止で行ってみよっか？　無理しない範囲で」

「緩い気もするが、その程度が安全か。――で、転移ポイントはどうやって設置する？」

転移ポイントは縦横五〇センチ、厚み三センチほどの板状。

取りあえず、ユキが均してくれた広場の中心に置いてみたのだが……うん。とても目立つ。

「いや、どう見てもダメだろ⁉　魔物に壊《こわ》されるぞ？　普通に徘徊《はいかい》してんだから」

「だよなぁ。踏むぐらいならまだしも、武器や石で殴《なぐ》ったら普通に壊れるしな」

「ちなみに、これを川の中に放り込んだら……？」

爪先《つまさき》で転移ポイントを突《つつ》きつつ尋ねるハルカに、俺は『うむ』と頷く。

「安心しろ。ちゃんと川の中にも転移できるから。転移前に『水中呼吸《ブレス・ウォーター》』が必須だな」

「なるほど、それなら溺《おぼ》れないね！　――って、対策が違うよ⁉　う～ん、埋めちゃう？　土魔法で固めたら簡単には動かせないし、たぶん気付かれることもないよね？」

ツッコミを入れつつも、現実的対策を提示してくれるユキ。有能である――複数の意味で。

「それじゃ、そうするか。この辺に穴をあけて……」

俺はユキの有能さに敬意を表し、その案を採用、地面を掘って転移ポイントを設置する。

「あとは土をかけて、しっかり固めれば――」

「ちょい待ち。ナオ、埋めるのは一つで良いのか？　ユキのは？」

「ん？　あぁ、問題ないぞ。俺とユキが共通で使えるように作ってあるから。まぁ、これはビーコンみたいな物だから、時々魔石を変えないと使えなくなる欠点もあるが」

一応、一年程度は保《も》つはずだが、交換《こうかん》を忘れるとちょっと面倒。

もっとも、魔石が切れても多少は転移の補助になるので、ないよりはずっとマシなのだが。

「なるほどな、共通化できるなら便利だな」

「別々に作ったら荷物になるからね。ってことで、ちゃんと動作してるか、確認してくるね」

ユキはそう言うと、しゅたたっとダンジョンの中へと走って行き――一、二分。

「I'll be back. ――ばっちし。ちゃんとダンジョン中からでも転移できるよ！」

突如《とつじょ》、目の前にユキが出現、笑顔で親指を立てた腕を突き上げ、とても良い発音で宣《のたま》った。

「そうか、そうか。で、それはオレに対する当てつけか？　お？」

「まさか、まさか。これで安心してダンジョン探索できるねっていう意気込みだよ？」

凄むトーヤに、ユキはぺろっと舌を出して笑い、親指でダンジョンを示す。

「意気込みねぇ？　ま、良いけどよ。それじゃ、準備オッケーか？」

「そうだね――っと、あれも回収しておかないと！」

ハッとしたように、再びダンジョンに向かったユキを俺たちが追いかけると、彼女は入り口傍に
ひっそりと設置されていた、方位計の親機を持ち上げていた。

「あら？　それを回収するんですか？　マッピングに使ってますよね？」

「うん。あんまり距離が離《はな》れちゃうと、使い勝手が悪いから。次の階層――第八層だっけ？　そこの入り口にでも設置し直そうかと」

既に第七層までの地図は完成している。それを考えれば、この魔道具を移動させるのは理に適《かな》っ

ているとは思うが、ハルカは少し困ったように眉根を寄せた。

「ユキ、壊される可能性は考えた？　それ、作るのに結構お金が掛かってるわよ？」

「……あ」

基本的にダンジョンの魔物は外に出ず、外の魔物はダンジョンに入らない。そのため、ここに親機を置いていても壊されることはなかったのだが、ダンジョンの他の場所だと……。

「安全そうなのは、ボス部屋の次の小部屋、もしくは次の階層へ続く階段ぐらいでしょうか？　絶対に安全とは言い切れませんけど、魔物は出そうになかったですね」

「そうだね！　あそこで試《ため》してみようよ。それで壊されちゃったら、ゴメンってことで」

両手を合わせるユキを見てハルカは嘆息《たんそく》、小さく笑う。

「まぁ、仕方ないわね。マッピングしてくれてるのはユキだし、それで壊されちゃったら、マッピングのコストとして考えることにするわ。第八層からもお願いね？」

「まっかせて！　それじゃ、そこまではサクサク行こうかな？」

と、言ったユキの言葉通り、俺たちは半ば駆け足でダンジョンを進み、あまり時間もかけずに二層へと続く坂道まで辿り着いたのだが――。

「元に戻ってるわ。ディオラさんの言った通りね」

そう。ハルカのその言葉通り、崩落《ほうらく》していたあの坂道は元の姿を取り戻していた。

「また崩れるんでしょうか……？」

怖々坂道を覗き込むメアリの隣でトーヤも「う～ん」と唸り、俺とユキを見る。

「ま、今回はナオとユキの魔法があるから大丈夫だろ。ここにも転移ポイントを置くのか？」

「んー、それでも良いんだけど、入り口からの距離を考えると……一番良いのは、四層最後の小部屋かな？　あそこまでなら一度で跳べるよね？　ナオ」

「いや、俺にはよく判らないが、マッピングしていたユキがそう思うなら、間違いないだろ」

ユキは方位計の親機との距離を測りながらマッピングしているので、位置関係を把握しているのだろうが、俺は地図を見るだけ。正確な距離は把握できていない。

「そ、そう言われちゃうと、ちょっと不安になるけど……大丈夫だよ、きっと！」

少し不安そうに眉尻《まゆじり》を下げたユキは、自分に言い聞かせるようにそう言うと、トーヤの背中を押して坂を下り始める。その後に俺たちも続き――何事もなく第二層の広間に到着《とうちゃく》。

「――？　崩れなかったの」

坂を振り返り、漏らしたミーティアの声が、微妙に残念そうなのは気のせいだろうか？

ハルカも同じように聞こえたのか、彼女は少し苦笑して、ミーティアの背中を押す。

「ダンジョンの仕組みは不明だけど、毎回崩すとコストが掛かりそうだものね。ダンジョンに知能があるのなら、引っ掛けても意味のない人はスルーするのかも？」

そんなハルカの予想に、トーヤも『ふむふむ』と頷き、口を開く。

「タワーディフェンス系のゲームだと、罠の修理や魔物の再配置にコストが必要だしなぁ。ボスにポイントを使って罠は後回しとか、あるんじゃね？　ポイント無限ってこともねぇだろ？」

「ポイント配分か。モブを増やすより、ボスを強化して斃す。俺はそのタイプだな」

「強ユニットは復活コストが高かったり、復活できないゲームもあるからなぁ。オレは罠で弱らせて、モブで叩くかな。数は力、ボスは余裕があれば、だな」

——と、そんな話をしながら進んでいると、ミーティアが「むむっ」と難しい顔で振り返った。

「ダンジョンには頑張って、暴君《タイラント》ピッカウを出してもらわないと困るの！」

「えっと……ミー、ナオさんたちが何を話しているか、解ったの？」

話の内容は元の世界のゲームのこと。理解できない話とスルーしていたらしいメアリは、不思議そうに首を傾げるが、ミーティアは腕を組んで「うん」と頷く。

「よく解らないけど、なんとなく解ったの！　ミーのお肉がピンチってことなの！」

なるほど、よくは解ってはいないが、解ってはいるようだ。

「ポイント制かぁ。実際どうなのかは不明だけど、敵がどれぐらい復活してるかで、おおよそ判るんじゃないかな？　少なかったら……ボスもいないかも？」

「一ヶ月近く経ってそれだと、少し心配ね。利益が出ないと、さすがに探索は進められないわ」

「深い場所ではまた違うかもしれませんが……悩《なや》むのは、確認してからで良いでしょう」

ナツキの言葉に頷き、二度目のゴブリン階層を進んでいく俺たちだったが、【索敵】で避けているにしても、遭遇《そうぐう》するゴブリンは前回よりも明らかに少なく、当然のようにボス部屋も無人。

俺たちはとてもスムーズに、四層最後の小部屋まで辿り着いてしまった結果——。

「むぅ。これは由々《ゆゆ》しき事態なの！　宝箱もないの！　ぷんぷん！」

ミーティアさん、尻尾でぴしぴし床を叩いてお怒《いか》りである。

「でも、ミー。次の五層と六層のゾンビも少ないってことだよ？　良いことじゃない？」

「う。ゾンビは要《い》らないの。七層のピッカウだけ、たくさん復活しててほしいの！」

一瞬言葉に詰まり、とても都合の良いことを言うミーティア。

気持ちは解るが、俺がダンジョン側だったなら、斃しにくいゾンビを優先するだろう。

――いや、俺たち特化なら、むしろ減らすか。『浄化《ピュリフィケイト》』一発で斃されるから。

「ま、考察は後回しにして、転移ポイントを設置するか。とはいえ、この部屋だと……」

魔物が来そうにない場所とはいえ、転移ポイントを無防備に置いておくのはさすがに不安。

やるならば、入り口でやったみたいに埋めるのが無難なのだろうが……。

「置き方に悩むね。全面、石のブロックで覆《おお》われてるし」

「オレが鶴嘴《つるはし》でブロックを掘り起こすか？　――あ、ナオたちなら魔法でできるのか？」

「いや、ダンジョンの構造物には魔法が効きづらい。やってくれるなら助かるが、問題はブロックの下に埋めても転移ポイントが使えるか、だよな」

さすがダンジョンと言うべきか、表面的な部分ならまだしも、ダンジョンの構造を変えるほどになると、途端に魔法が効きづらくなる。ダンジョン的には、『壁を掘ってショートカット』なんてことをされると困るからなのかもしれないが、こういうときには少々厄介《やっかい》だ。

おまけに壊された壁なども、時間経過で自動修復するようなので、埋めてしまった転移ポイントが『修復』されて、失われてしまう可能性もないとは言えない。

「ナオ、考えるより試してみれば良いでしょ。トーヤ、お願いできる？」

「任せろ。——よいっしょ！　最初の一個が難しいな……ナオ、鏨《たがね》とハンマーを出してくれ」

「了解。この辺に差し込めば良いか？」

トーヤは力仕事、俺は細かい仕事と分担し、最初のブロックを取り外してしまえば後は簡単。

必要なだけのブロックを取り除《の》けて下の地面を掘り、そこに転移ポイントを設置、再度埋め戻してブロックも元通りに並べる。あとは、転移ポイントが壊れてないか、だが……。

「——今のところは、大丈夫そうだよ？」

「みたいだな。問題は時間が経った場合だが……外の転移ポイントが認識できるから良いか」

前にユキが言った通り、この場所から入り口まで、直線距離では案外近いようで、埋めておいた転移ポイントがしっかりと認識できている。これぐらいなら転移もできるだろう。

「転移は保険みたいなものですしね。ショートカットできれば、もちろん便利ですけど」

「だなぁ。オレとしては、アンデッドの階層はスキップしたいぞ？　毎回は辛い」

「ま、それも含めての実験だな。今回の帰りには判明してるだろ」

多少の懸念《けねん》はありつつも、俺たちは先へ進み、無事に第七層の最後まで到達したのだが、結果としては、良かった点が二つと、悪かった点が一つ。

良かったのは、第五層、第六層とあまりアンデッドと遭遇しなかったことと、数日経過しても転移ポイントが無事に機能しているらしいこと。アンデッドの少なさは稼ぎの少なさにも繋《つな》がるのだが、今回の目的は第八層以降にあるので、これは許容範囲だろう。

逆に悪かった点は、ピッカウもまた少なかったこと。七層全体はもちろん、ボス部屋の暴君《タイラント》ピッカウも未だ復活しておらず、それが目的と言っても過言ではないミーティアは――。

「このダンジョンには失望したの！」

だんっ、と力強く地面を蹴《け》ったのだが……。


「ミーは間違ってたの。このダンジョンは、やっぱり良いダンジョンなの！」

とてもあっさり、ミーティアの機嫌は直っていた。

その理由は単純。第八層以降に出てきた魔物の顔ぶれである。

まず第八層。ここで出てきたのは火炎猪《フレイム・ボアー》と火炎孔雀《フレイム・ピーコック》。簡単に言えば、豚肉《ぶたにく》と鳥肉である。

溶岩猪《ラーヴァ・ボアー》を連想させる火炎猪《フレイム・ボアー》であるが、その脅威度は比較にならず、さほど強くはないのだが、炎を吐いてくるのでちょっと厄介な魔物である――ただし、鼻からだったが。

その瞬間、全員が「「「鼻から⁉」」」とツッコんでしまったのは仕方のないことだろう。

あまりにも衝撃《しょうげき》的な、いや笑撃的な光景に一瞬トーヤの剣筋が乱れたので、僅《わず》かばかりの効果はあったのだろうが、その直後には首が落ちていたため、単なる一発屋でしかなかった。

炎のブレスも射程が短く二メートルに満たないので、判ってさえいればあまり怖くはない。

火炎孔雀《フレイム・ピーコック》の方は、孔雀《くじゃく》のように燃える羽を広げ、それを飛ばして攻撃してくる鳥の魔物。

火炎猪《フレイム・ボアー》と一緒に出てくると、その遠距離攻撃が少し邪魔だが、羽をバサリと広げないと飛ばせないという弱点があるため、攻撃モーションと言うのも烏滸《おこ》がましいほどバレバレである。

飛んでくる羽根も剣で切り払える程度のもので、それ以外は嘴《くちばし》で突《つつ》いたり、爪《つめ》で引っ掻《か》いたり。近づいてしまえば非常に弱く、ミーティアも『焼き鳥！』と喜んで斃していた。

長物を持つ俺やナツキからしても当然、ただのカモである――名前は孔雀だが。

肉は血抜きをしても強烈《きょうれつ》な赤で、ナツキが『本当に鴨《かも》ですね』とか呟《つぶや》いていたが、特徴《とくちょう》といえばその程度。味はブロイラーに近く、使い勝手が良いというのがハルカたちの評価だった。

第九層に出てきたのは、凍結跳兎《フローズン・ペデテス》と鎧尾《アームドテイル》グリプト。

前者は体長三〇センチぐらいのネズミもどき――いや、兎《うさぎ》かな？　地面だけではなく、壁や天井《てんじょう》も使って跳び回るのでちょっと厄介だが、攻撃が当たれば一撃で死ぬので、まぁ弱い。

これだけならただの雑魚《ざこ》だが、凍結跳兎《フローズン・ペデテス》の真骨頂は死んだ後。

なんとこの魔物、斃した瞬間にカチコチの冷凍肉《れいとうにく》になってしまうのだ。血抜きはできないし、解体も難しいので、『正直、どうなんだ？』と思ったのだが、本によるとそれが良いらしい。

まず血抜きに関してだが、むしろ下手に血抜きなどせず、そのまま調理すれば美味しく食べられるのだとか。俺たちも半信半疑で試してみたのだが、これが意外と悪くない。

クセがないわけではなく、ある意味とてもクセのある肉なのだが、予想外なことにそれが良いアクセントとなって、確かにこれなら血抜きが不要というのも頷ける。

そしてもう一つの良い点は、魔力の関係か、この冷凍肉は常温で数日間は保つらしいこと。

このことが、マジックバッグを持っていなかったり、水魔法で凍《こお》らせたりすることができない冒険者にとって、非常にありがたいのは言うまでもない。

もう一種の鎧尾《アームドテイル》グリプトは……一応、哺乳類《ほにゅうるい》になるのか？

硬《かた》い鎧《よろい》に覆われた尻尾を海老《えび》のように丸め、その尻尾をこちらに向けて飛んでくるミサイルみたいな魔物。推進力は口から噴《ふ》き出す水で、たまにその水で直接攻撃してくるので侮《あなど》れない。

もっとも、硬い尻尾を切り裂《さ》くのは難しいが、トーヤの剣で叩くと一撃だった。

難点は、攻撃を避けてしまうと、そのまま遠くまで飛んで行ってしまうところか。

普通に食えるとは書いてあったが、凍結跳兎《フローズン・ペデテス》ほど珍しくはなかったので、今のところ、そのままマジックバッグで眠《ねむ》っている。

次の第一〇層は、斬刈兎《リッパー・ヘアー》と大駝鳥《ビッグ・オストリッチ》。鎌鼬《かまいたち》を飛ばしてくる兎とデカい駝鳥《だちょう》である。

斬刈兎《リッパー・ヘアー》はジャンボウサギよりも少し大きいぐらいで、動きもかなり鈍《にぶ》いのだが、視認しにくい鎌鼬の攻撃がなかなかに厄介で、魔力を感知できなければ避けるのも難しい。

幸い威力はそれほどでもなく、顔などの露出《ろしゅつ》箇所《かしょ》に当たらなければ怪我もしないのだが、メアリたちがいることもあり、出てきたときには俺たちが最優先で斃すことにしている。

最後、大駝鳥《ビッグ・オストリッチ》は正にビッグ。

元々デカい駝鳥に『ビッグ』が付いているのだから、それはもうデカい。

頭の位置は俺たちの遥《はる》か頭上で、ダンジョンの天井を擦《こす》りそうなほど。

その高さから振り下ろされる嘴は床の石を砕《くだ》く威力があり、高速で走り回りつつ繰《く》り出されるキックは、トーヤであっても下手をすれば蹴り飛ばされる衝撃である。

ただ、群れを作らず単体で襲《おそ》ってくるので、上手く回避して足を狙《ねら》えば案外簡単に斃せる。

『鎌風《エア・カッター》』で首を狙い撃《う》ちすることも有効で、慣れてしまえば近づく前に首を切り落とし、労せずして大量の肉を得られるようになったのだった。

――と、まぁ、長々と説明したが、第八層以降、出てくる魔物は見事にすべて肉。

お肉大好きなミーティアの機嫌が良くなるのは、言うまでもないだろう。

ちなみに、メアリとトーヤも嬉しげなので、お肉様の力は偉大《いだい》である。

「むふふぅ～、ミーは今、冒険者を選んだ自分を褒《ほ》めてあげたいの。一生、お肉に困らないの！」

場所は一〇層の最後で出現した、ボス部屋の前。

大きな戦いを前に腹ごしらえと、全員でコンロを囲んで肉を焼いているのだが、ミーティアは踊《おど》るような足取りで周囲を歩きながら両手を突き上げ、そんな宣言をしている。

「まぁ、七層から一〇層まで、豚、牛、鳥、変わり種と、困らないぐらいに揃っているのは認めるが……。それで良いのか、ミーティア？」

「んっと……あっ！　宝箱を出してくれたら、言うことないの！」

少し考え、ハッとしたようにミーティアが出した答えはそれだった。

俺としては、冒険者としての目標みたいなものを訊いたつもりだったのだが……食べ物と宝物があればよいというのは、ある意味、冒険者として真っ当ではあるのか？

ミーティアが、『世界一の冒険者に、ミーはなる！』とか言い出しても困るし。

「そういえば宝箱、出なかったわねぇ、一つも。――ミーティア、お肉、焼けたわよ」

「いただきます、なの！」

ハルカがお皿に肉を載せて差し出すと、ミーティアは宝箱のことなど忘れたかのように、しゅばっと俺の隣に座り、ハルカから恭しくお皿を受け取って肉に齧《かじ》り付く。

「ふふっ。……でも、お肉はたくさん溜まりましたけど、金銭的にはやや微妙ですね、ここは」

「だなぁ。肉は美味いんだが、魔石の価格も……ダンジョン周辺の数分の一か」

「でも、そのお肉を売れば、ある程度のお金にはなりますよね？」

心配そうに尋ねるメアリにユキは頷くが、少し苦笑して続ける。

「まぁね。でも、外の魔物も素材は売れるから……もしかしたら、一匹《ぴき》あたりの稼ぎは一〇倍近い差があるかも？　その分、ダンジョンは出現数が多いけどね」

「この時季はそこまで暑くねぇし、稼ぎだけ考えたら、外で戦う方が良いんだろうな。――だが、それはそれとして、ダンジョンには夢がある‼」

トーヤが言葉に力を込め、俺たちも思わず笑いを零《こぼ》す。他にもメアリたちを鍛えるのに都合が良いという理由もあるが、それを言わないのは気遣い故か――忘れているわけじゃないよな？

「まぁ、現状は肉ばっかかの夢だけどな。さしずめ、七層から一〇層は肉エリアか？」

「ゴブリンエリア、アンデッドエリアに続いて？　特色が判りやすいダンジョンなのかしら？」

「素材集めには便利だと思いますが……意外性はないですね」

「いえ、ナツキ。ダンジョンに意外性は必要なくない？　トーヤに毒されてるんじゃ？」

「酷《ひで》ぇな、おい！　そりゃ、多少はびっくり要素があった方が面白いと――」

「「思ってるんじゃない（か）！」」

俺とハルカが揃ってトーヤにツッコんだり、ダンジョンに関する考察を話したりしつつ、ちょっとしたバーベキューで腹ごしらえを終えた俺たちは、改めてボス部屋の前に立つ。

「よし、準備は良いか？　腹一杯《はらいっぱい》で動けねぇとか、ないか？」

「それを言うならお前――と、ミーティアだろ？　結構な量を食べていたが……」

「大丈夫なの！　あの程度、はらはちぶんめ？　なの！」

俺ならば一二分目ぐらいの量を食べていた気がするが、そこは気にしちゃダメなのだろう。

「今度は何かな？　ピッカウと同じパターンなら……暴君大駝鳥《タイラントビッグ・オストリッチ》とか？」

「それは結構な脅威ですね。ただでさえ大きいのに、あれ以上となると……」

同感である。部屋のどこにいても、頭上から嘴が降ってくることになりそうだ。

「暴君斬刈兎《タイラントリッパー・ヘアー》なら……それも、鎌鼬が怖いわね」

「あれは、私には避けられません……」

「そんときは、オレが対処するから安心しろ。――さて、正解は！」

扉を開けた先、かなり広い部屋の奥《おく》に陣取っていたのは――一六匹の狼《おおかみ》の群れだった。

うち一四匹は普通の咆吼狼《ハウリング・ウルフ》だったが、二匹は体格が桁違《けたちが》いで、咆吼狼《ハウリング・ウルフ》の頭胴長《とうどうちょう》が一・五メートルほどなのに対し、優に三倍以上。体高も二メートルを超え、なかなかの迫力である。

「おっと、トーヤの親戚《しんせき》、ご一同だぞ」

「だから、ちゃうっつーの！　てか、余裕を噛ましている場合じゃ――」

俺の軽口に反論するトーヤから、微妙に焦《あせ》りを感じる。

そのことに若干《じゃっかん》の違和《いわ》感を持つが、理由は【看破】して理解した。

種族：咆吼狼王《ハウリング・ウルフ・キング》
状態：健康
スキル：【噛み付き】　【爪撃《そうげき》】　【咆吼共鳴《ハウル・ゾネイター》】

種族：咆吼狼女王《ハウリング・ウルフ・クイーン》
状態：健康
スキル：【噛み付き】　【爪撃】　【咆吼増幅《ハウル・ブースター》】

明らかに怪しげなスキルがある。しかし、そのことを俺が警告する前に事態は動いた。

「「「ガアォォォウ!!」」」

部屋の狼すべてが同時に咆吼《ほうこう》を放ち、不可視の衝撃が俺たちを打つ。

それは以前喰《く》らったものとは比較にならず、心構えがあった俺ですら身体が硬直《こうちょく》、その隙《すき》を縫《ぬ》うように咆吼狼王《ハウリング・ウルフ・キング》と咆吼狼女王《ハウリング・ウルフ・クイーン》が壁を走り、こちらに向かってくる。

その巨体《きょたい》でも壁を走れるのかと驚愕《きょうがく》したのも一瞬。敵の狙いを理解して焦る。

それは、俺たちの後方に位置するメアリとミーティアの二人。ボス相手のフォーメーションとして後ろに下げていたのだが、咆吼狼王《ハウリング・ウルフ・キング》たちはあえてそこを狙ってきていた。

弱い者から狙うのは狩りの定石だろうが、俺たちとしてはそれを許すわけにはいかない。

最初に硬直が解けたトーヤがメアリの前に滑り込み、左手の盾《たて》で狼の顎《あご》を搗《か》ち上げる。

次に動けたのは俺。タイミング的には——ギリギリかっ！

「くっ——！」

もう一人、狙われているのはミーティア。

そちらに向かって走り、左手で固まっているミーティアを抱え上げるが、そこに振り下ろされるのは、狼の前脚《まえあし》。それを右手の槍《やり》でなんとか逸らすものの、体勢が崩れる。

「ミーティア、しっかり掴まっていろ！」

「う、うん！」

発動するのは、『時間加速《アクセラレイト・タイム》』。相対的に狼の動きが僅かに遅くなり、俺はその隙に体勢を立て直すと、側面に回り込んで後ろ脚のアキレス腱《けん》を狙って槍を突き出した。

「ぎゃんっ！」

加速の魔法が切れ、狼が悲鳴を上げる。転移の練習をしたおかげで、このへんの魔法もある程度は実用レベルになったんだが……かなり疲れるんだよなぁ。

今のところ、自分自身に使うのが実用的な限界というところである。

「『火矢《ファイア・アロー》』！」

復活したハルカとユキが狙ったのは、後方の咆吼狼《ハウリング・ウルフ》。【看破】はハルカも持っている。その結果から、咆吼狼王《ハウリング・ウルフ・キング》たちを無理に狙うより、確実に数を減らす方が重要と判断したのだろう。

しかし、それでも残りは一二匹。そのうちの八匹がトーヤへ、残りの四匹がこちらに。

「ミーティア、動けるか？」

「だ、大丈夫なのっ」

そう言うミーティアの身体は未だ強張《こわば》り、尻尾はくるんと丸まって脚の間に入っている。

これまで安全に戦い続けていたからか、ギリギリの状況に心が対応できていないのか。

俺の身体に回された手も震《ふる》えていて、まともに動ける状態でないのは明白だ。

脚を傷付けられた巨大狼――咆吼狼女王《ハウリング・ウルフ・クイーン》が後ろに下がり、先兵のように飛び込んできた一匹の咆吼狼《ハウリング・ウルフ》の口内に槍を突き込み仕留めるが、片手では引き手が弱く、槍が抜けない。

「くっ――！」

槍を強引に横へ振り抜き、刺さっていた咆吼狼《ハウリング・ウルフ》を捨てるが、次の敵が――。

「ユキちゃんにお任せ！　ナオ！」

走り寄ってきたユキが、奪うようにして俺からミーティアを回収して下がり、俺は即座《そくざ》に両手で構え直した槍で、飛び込んできた二匹の咆吼狼《ハウリング・ウルフ》を打ち払う。

「ミ、ミーは……」

「大丈夫だよ、この程度でどうにかなるほど、あたしたちは弱くないからね！『火矢《ファイア・アロー》』」

ユキは接近戦を諦《あきら》めたのだろう。ミーティアを抱《だ》いたまま下がり、魔法を放つ。

「そうだぜ！　けど――このっ！　――ちっ。ゲームバランス、崩れてねぇか⁉」

「きっとこのダンジョンはナオと同じだったんだよ。モブをケチってボスを強化するタイプ！」

「なるほど、今回のフラグ建築士はナオだったわけね」

酷《ひど》い風評《ふうひょう》被害《ひがい》である――まぁ、俺もトーヤに似たようなことを言っているわけだが。

ちなみに、トーヤの方に向かったのはハルカとナツキ。

トーヤが咆吼狼王《ハウリング・ウルフ・キング》の相手をしている間に、順調に普通の咆吼狼《ハウリング・ウルフ》を減らしている。

しかしそれでも、まだ敵は多く残っており――目の前の巨大狼が息を吸い込む。

くっ、ここで再度【咆吼】を使われると――。

「ナオ、水！」

「『水　球《ウォーター・ボール》』！」

ハルカの端的《たんてき》な指示。俺とユキの放った『水　球《ウォーター・ボール》』が巨大狼の口に飛び込む。

「――ガッ、ゴボボォウ！」

溺れるような音がその口腔《こうくう》から響《ひび》き、似た音がハルカたちの方からも聞こえる。

他の咆吼狼《ハウリング・ウルフ》はそのまま【咆吼】を放つが、出合い頭《がしら》ならまだしも、戦闘中に影響を受けるほど俺たちは弱くない。立ち止まって咆《ほ》えている咆吼狼《ハウリング・ウルフ》の頭を『火　矢《ファイア・アロー》』で吹《ふ》き飛ばし、もう一匹を槍で貫《つらぬ》いていると、ユキもまた、『火　矢《ファイア・アロー》』で一匹を仕留める。

残るは咆吼狼女王《ハウリング・ウルフ・クイーン》が一匹。俺の隣に、ミーティアを後方に退避《たいひ》させたユキが並んだ。

ちらりと視界の隅《すみ》でハルカたちを窺《うかが》えば、そちらも咆吼狼《ハウリング・ウルフ》の始末を終え、メアリも含めた四人で咆吼狼王《ハウリング・ウルフ・キング》を囲んでいる。あの様子だと、始末されるのも時間の問題だろう。

「時間稼ぎをしていれば、楽に斃せそうだが――」

「折角なら、二人で斃したいよね？　――行くよ！　おっきな毛皮のために！」

「――って、おい！　それは傷を付けるなという、要求か⁉」

確かに居間にでも敷《し》けば、良い感じの敷物《しきもの》になりそうな毛皮だけどなっ！

右前方に飛び出したユキを囮《おとり》として、俺は左側へ。注意がユキに向いている隙に脚を狙う。

斃すことを考えるなら魔法の方が効果的だと思うが、ユキの要望を受け入れて槍で。

先ほど俺が後ろ脚を斬《き》ったからか、咆吼狼女王《ハウリング・ウルフ・クイーン》の意識がこちらを向き、慌てたように脚を上げるが、当然そんなことをすればユキの餌食《えじき》となるのは明白である。

後方に回り込んだユキが攻撃したのは、俺が斬ったのとは逆の後ろ脚。

それによってバランスが崩れた巨体が倒れ、俺の目の前にその喉が曝《さら》される。

「勝機っ‼　――とか、言ってみる」

俺は槍を両手でしっかりと握り、喉から頭目掛けて刺し貫いた。

「ナオ、余裕だねっ。あたしも――ふっ！」

ユキが貫いたのは眼球。どうやら本気で、傷のない毛皮を狙っているらしい。

それが止《とど》めとなったのか、それとも俺の槍が頭蓋《とうがい》の中まで届いたのか、宙を掻いていた咆吼狼女王《ハウリング・ウルフ・クイーン》の脚が動きを止め――前後して、トーヤたちの方でも戦闘が終了《しゅうりょう》したのだった。

「いやぁ、今回は、ちょい、焦ったな！」

「そうね、予想外に【咆吼】が――いえ、【咆吼共鳴《ハウル・レゾネイター》】と【咆吼増幅《ハウル・ブースター》】が脅威だったわね。明らかに相乗効果のあるスキルよね、あれは。それを除けば、そこまで強くはなかったけど」

「私には、かなり強く感じましたけど……」

「巨体の割には、ですよ。もしユキの言葉がなければ、もっと早く斃せましたね」

「だって、すっごく大きいよ？　一部屋分の敷物ができるよ？　――ちょっとゴワゴワだけど」

斃れた咆吼狼女王《ハウリング・ウルフ・クイーン》の毛皮を触《さわ》り、ユキが少し残念そうに付け加える。

どうやら、期待外れの手触りだったらしい。

「……そうね。錬金術で処理すれば良い感じになるかしら？」

ハルカも同じように触って眉根を寄せるが、すぐにマジックバッグを取り出して回収を始める。

それはいつも通りの光景だったが、今一つ物足りない。

俺はその原因、狼たちの死体から少し離れた所で俯いているミーティアに歩み寄った。

「ミーティア、怖かったのか？　もう大丈夫だぞ？」

まだ尻尾が垂れたままのミーティアの頭を優しく撫でるが、彼女は俯いたまま首を振る。

「ミーは、何もできなかったの……」

「思ったより強敵だったからな。ミーティアにはまだ早い敵だった。気にすることはない」

「でも、お姉ちゃんは戦ってたの……」

落ち込んでいる原因はそれか。だが、メアリは姉、ミーティアは妹なわけで。

俺がメアリに目配せすると、彼女は頷き、近付いてきてミーティアを抱きしめた。

「私はお姉ちゃんだからね。ミーも、これから頑張ろう？」

「うー……、うん。頑張るの」

姉の慰《なぐさ》めで、ミーティアの尻尾が少し元気を取り戻し――。

「ほら、次の扉が出ましたよ？　宝箱、あるんじゃないですか？」

「……宝箱？」

ナツキの言葉で、ミーティアが顔を上げる。

「あれだけの敵なんだ。それなりに良い物があるかもしれないぞ？」

「それはチェックしないといけないの！」

耳をピンと立てて扉へと駆け寄るミーティアに続き、俺たちも扉へ。いつものように罠を調べてから開けてみると、やや意外なことに、そこは第七層とよく似た構造の部屋だった。

「……階段、宝箱に加えて、魔法陣まで？　これも帰還装置なのか？」

「帰還装置って、もっと珍しい物なんじゃねぇの？」

「そのはずですが……このダンジョンが特殊《とくしゅ》なのでしょうか？」

宝箱と階段があるのは想像通り。しかし、帰還装置は想定外。

これは案外、有望なダンジョンだったりするのか？　移動の労力が半分になるわけだし……。

と、そんなことを思って考え込む俺の肩をハルカが突《つつ》き、微笑みながら宝箱を指さす。

「先に宝箱を確認しましょ？　ミーティアが待ちきれないみたいだから」

「たぶん、罠はないの！　ミーが調べてみたの！」

ハルカに応《こた》えるように、宝箱の前に陣取ったミーティアが主張する。

とはいえ、安全のためにはダブルチェック、トリプルチェックも必要。俺とナツキも調べて頷くと、ミーティアは宝箱をガバッと開けて、中に手を突っ込んだ。

「んっと……これ、なに？」

ミーティアの手にあるそれは……金属製の錫杖《しやくじよう》か？　おそらくは儀式《ぎしき》的な物で、長さは三〇センチあまり。その頭には、直径五センチほどの球状の石が取り付けられている。

「『錫杖』。例の如《ごと》く、詳細は不明だな」

「微妙に使えないな、【鑑定】さん」

「言ってくれるな。……オレもちょっと思ってるんだから」

「ナツキが持っていたら、もっと使えたのかしら？」

「その疑問も胸に仕舞《しま》っておいてくれ。……オレが悲しくなるから」

【鑑定】の結果に自前の知識が影響する以上、否定できない事実である。ちなみにユキも【鑑定】を持っているわけだが、それが必要な場面に於いて、彼女が主張することはない。

まさか使ってないとも思えないし、ユキが取れる情報もトーヤと似たり寄ったりなのだろう。

「俺としては、ユキの【鑑定】に期待しているんだがなぁ」

「え、なに、突然⁉　いきなり期待されても応えられないよ？」

戸惑ったように目を瞬かせるユキと、トーヤを交互《こうご》に指さし、俺は続ける。

「けど、武力に偏《かたよ》ったトーヤより、魔法や錬金術を嗜《たしな》むユキの方が向いてるだろ？　役割的に。長期的に見れば、トーヤを超えそうじゃないか？　地頭《じあたま》もトーヤ以上だし」

「いきなり貶《けな》されたぞ、おい。だが、否定はしない！」

「しようよ!?　う～ん、でも、勉強のために、ギルドに頼む前に調べてみるのも良いかも？」

「そうね。【鑑定】のレベルアップに繋がるかもしれないし。リーヴァにも協力を頼んだりして。それで判らなければ、ギルドに頼めば良いんだし」

二人は一応、錬金術師でもある。本来ならば魔道具の専門家であり、鑑定を頼まれる方。やってやれないことはないだろうし、できるようになれば非常に助かることは間違いない。

「金銭的負担は大したことないが、毎回一ヶ月待たされるのはなぁ……」

「だがそうなると、オレの取り柄《え》が……うん。別に構わねぇな！　オレは戦えるし！」

知力系には拘《こだわ》りがないらしいトーヤは、至極《しごく》あっさり言って魔法陣を指さした。

「で、こっちはやっぱり帰還装置か？」

「たぶんな。――なぁ、このダンジョン、あまりにも初心者の冒険者に都合が良くないか？」

「……言われてみたらそうかも？　大きくは稼げないけど、暮らしていくだけなら十分だし、お肉もたくさん得られるから、食費だって美味しく節約できるよね」

「出てくる敵の種類も良い感じですよね。弱い敵、武器を使う敵、魔法を使わないと斃せない敵、弱い魔法を使う敵。堅実《けんじつ》に進んでいけば、順調に腕を上げられそうです」

帰還装置も都合が良い。これで行きと帰りが逆の一方通行なら、実力を見誤れば死ぬしかなくなるが、これならば多少ミスをしても、生きて戻れる確率が上がる。

「良い感じにレベルアップできるってことか。うーむ、確かに作為《さくい》的なものを感じるな。レベリングにちょうど良いダンジョンが、都合良く近くにあるとか」

トーヤが口をへの字に曲げ、渋《しぶ》い表情を浮かべる。おそらく彼の言う作為とは『アドヴァストリス様の』ということだろうが、ハルカは小首を傾げて反対の意見を出す。

「逆じゃない？　『転移した近くに都合の良いダンジョンがあった』ではなくて、『都合の良いダンジョンがあったから、ここに転移させた』んじゃない？　アドヴァストリス様、チートは認めなくても、さりげない事前のフォローはしっかりしてるし」

「まぁ……そーゆーところ、あるよな」

所持金然《しか》り、服装然り。周辺の魔物も少なく、強さも努力すれば斃せる範囲。

『チートだ！　やっほい！』とはいかなくても、俺たちみたいに力を合わせれば、比較的安全に裕福な生活もできているわけで。

「つまり、ここは将来へのキャリアパス？　より強くなりたければ、ここで鍛えろと？」

事後のフォローもバッチリ？　話ができるなら訊いてみたいところである。

だがトーヤはイマイチ納得できないようで、首を捻《ひね》る。

「それにしちゃ、入り口までの道のりが、なかなかに険しかったと思うが」

確かにこのダンジョン、ルーキーが近づくには厳しい場所にある。

ダンジョンに入れるならば、少なくともこの階層まではほとんど苦労することもないだろう。

ついでに言うなら最初、一層周辺に住み着いていたゾンビやスケルトンはそれなりに強いものが混じっていたので、レベリングを行う相手としては不適当である。

「さすがに全部の条件を満たす場所はなかったのでは？　レベリングだけなら適当な迷宮都市でも良かったのでしょうが、治安を優先してくれたとか、そんな感じではないでしょうか？」

「ラファン周辺が良い場所なのは間違いないわね。エルフや獣人でも苦労してないし」

思えばラファンで危険な目に遭《あ》ったことって、ほぼないんだよなぁ。

少し治安が悪いらしい俺たちの家がある辺りでも、スラムという感じではないし、スリやチンピラも見かけない。ディオラさんとか、シモンさん、ガンツさんとか、結構、良い人も多いし、街中やギルドで絡まれることも——元クラスメイトを除けばなかった。

——マジで碌でもねぇな、元クラスメイト。

それに、俺たちは冒険者になったが、必ずしも冒険者になりたい人ばかりではないだろうし、それを考えれば、他の仕事でも何とか生きていけそうなラファンは良い場所なのだろう。

「俺たちとしては、アドヴァストリス様に感謝して、ここを利用すれば良いってことだな」

「そうだね。難しく考えることもないよね——ってことで、はい。転移ポイント」

「了解。トーヤ、手伝いを頼む」

さらりとユキが渡してきた転移ポイントを受け取り、俺とトーヤは二度目の土木工事。

部屋のブロックを剥《は》ぎ取り、その下に転移ポイントを設置、元に戻してから反応を確認する。

「……お、第七層と……入り口の転移ポイントも確認できるな。頑張ればギリ跳べるか？」

第七層はユキが測って決めた場所だったが、偶然《ぐうぜん》この場所も入り口の直下に近い所にあった。

「ということは、ここから再スタートできるってこと？」

「それをやると、俺はしばらく休息が必要そうだが……たぶんな」

肉エリアをスキップする理由はあまりないが、できることには意味がある――かもしれない。

「んー、じゃあ、この帰還装置、試してみよっか？　戻ってくるかは気分次第《しだい》で」

「第八層から第一〇層まで探索を進めたわけだし……成果としては十分かもな」

「急いで探索を進める理由もないわけだしね」

何となく、『無事に出られたら、今回は終わりにしても良いのではないか』と、そんな空気になる
が、それに異を唱えたのはミーティアだった。

「ナオお兄ちゃん、もう帰っちゃうの……？」

「ミーティアは、次の階層に行きたいのか？」

「うん。少し楽しみなの。それに……ちょっと、んっと……しょーかふりょーなの」

先ほどのボス戦で戦えなかったからか。しかし、強く我が儘を言うでもなく、曖昧な表情で尻尾を揺らすミーティアを見て、ナツキが微笑んで頷く。

「では、行ってみましょうか。あの坂道以降、今のところ、階段には罠もありませんし」

「良いんですか？　ミーのことなら――」

遠慮するようなメアリの言葉を遮り、ナツキが口を開く。

「構いませんよ。私も先は気になりますし、いざとなればナオくんに頼《たよ》るということで」

「俺？　まぁ、良いぞ。一一層からこの場所なら、大して負担もないしな」

気になっているのは、たぶん全員同じ。強い反対もなく、俺たちは階段を下り始める。

だがその階段は、これまでとは少し様相が異なっていた。

一階層分とは思えないほど長く、緩やかに曲がって続く階段。見通しも悪く少し不安も募《つの》るが、それを押して一〇分ほども下り続けると、ようやく先に光が見えた。

「……ふぅ」

小さく息を吐いたのは誰だったか。光に導かれるように、俺たちは足を速める。

そして階段の終点。

足を下ろした先に広がっていたのは——見渡す限りの草原だった。

サイドストーリー「翡翠《ひすい》の翼　其《そ》ノ四」

歌穂《かほ》がなんか、〝明鏡止水〟というパーティーに会いに行くとか言いだした。

いや、私たちも賛成したんだけどね？　でも、会いに行くなら事前調査は必要。

なので、私も〝明鏡止水〟というパーティーについて調べてみたのだけど……。

曰《いわ》く、「衰退《すいたい》の危機にあったラファンを救うべく森林の奥《おく》へと挑《いど》み、これまで誰《だれ》も成し遂《と》げられなかった何かを持ち帰った」。

曰く、「ラファンを恐怖《きょうふ》に陥《おとしい》れた菌《きん》が蔓延《まんえん》した時、それに対抗《たいこう》して立ち上がり、見事にすべてを浄化《じょうか》してみせた」。

曰く、「ケルグを支配していた恐《おそ》ろしい宗教団体を排除《はいじょ》して、町を悪の手から救った」。

曰く、「街道《かいどう》の往来を邪魔《じゃま》し、残虐《ざんぎゃく》な行為《こうい》を働いていた凶悪《きょうあく》な盗賊団《とうぞくだん》を、たった一つのパーティーで皆殺《みなごろ》しにした」。

曰く、「大変な篤志家《とくしか》で、孤児院《こじいん》に多額の寄付をしている」。

曰く、「領主からの覚えもめでたく、ラファンの町に大きな屋敷《やしき》を賜《たまわ》った」。

「これらに加えて、新たなダンジョンを発見？　これって本当に私たちのクラスメイトなの？」

情報を纏《まと》めた紙をテーブルの上にバンと置くと、それに同調して紗江《さえ》も『うんうん』と頷《うなず》く。

「チートもないのに、ちょっと活躍《かつやく》しすぎな気がするのです」

「じゃ、じゃが、パーティー名が……」

抵抗《ていこう》するように歌穂が言うけれど、それについても――。

「それなんだけど、もしかすると昔、私たちと同じように転移してきた日本人がいたのかもよ？」

「あまり知られていない言葉だけど、一部の人は知っている……あり得そうですの」

「むぅ……あの邪神《じゃしん》じゃからな。否定できる材料がないのじゃ」

私たちを連れてきたのだから、他の人を連れてきていたって何ら不思議はない。

それに思い至り、歌穂がガクリと項垂《うなだ》れるが、次の紗江の言葉で救われたように顔を上げる。

「あ、でも、ダンジョンの名前が〝避暑《ひしょ》のダンジョン〟となってます。このセンスは、それっぽい気がするのです」

「おぉ！　それは同感じゃ！　こっちの世界の冒険者《ぼうけんしゃ》なら、それっぽい名前を付けそうじゃ」

そういえばダンジョンの名前って、見つけた人に命名の権利があるんだっけ？

自己顕示《けんじ》欲が強い冒険者なら、こんな名前は付けない気がするね、確かに。

「でも、クラスメイトっぽさって、それぐらいなんだよねぇ」

自分で言うのもなんだけど、私たちは結構上手《うま》くやっていると思う。

キャラメイクだって失敗していないし、メンバーの組み合わせも悪くない。

冒険者ランクだって、他の冒険者よりもずっと早く上がって、既《すで》に三になっている。

そんな私たちと比べても、このパーティーが挙げた功績はあまりにも大きい。

「私たちが知らないだけで、実は抜《ぬ》け道的なチートがあったとか、そういうことなのです？」

「う～ん、さすがにそれはないんじゃないかな？」

「そうじゃな。相手は神じゃ。ラノベではありがちなシチュエーションじゃが、騙《だま》すのは無理じゃろう。この世界は天罰《てんばつ》もある。おかしなことをしておったら、普通《ふつう》にヤられると思うぞ？」

歌穂じゃないけれど、そんなのゲームマスターに逆らうような行為。

上手くやったと思っていても、相手の気分次第《しだい》で叩《たた》き潰《つぶ》されるだけだと思う。

「それで、どうする？　行くの、止《や》める？」

行くのであれば、今借りている家を解約しないといけないし、またこの町に戻《もど》ってきたとしても、この家が借りられるかは判《わか》らない上、同じように居心地《いごこち》の良い家が見つかるとも限らない。

移動中は仕事もできないので、稼《かせ》ぎの方も当然減ることになる。

多少の蓄《たくわ》えはあるけれど、凄《すご》く余裕《よゆう》があるかと言われると……。

「そのパーティーがいるのは、ラファンの町じゃったな？」

「そうですの。私たちは行ったことのない町なのです」

「ギルドの人に訊《き》いたら、あの町はあまり稼げないと言っていたよね」

私たちは転移した場所から東へ移動したけれど、あの街道を西に行くとあるのがラファンの町。

受付嬢《うけつけじょう》のサーラに訊いてみたところ、治安が良くて安全な町だけど、依頼《いらい》の数が少なく、町にいるのはルーキーの冒険者が大半らしい。

「むぅ。せめてパーティーメンバーの名前でも判れば、はっきりするんじゃがのぅ」

「歌穂、そんな都合の良い情報は――」

私が苦笑《くしょう》して首を振《ふ》ろうとすると、それを遮《さえぎ》るように紗江が口を開いた。

「それなら、ちょっと小耳に挟《はさ》んだのです」

「重要情報ではないか！　そ、それで何という名前なのじゃ？」

急《せ》かすように身を乗り出す歌穂を前に、紗江はおっとりと口元に指を当てて考える。

「う〜んと……、聞いたのはリーダーの名前だったんだけど……『ナーオ』？」

「『ナーオ？』」

声を揃《そろ》え、私と歌穂は顔を見合わせる。

「……あんまり、日本人っぽくない名前だね？」

「そんな名前のやつ、おったか？」

覚えている名前を頭の中に並べるけど……姓《せい》と名、どちらにも一致《いっち》するものはない。

「たぶん、どこかで情報が歪《ゆが》んだんじゃろうな。口コミじゃし」

「ということは……ナーオ……ナオー、ナオ？　ん？」

「なんか、引っ掛《か》かる名前じゃのう？　誰じゃったか？」

首を捻《ひね》る私たちを見て、紗江がふふっと笑って、肩《かた》を竦《すく》める。

「佳乃《よしの》も歌穂も、記憶大丈夫《きおくだいじょうぶ》ですの？　ナオと言えば、神谷《かみや》君です」

「――あっ！　確かに神谷君のこと、ナオって呼んでる人、いたよね！　紗江に言われるのは、まったくもって釈然《しゃくぜん》としないけど！」

「そうじゃな！　何がナーオじゃ！　最初から気付け！」

「ナーオと小耳に挟んだのは、本当です。情報を掴《つか》めなかった歌穂に言われたくないのです」

「むぐっ。そう言われてしまうとなぁ……」

拗《す》ねるように、つんと顎《あご》を上げた紗江に反論され、歌穂が言葉に詰《つ》まる。

実際、ナオと聞いてもパッと思い浮《う》かばなかった私たちに、『ナーオ』を非難する権利はない。

「東《あずま》さんたちのグループだよね？　ナオって呼んでたの」

クラスでも目立っていた東さん、古宮《ふるみや》さん、紫藤《しとう》さんの女子グループ。可愛《かわい》いから男子からの人気も高く、人当たりも良いので女子からも好かれて――いや、尊敬の方が近いかな？

人当たりは良くても、あんまり他のグループと連《つる》むタイプじゃなかったから。

そして、そんな三人と仲が良かったのが、神谷君と永井《ながい》君の二人。

どっちも格好《かっこう》良くて女子からの人気は高かったんだけど、東さんたちとの距離《きょり》が近いから、みんな諦《あきら》めてたんだよねぇ。あの三人に対抗するとか、女子としてキビシイもの。

「そうじゃな。永井君もそう呼んでおったが……神谷君と永井君、二人だけのパーティーとは思えぬし、東さんたちもいると考えるのが自然じゃろうな」

「転移の時に上手く纏まれたなら、そうだろうね。あのグループはこっちでも仲良しかぁ……。さすが、レベルが違《ちが》うよねぇ。ちょっと羨《うらや》ましいかも。男っ気のない私たちと違って」

「でも、今なら、ちょっとぐらいチャンスがあるかも？　私、エルフになりましたし」

そんな無謀《むぼう》なことを言う紗江の肩を、私は優《やさ》しく叩く。

「うんうん。確かに紗江は美人になった。元も悪くなかったけど、レベルアップしたのは間違いない。私もそれは認めるよ？」

「ですよね……？」

「でも、それで東さんたちに勝てるかな？　彼女《かのじょ》たちがドーピングしたかは判らないけど」

元々ドーピング不要な容姿を持つ三人。歌穂や紗江みたいに容姿にポイントを割り振っていたら、外見ではまず勝てないし、内面は更《さら》に言うまでもない。

「うぐぅ……。世知辛《せちがら》い現実ですの」

「正直、厳しいじゃろうなぁ。その点、儂《わし》には耳と尻尾《しっぽ》というオプションがある。フサフサで触《さわ》り心地の良いこれは、結構ポイントが高いんじゃなかろうか？」

「そ、それを言うなら、私にはちょっと尖《とが》った可愛い耳が――」

「おい。――二人とも、良いの？　それで？」

アホなことを言い始めた歌穂たちの言葉を私が遮ると、二人は気まずげに目を逸《そ》らす。

「容姿で競《きそ》っても仕方ないでしょ？　アピールすべきは内面！」

「おう、そうじゃな！　オークを一刀両断できる儂の内面を――って、アピールになるかっ！」

「オークを一発で消し飛ばせる私も、アピールできないですの……」

「まぁ、二人は〝小さな処刑人《リトル・エクスキューショナー》〟と〝深紅の抹消人《クリムゾン・エリミネーター》〟だもんねぇ」

「言うてくれるのぅ、〝天使のようなドS《エンジェリック・サディスト》〟や。一番ドン引きされるのは、たぶん佳乃じゃぞ？」

ふふふっ、と笑いながら、私と歌穂は額をグリグリ押《お》し付けあう。

「ドングリの背比べですの。私たち、内面は戦闘《せんとう》方面に全振りなのです」

「「ぐぅ……。反論できない……」」

戦いの面では、他のクラスメイトにもそんなに負けない自信があるけど、他の面では……。

どう考えても、女の子としての魅力《みりょく》って感じのスキルじゃないからね！

せいぜい、歌穂が持つ『魅力的な外見』ぐらい？

――え、家庭的とかもう古いって？

うんうん、正しいよね。ジェンダーフリーとか、重要だよね。

でもね？　現実はそんなに甘《あま》くないんだよ？

古かろうがどうしようが、美味《おい》しいお菓子《かし》とか作ってあげたら、男の子の好感度は上がるの。

「あの五人とは、儂ら、さして交流もなかったしのぅ。会いに行っても仲良くできるか……」

「厳しいですの。美貌《びぼう》で籠絡《ろうらく》できなければ、手詰《てづ》まりです……」

悔《くや》しそうに項垂れる二人だけど――。

「……いや、神谷君と永井君を籠絡しようとしなければ、普通に仲良くできるんじゃないかな？」

あの三人、普通にいい人たちだから。

「というか、話の方向性がズレてる。行くかどうかの話し合いだったよね？」

「おっと、そうじゃった。つい、女としての魅力を訴求《そきゅう》してしまったわい」

わざとらしく、尻尾を揺《ゆ》らす歌穂にツッコミを入れたくなる右手を押さえつつ、話し合いを続けた結果、最終的に『取りあえず会いに行ってみよう』という結論は変わらず。

それを受け、私たちは町を離《はな》れる準備を始めた。借りていた家の解約をして、近所の人に挨拶《あいさつ》をして。そして最後に、お世話になっている受付嬢のサーラに話をしたんだけど……。

「ヨシノさんたち、町を離れるんですか⁉　残ってくださいよ～、皆《みな》さん、稼ぎ頭《がしら》なんですから」

案の定、引き留められた。

「うーん、私たちも悩《なや》んだんだけどね。でも、そんなに遠くないから、取りあえず行ってみるのも良いという結論になったんだよ。ゴメンね？」

「ぶー、皆さんのおかげで、私の成績も右肩《みぎかた》上がりでしたのに～」

サーラは不満そうに口を尖らせるが、それは冗談《じょうだん》半分だったのだろう。

すぐに笑《え》みを浮かべて、「でも」と言葉を続ける。

「ご存じだと思いますが、ダンジョンに入れるのはラファンでランク四からですよ？」

「知っています。でも、それが第一の目的ではないので、問題はないのです」

そう、一番の目的は、知り合いに会うこと。

それにダンジョンに入りたいと思ったら、ランクを上げるという方法だってある。

「そうなんですか？　一応お知らせしておくと、あんまり良いダンジョンじゃなさそうですよ？」

「え？　判るものなの？　そういうことって」

「そうじゃ。儂が調べてみても、大した情報は公表されておらんかったぞ？」

冒険者パーティー〝明鏡止水〟に関しては、それなりに情報が得られたんだけど、彼《かれ》らが見つけたというダンジョンについては、ほとんど情報がなかった。

「見つかったばかりで調査されていないのかな、と思っていたんだけど……」

「いえ、ダンジョンが公表されている以上、既に簡単な調査がされています。でも、あのダンジョン――〝避暑のダンジョン〟でしたっけ？　あそこは名前ぐらいしか情報がありません。有望なダンジョンであれば、冒険者を集めるために詳《くわ》しい情報が流れてくるんですが……」

「その時点で、あまり良いダンジョンでないのが判る、と」

「そういうことですね。一応登録だけしたって感じかと」

「そうなんだ。ちょっと残念。……まぁ、それでも行くんだけど」

私がそう言うと、サーラは苦笑して頷く。

「ええ、無理に止めたりはしませんよ。自由さは冒険者の特権ですから。ですが、またこちらに戻ってきたときは、是非《ぜひ》私にお声掛けください。受付嬢のサーラ。サーラの名前をお忘れなく！」

何だか選挙のときの政治家みたいなことを言うサーラに見送られ、私たちはキウラの町を出る。

途中《とちゅう》、私たちを引き留める冒険者たちもいたけれど――どうでも良いから割愛《かつあい》。

〝オーク・イーター〟とか、〝天使のようなドS《エンジェリック・サディスト》〟とか、不名誉《ふめいよ》な二つ名からの脱却《だつきやく》を図《はか》る。

私は密《ひそ》かにそんな決意を胸に秘《ひ》め、キウラの町から旅立ったのだった。

キウラから西へ向かうと、私たちが最初に訪《おとず》れた町、サールスタットに辿《たど》り着く。

正確に言うなら、最初に訪れたのはサールスタットの西岸。

こっちから行くと、東岸の町に着くからちょっと違うんだけど……まぁ、些細《ささい》な違い。

しばらく拠点《きよてん》としていた場所の跡地《あとち》を横目に見つつ、町の門を潜《くぐ》ってみると、サールスタットの町の中は、以前来た時と比べて少し雰囲気《ふんいき》が異なっていた。

「うーん、何だか、賑《にぎ》やかだね？」

「そうじゃな。人が多いな。祭りというわけでもなさそうじゃが……」

楽しげではなく、むしろ困っているとか、イライラしているとか、なんかそんな感じ。

「これ、雨が続いたときと似ていますの」

「あ、確かに。……でも、最近は天気、良かったよね？」

雨で渡《わた》し船が出ずに人の流れが滞留《たいりゆう》していたときの空気感を、もうちょっと酷《ひど》くしたような？

「よく解《わか》らんが、さっさと通り過ぎようではないか。儂はこの町に留《とど》まりとうはない」

「同感ですの。料理は美味しくないし、宿は高いし……滞在には向いていません」

そうなんだよねぇ。この町の名物料理が、とにかく私たちの口に合わない。

好みの問題かもしれないけど、紗江が言う通り、宿代も高いので早く抜けてしまうのが正解。

だからこそ、私たちは足早に港に向かったんだけど……。

「え、欠航中なんですか？」

「そうだ。当面、船は出ないだろうな」

港の人から告げられたのはそんな言葉。

紗江の予想が正解だったようだけど、それならそれで疑問がある。

「別に川は荒《あ》れておらんようじゃが？」

そう。船が欠航する理由は川が荒れて危険だから。

でも、今私たちの目の前にある川は、増水している様子も、風で波が荒《あら》いわけでもない。

「実は今、デカい鮭《さけ》が遡上《そじょう》してきていてな。ごく稀《まれ》にしかないことなんだが、コイツらがなかなか危険でな。そのせいで船が出せないいんだよ」

なんとも言えない理由を聞かされ、私たちは顔を見合わせる。

「えっと、それって魚ですよね？　漁師もいるのに、魚がいるから船を出せないって……」

「そうじゃ！　むしろこれ幸いと獲《と》るべきじゃろうが」

「馬鹿《ばか》言うんじゃねぇ。獲るどころか、こっちが餌食《えじき》となるわ！」

私たちの言葉は正論だったと思うけど、返ってきたのはそんな言葉だった。

「大きな鮭ですよね？　それなら私たちも先日捕《つか》まえましたの」

これぐらいの、と紗江が手を広げると、港の人は少し眉根《まゆね》を寄せて、顎に手を当てる。

「確かにデカいが……それ、王鱒《キング・トラウト》じゃねぇのか？」

「それじゃ。あれはなかなか美味《うま》い魚じゃった。ここにおるのなら、また獲りたいぐらいじゃな」

肉ばかりだった私たちの食卓《しょくたく》を彩《いろど》ってくれた、貴重なお魚。

その味を思い出して、私と紗江も『うんうん』と頷くと、彼は苦笑して首を振る。

「残念だが、ここにいるのは皇帝鮭《エンペラー・サーモン》だ。王鱒《キング・トラウト》と似ているところはあるが、長さだけでも二倍以上、凶暴《きょうぼう》さは比較《ひかく》にならねぇぞ？」

何でも、子供ぐらいなら丸呑《まるの》み、大人の手脚《てあし》も食いちぎるほどに凶暴で、小舟《こぶね》はもちろん、大きめの船でも転覆《てんぷく》させてしまうことがあるらしい。

そして、水の中に落ちてしまえば、もう相手の独壇場《どくだんじょう》。

助かることは難しいため、渡し船も欠航が続いているらしい。

「……なるほどのぅ。そういう事情なら、欠航も已《や》むなしか」

「ちなみにですけど、その皇帝鮭《エンペラー・サーモン》って美味しいんですか？」

サーモンのお寿司《すし》とか好きだった私としては、訊かずにはいられない。

少し勢い込《こ》んで尋《たず》ねてみれば、彼は呆《あき》れたような表情で頷いた。

「美味いらしいが、この町で獲るヤツはいねぇな。死にたくねぇからな」

「なるほど。つまり、儂らが釣《つ》っても文句は言われぬと？」

歌穂がニヤリと笑って言うと、彼も同じようにニヤリと笑う。

「むしろ大歓迎《かんげい》だぜ？　少しぐらい釣ったところで皇帝鮭《エンペラー・サーモン》がいなくなるとは思えねぇが、斃《たお》してくれりゃ迷惑《めいわく》を被《こうむ》っているヤツらの溜飲《りゅういん》は、多少下がるだろうさ」

「歌穂、釣るつもりなのです？」

「うむ。手土産《てみやげ》にちょうど良いと思わぬか？　もとより友人なら快く受け入れてくれるかもしれんが、儂らとあやつらは知り合い程度でしかあるまい？」

「友達でも手土産ぐらいは必要だと思いますの。でも、釣ることには賛成です」

「私も！　美味しいなら、この機会、逃《のが》すべきじゃないよね。えっと、皇帝鮭《エンペラー・サーモン》以外の魚も釣れるかもしれませんが、大丈夫でしょうか……？」

たかが魚釣りで町の人と対立するようでは困る。釣れたらリリースしないとダメとか、何かルールがあるならと思って訊いてみたけれど、彼は笑って首を振る。

「岸から釣る程度なら、ケチくせぇことは言わねぇよ。それで商売をするようなら別だけどな？　だが、大丈夫か？　嬢ちゃんたちは冒険者みたいだが、皇帝鮭《エンペラー・サーモン》は容易《たやす》くねぇぞ？」

「ご心配、ありがとうございます。でも、大丈夫です。無理をするつもりはありませんし」

「そうじゃ。いざとなれば、紗江の魔法《まほう》でなんとでもなるじゃろうて」

「水に落ちさえしなければ、できると思いますが……そこだけは注意してほしいのです」

「もちろんじゃ。それじゃ、準備に取り掛かろうかの！」

さすがは漁港というべきか、釣りの道具は簡単に手に入った。

——というか、船が欠航中で暇《ひま》だったらしい先ほどの港の人が、色々と手伝ってくれた。

そんなわけで、サールスタットで手に入る最も丈夫な糸、最も大きな釣り針、そして最も頑丈《がんじょう》な釣り竿《ざお》。それらを揃《そろ》えて私たちは港の護岸へ向かった。

餌《えさ》は何が良いかよく判らなかったので、手元にあったオークの肉。

それを釣り針に突《つ》き刺《さ》し、私たちは三人並んで糸を垂らす。

「むふふ、釣れたら一体どう料理してやろうか」

「料理って……手土産じゃなかったの？」

「手土産は一匹《ぴき》で十分じゃろ。自分たちで食べる分を料理するのじゃ」

「釣りは案外難しいと聞いています。そう簡単に釣れるとは思えないのです」

「夢は大っきくじゃ！　じゃが、まぁ……現実的には難しいじゃろうな。運航が開始されるまでの暇潰しになれば良いじゃろうて」

手土産用に一匹でも釣れたら僥倖《ぎょうこう》。そんな感じで始めた魚釣りだったのだけど、意外や意外。

糸を垂らして程《ほど》なく、紗江の竿に反応があった。

「ひ、引いているのです！」

「むっ、初ヒットは紗江じゃったか」

「あっさり掛かったねぇ。誰も釣ろうとする人がいないから、警戒《けいかい》してないのかな？」

大きく撓《しな》る紗江の竿を見ながら、私と歌穂がそんなことを話していると、紗江が焦《あせ》ったように声を上げた。

「そ、そんなことを言ってる場合じゃないのです！　凄い力です！」

エルフであるけれど、紗江も冒険者。決して非力というわけではない。

しかしそんな紗江の足がズリズリと地面を削《けず》り、川の方に近付いている。

「おっと。これはいかん！」

歌穂が自分の竿を引き上げて紗江の手助けに入り、もちろん私も同様に紗江の方へ向かう。

けど、歌穂の力の強さは驚異《きょうい》的ですらある。

だから、私の手助けなんて必要ないかと思っていたんだけど……。

「むぅ。踏《ふ》ん張りが利《き》かんのがマズいの。――ふんっ！」

力はあるけど、歌穂の体重は軽い。歌穂は慌《あわ》てたように大剣《たいけん》を引き抜くと、それを地面に突き刺し、片手でそれを掴んで、もう片方の手で紗江の竿を支える。

「そんなに力が強いの？」

「うむ。経験はないが、カジキマグロを一本釣りする漁師とか、こんな感じなのかの？　――紗江、適度に糸を繰《く》り出して、疲《つか》れさすのじゃ。糸が弛《たる》まぬ程度にな」

「わ、解りましたの！　うぅ、これ、結構大変ですっ」

「紗江、私が代わるわ。紗江は足場をなんとかしてくれる？　魔法で」

種族的な違いもあって、私も紗江よりは力がある。

私が紗江から竿を受け取ってそう言うと、紗江は『こくこく』と頷いて、魔法を発動する。

「そ、そうですねっ！　――『土壁《アース・ウオール》』」

地面に五〇センチほどのしっかりした壁が出現、私たちはそれに足を掛けて身体《からだ》を安定させる。

「……ふむ、これなら安心して両手が使えるの」

「危なかったよね、これ。下手したら引き摺《ず》り込まれてたよ」

その場合、私たちだって命の危険が――いや、歌穂なら大丈夫かな？

普通に絞《し》め殺して、獲物《えもの》を担《かつ》いで戻ってきそう。

「でもこれ、絶対大きいです。釣り上げられるものでしょうか？」

「網《あみ》でも持ってくるべきだったかなぁ？　……ないか、そんな網は」

長さだけで三メートルはあるみたいだから、どちらかといえば必要なのは、あの鉤爪《かぎづめ》みたいなやつかな？　なんか、テレビの魚を釣る番組で見たことがある。

「まぁ、言うても仕方あるまい。ここはのんびりと弱らせるのじゃ」

「のんびりできるのは、歌穂だからこそだけどねぇ。普通、力負けするよ、これ」

足場さえあれば、歌穂の安定感は凄い。

一応、私も手を添《そ》えているけれど、メインは歌穂。

しっかりと腰《こし》を落として竿を掴み、糸を的確に操《あやつ》って皇帝鮭《エンペラー・サーモン》を泳がしている。

「掛けたのは私なのに、出番がありませんの……」

「この足場を作ってくれたではないか。これがなければ、儂もどうしようもないぞ？」

「あとは、いざというときの保険？　危なくなったら『爆炎《エクスプロージョン》』をぶち込むということで」

「むぅ……。解りました。私はここで応援《おうえん》していますの。ふれ～、ふれ～」

微妙《びみょう》に気の抜ける紗江の応援を聞きつつ、歌穂は頑張った。

糸を巻いたり、繰り出したり、竿を起こしたり、倒《たお》したり。

初めてとは思えないその駆《か》け引きの見事さは、野生の勘《かん》か何かなのか。

「これ、テレビなら、一時間ものの特番に仕上げてくれるね」

「はんっ、大間《おおま》のマグロなぞ、目じゃないわっ！　ほれ、上がるぞ‼」

そう言って歌穂が大きく竿を撓らせた次の瞬間《しゅんかん》、水面を割って巨大《きょだい》な魚が飛び出した。

明らかに全長三メートルを超《こ》えているそれが空を舞《ま》い――私たちの後ろにドシンと落ちる。

「でかっ⁉」「大きいです⁉」

びったん、びったん、暴れるそれに私たちは慄《おのの》くが、歌穂はビシッとそれを指さす。

「言うとる場合か！　佳乃、止《とど》めじゃ！　頭を殴《なぐ》れ！」

「え、あ、うん！　えいっ！」

水の中では脅威《きょうい》でも、陸《おか》の上で手子摺《てこず》るほど、私は弱くない。

メイスを構え、スッと近付いて頭を一撃《いちげき》。

それで皇帝鮭《エンペラー・サーモン》は動きを止め――周囲から拍手《はくしゅ》が沸《わ》き起こる。

その拍手の主は、私たちが魚と格闘《かくとう》している間に集まってきた町の人たち。

「すげぇぜ、嬢ちゃんたち！」

「まさか本当に釣り上げるとはなぁ。良いものを見せてもらった！」

「俺《おれ》、絶対途中で諦めると思っていたぜ！」

その日、私たちはサールスタットのちょっとしたヒーロー――いや、ヒロインとなるのだった。

あとがき

この作品を書くときの心掛《こころが》けに、ラストはできるだけキリよく終わらせる、ということがあります。だって、ほら……ね？　たぶん今、読者様の頭に浮《う》かんだことが正解です。

でも今回は、ちょっと中途半端《ちゅうとはんぱ》。その理由は――諦《あきら》めただけです。はい。

これをお読みくださっている方々には周知のことでしょうが、この作品はウェブに掲載《けいさい》したものが基《もと》になっています。ですが、ウェブ版と書籍《しょせき》版、片方にしか出てこないキャラもいますし、一部の設定（今回であれば、ダンジョンの構造など）も異なります。

その結果、どうなるかは……簡単に予想がつきますよね？

当然のように、私の乏《とぼ》しい記憶力《きおくりょく》で整合性を保つことなど不可能となり、執筆《しっぴつ》中に『これは既《すで》に書いたかな？』と探す手間が多く発生、とても時間がかかることに……。

なので、今回は少しウェブ版に近付ける努力をしてみたのですが、既にウェブ版への加筆でどうにかなる状況《じょうきょう》ではなく、ウェブ版と書籍版を見比べて後者では書かれていない部分を抽出《ちゅうしゅつ》、そこに含《ふく》まれる情報を基に書き直す作業と共に、ページ数との戦いが始まります。

そして、時系列的にこの位置でしか書けない情報、ラストに持ってこられる場面など、様々勘案《かんあん》して書いていくと気付くわけです。『あ、これ、どうやってもキリよく終わらないな』と。

かといって、ストーリーを大幅《おおはば》に修正してしまうのも、駆《か》け足になりすぎて描写《びょうしゃ》が乏しくなるのも主客転倒《しゆかくてんとう》、諦めて白旗を揚《あ》げ、絶対に到達《とうたつ》しないといけない場面を定めて、それを目指して頑張《がんば》って書き進めました——そう、カバーイラストの場面まで！

……良かった、カバーイラスト詐欺《さぎ》にならなくて。


さて、イラストといえば、今回の見所は、なんと言っても登場人物たちの新衣装《いしよう》でしょう。ナオたちにも余裕《よゆう》ができたので、今年は新しい冬服を着ちゃっています。もちろん、メアリとミーティアにも。更《さら》にハルカたち一部のキャラには、私服までデザインして頂きました。

猫猫猫さん、ほんと～にありがとうございます！　毎度、お手数をお掛《か》けしております。

登場人物がきちんと着替《きが》えているラノべって、案外珍《めずら》しいんじゃなかろうか⁉

つ、次があれば、歌穂《かほ》たちも着替えて欲《ほ》しいなぁ、とか希望を漏《も》らしてみたり……。

ちなみにですが、作中で最も多く着替えているのはユキだったりします。

その数、実に七種類！（水着、ナオの妄想《もうそう》含む）

一応、メインヒロインらしきハルカ、完全に負けています。猫猫猫さんがTwitterで描《えが》いてくださっている告知イラストも含めて、やっと勝負できる状態です。不思議ですね？

なお、そちらのハルカもとっても可愛《かわい》いので、未見の方は是非検索《ぜひけんさく》してみてください。

元の世界での悠《はるか》（エルフじゃない黒髪《くろかみ》バージョン）とか、お勧《すす》めですよ？

いつきみずほ

DRAGON NOVELS
ドラゴンノベルス

異世界転移、地雷付き。8

2023年3月5日　初版発行

著　者　いつきみずほ

発行者　山下直久

発　行　株式会社 KADOKAWA
〒102-8177　東京都千代田区富士見2-13-3
電話 0570-002-301（ナビダイヤル）

編　集　ゲーム・企画書籍編集部

装　丁　AFTERGLOW

D T P　株式会社スタジオ２０５ プラス

印刷所　大日本印刷株式会社

製本所　大日本印刷株式会社

DRAGON NOVELS ロゴデザイン　久留一郎デザイン室+YAZIRI

●お問い合わせ
https://www.kadokawa.co.jp/（「お問い合わせ」へお進みください）
※内容によっては、お答えできない場合があります。
※サポートは日本国内のみとさせていただきます。
※ Japanese text only

定価（または価格）はカバーに表示してあります。

ISBN978-4-04-074895-5　C0093